カフカの前にユダヤ預言者現れず

——『或る地域医者』翻訳・注解

樋口大介 Higuchi Daisuke

河出書房新社

カフカの前にユダヤ預言者現れず　目次

第一章　ドイツ帝国議会——一九一四年八月四日　7

第二章　『或る地域医者』の翻訳と注解　39

翻訳　1　39
翻訳1の注解　40
＊1　旅、目前に迫っている　40
＊2　一〇マイルとハインリヒ・フォン・クライスト『聖ドミンゴ島の婚約』　42
＊3　女中　71

翻訳　2　73
翻訳2の注解　75
＊1　開けっぴろげな、目の青い顔　75
＊2　馬、サーカス、曲馬団　80
＊3　クライスト『ミヒァエル・コールハース』　92
＊4　一八六九年——社会民主労働者党アイゼナハ結党大会　98

翻訳　3　101
翻訳3の注解　104
＊1　ゴットフリート・アウグスト・ビュルガーの物語詩『レノーレ』　104
＊2　Herdofen（レンジ暖炉、平炉）　114

＊3　国際赤十字の創立者アンリ・デュナンと『ソルフェリーノの思い出』　122
＊4　ドクトル、僕を死なせてくれ（僕は死ぬ、ほっといてくれ）　127
＊5　ルートヴィヒ・フランク　132
＊6　ラム酒　146
＊7　イエスの対極　革命的待機主義　150
＊8　雌豚　153
＊9　医者と女中ローザの間柄　156
翻訳　4　159
翻訳4の注解　161
＊1　窓を通して　161
＊2　傷　164
＊3　フェルディナント・ラッサールの決闘死　169
＊4　近くから見た傷　178
＊5　薔薇色（rosa、ローザ）の花　181
＊6　君は僕を救助してくれる？　184
＊7　幸せ、わたしの居る辺り、聖職者、ミサ服　187
＊8　衣類を脱がせる　192
＊9　イエスの受難予告とペトロの三回の否認　194
＊10　わが神、わが神、なぜわたしをお見捨てになったのですか　202
＊11　裸を曝す淫婦たち（エゼキエル記）　205

＊12　ピンセットか投げ槍か（ネヘミア記）　209
＊13　コヘレトの言葉　212
＊14　預言者か故郷か　216
＊15　開戦前後に起きたこと　219
＊16　コーラス歌詞　まとめ　223

翻訳　5　230
翻訳5の注解　232
＊1　ベッドの若者と医者　232
＊2　イエスの「終わり」予言　256
＊3　患者たち　259
＊4　だまされた！　だまされた！（だまされた！　だました！）　262
＊5　ならず者ども　266
＊6　御老体ヴィルヘルム・リープクネヒトのユダヤ人嫌がらせ妄言を商売に利用する根性曲りのユダヤ人カール・クラウス　270

第三章　ペンテジレーア！　僕の花嫁！　君は何をする？　これが君の約束した薔薇祭なのか？　279

本書関連年表　292　　引用書目　298
後記　300

カフカの前にユダヤ預言者現れず

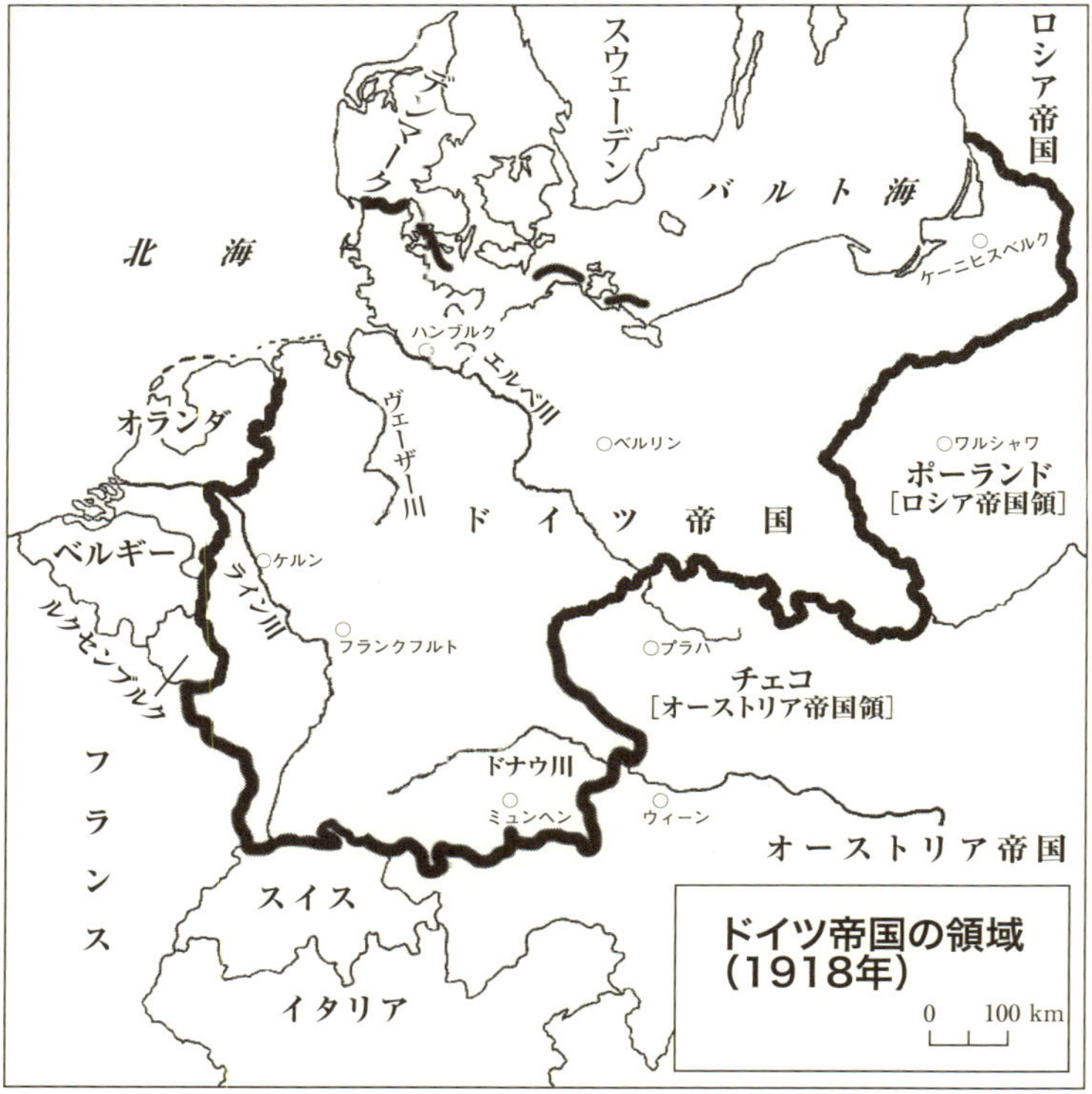
ロシア帝国
スウェーデン
デンマーク
バルト海
北海
ケーニヒスベルク
ハンブルク
エルベ川
オランダ
ヴェーザー川
ベルリン
ワルシャワ
ポーランド
［ロシア帝国領］
ドイツ帝国
ベルギー
ケルン
ライン川
ルクセンブルク
フランクフルト
プラハ
チェコ
［オーストリア帝国領］
ドナウ川
ミュンヘン
ウィーン
オーストリア帝国
フランス
スイス
イタリア
0 100 km

ドイツ帝国の領域（1918年）

第一章　ドイツ帝国議会――一九一四年八月四日

本書は私のカフカ読解本の三冊目に当たる。第一著『世界戦争の予告小説家カフカ』（二〇〇五年四月刊）の要約はこうである。

カフカの作品は表の層と奥の層の二層を有する。『変身』『判決』の奥の層は、独墺同盟と英仏露協商国の戦争が必至である。ドイツ、オーストリアは敗北し、両国の帝政は崩壊する。ユダヤ人はその責めを負わされ、迫害に曝されると予告する。

第二著『『変身』ホロコースト予見小説』（二〇〇六年二月刊）はこうである。

「ヨーロッパ一八四八年」の革命派にして一九世紀後半の大芸術家ヴァーグナー、フォンターネ、ドストエフスキーは反ユダヤ主義者になった。カフカはとりわけヴァーグナーによって「ユダヤ人抹殺」を予見する。では、かの偉大なるゲーテは防波堤になってはくれないのか。カフカは「ゲーテのぞっとする本性」を知っておののく。ドストエフスキーは『分身』でゲーテに挑戦していた。カフカはゴリャートキンの身元である作家ヤーコブ・レンツを読んで分別を取り付けようとする。

この二著ではカフカが第一次大戦前に書いた作品を論じたが、本書は戦時中の作『或る地域医者』の分析に当てる。これは従来『田舎医者』と題して翻訳されてきたものである。ヨーロッパの強国が戦争に突入する、それ自体大事件であるが、カフカは社会主義者であった。第一著で紹介したように、これを私たちに伝えてくれたのはギュムナジウム時代に彼の一番親しい友達であったろうフーゴ・ベルクマンである。この証言こそカフカ文学理解のうえで最重要な予備知識なのであるが、どういうわけか一向に知られていない。

第一次大戦は一九一四年六月二八日、オーストリア皇太子夫妻がボスニア・ヘルツェゴヴィナの首都サライェボで暗殺されたのが引き金となって起きた。八月一日には大戦争が避けられないのは誰の目にも明らかであった。翌八月二日、カフカは日記にこう記した。

ドイツがロシアに宣戦を布告した。——午後水泳教室

カフカは夢見心地の内面に生きる作家で、性的劣等感に苦しんでいた、という現在全世界

を覆っている先入観からすれば、この日記文も彼の外的世界への無関心を露呈する。ドイツの対ロシア宣戦は彼にはどこか遠い所から響いて来た一ニュースでしかなく、興奮した形跡すらない――そうだろうか。

彼はこの極めて短い日録で、ベーメン王国人である自分はいつ何時《なんどき》にもオーストリア帝国軍の一兵士として戦場に赴くかもしれないと確定した、と書いている。彼の戦場になりうる最有力候補地はロシア戦線であり、かつてナポレオン軍が五〇万人もの軍勢で侵攻し、退却を余儀なくされ、無事帰還出来たのは何万人、いや何千人？　だったという過酷な過去が再現するかもしれない。ならば体を鍛えなくては、と水泳に行った、と解するのがよほど自然だろう。彼は大抵の人々と同じく興奮しており、居ても立ってもいられず水泳場へ急いだ、ということもあるだろう。

それだけでなく社会主義者カフカの顔がここにある。彼はドイツ社会民主党を長年率いて来たアウグスト・ベーベルに心からの尊敬を抱いていた。その証拠はこれから見るように『或る地域医者』にある。ベーベル自伝『我が生涯から』は第一巻が一九一〇年に、第二巻が一一年に、第三巻はベーベル死後の一四年に出て、カフカがこれらを読んでいたことは確実である。第二巻の「独仏戦争」の章にこうある。ベーベルによれば一八七〇年の開戦当時、カール・マルクスとフリードリヒ・エンゲルスは、普仏戦争はプロイセン宰相ビスマルクが周到に企てたのではなく、ナポレオン三世が起こしたと最初は考えていた。それはともかく、プロイセン－ドイツが勝利した後、両名はドイツ社会民主労働者党委員会に宛てた書簡の中で次の警告を発した。もし勝ち誇るドイツがフランス領アルザス・ロレーヌのドイツへの併合を強引に実行するなら、ヨーロッパの将来はどうなるか。

> 今この瞬間の喊声によって全く聾《みみ》しいた者、あるいはドイツ人民を聾しいさせることに利益を持つ者でなければ、一八七〇年の戦争は全く必然的にドイツとロシアとの戦争を孕むことになる、丁度一八六六年の戦争（普墺戦争）が一八七〇年の戦争を孕んだように、と洞察しなければならない。
>
> （アウグスト・ベーベル『我が生涯から』p.314）

カフカはこの予言にぴたり付言して「ドイツがロシアに宣戦布告した」と書いたのだ。仏露協商は既に一八九四年に結ばれており、物事はとっくにマルクス、エンゲルスの予測した方向へ動き出していた。

第一次世界大戦の本格的戦闘は一九一四年八月四日ドイツ軍のベルギー侵攻によって始まった。イギリスはフランスを救うべく陸軍を大陸に送る。独墺同盟はフランス・イギリスと西部戦線で、ロシアと東部戦線で戦う二正面戦争に入った。八月四日の午後、ベルリンの帝国議会では政府が五〇億マルクの戦争公債案を上程し、採決するまでもなく通過した。この時の議員は一九一二年一月の選挙で選ばれた人々である。政党別当選者数は、社会民主党一一〇、中央党（カトリック系）九一、国民自由党四五、ドイツ保守党四三、進歩人民党四二であり、議員総数三九七のうちこれら五大政党は三三一を占めた。

社会民主党を除く他の四政党が戦争公債案に賛成することは自明であった。注目を集めたのは社会民主党である。同党は創立以来戦争に反対し、戦争の危機が生ずれば党とプロレタリア階級は全力を挙げてこれを阻止する行動を起こす、と表明してきた。また戦争公債案に限らず帝国政府が議会に上程するいかなる予算案にも常に反対する、という原則を貫いて来た。ただし一九一三年の陸軍予算案には条件付きで賛成し、従来の方針との違いを見せていた。その一方で同党は、専制ロシアがドイツを攻撃する時、祖国防衛はドイツのプロレタリアにとって責務である、と明言していた。党は建前上マルクス主義政党であり、マルクスとエンゲルスは革命の年一八四八年に、ドイツのブルジョワ革命と国家統一はロシアとの戦争で達成される、と扇動したことがあった。今やドイツのブルジョワ革命時代は過去のものとなり、戦争は帝国主義諸国間の利害対立によって生ずるはずであり、それはプロレタリアにとって甚だしい被害をもたらす。社会民主党はそれゆえ戦争阻止のために為し得るあらゆる行動を起こすだろう。実際戦争色が濃くなった七月末には、党とその支持基盤である労働組合は戦争を回避せよとのスローガンを掲げて大規模なデモンストレーションを行った。しかしひとたび戦争が現実となれば、戦争そのものを阻むことは党にも労働組合にも不可能であると、党は自認していた。そして戦争は始まってしまった。この現実のもとで社会民主党が戦争に抵抗するとすれば戦争公債案に否を言うことであろう。

八月四日、ドイツ社会民主党国会議員団は全員一致で公債案に賛成した。前日の八月三日、議員団は全体会議を開き、票決した結果は、公債案賛成者七八人、反対者一四人であった。

反対者の一人に、二人いる党議長のうち一九一一年以来その職にあったフーゴ・ハーゼがいた。党は団結を重んじ、議会における投票では常に全員一致をもってする習わしであった。ハーゼは、彼が望んでいたのではない、また彼が起草したのでもない賛成声明を、四日午後の議会で党を代表して読み上げた。以下、この演説を全訳し、左に引用する。『或る地域医者 Ein Landarzt』の基底になるものである。

フーゴ・ハーゼ　社会民主党の戦争公債案承認演説

皆さん、我が議員団の委託により、わたくしは次の声明を発するものであります。

我々は運命の時刻を前にしている。軍備競争の時代を招来し、諸国民間の対立を激化せしめた帝国主義政策の結果が、大洪水のようにヨーロッパを襲った。このことの責任はこの政策の担い手に帰せられる、（そのとおり！　社会民主党議員）

我々に責任はない。

（ブラヴォ！　社会民主党議員）

社会民主党は全力を挙げてこの不幸な発展と闘って来たし、最後の一刻に至るまであらゆる国々（Ländern →単数は Land）での力強い大衆行動を通じて、とりわけフランスの兄弟たちと協力しつつ、（活発なブラヴォ　社会民主党議員）

平和維持のために活動して来た。

その努力は空しくなった。

今、我々は戦争という動かしがたい事実の前に立っている。敵侵入の恐怖が我々を脅かしている。我々が本日決すべきは、戦争に賛成か反対かではなく、国の（des Landes）防衛に必要な資金である。

（ブルジョア諸政党の活発な賛同）

今や我々は、罪なくしてこの不幸に引きずり込まれた幾百万の人民同志（Volksgenossen）のことを思うべきである。

（そのとおり！　社会民主党議員）

彼らこそ戦争の惨禍を最も重く蒙るのだ。

（まさにそのとおり！　社会民主党議員）

我々の熱い願いは、党派の区別なく戦旗の下に呼び出された我が兄弟たちと共にあるであろう。

（全体からの活発なブラヴォと拍手）

我々はまた、息子たちを差し出さなければならない母親たち、養い人を奪われ、この愛する養い人への心配に加えて飢餓の恐怖に迫られる妻と子たちのことを思う。これらの人々の列に、やがて幾万人の戦傷者、身体裂断せる戦士たち（zehntausende Verwundeter und verstümmelter Kämpfer）が加わることであろう。

（そのとおり！）

彼らすべてに援助の手を差し伸べ、彼らの非運を軽減し、彼らの測るべからざる困苦を和らげる、これを我々は必須の義務と考える。

（活発な賛同　社会民主党議員）

我が人民とその自由な未来にとって、己が人民の最良の者たちの血にまみれたロシア専制が（そのとおりという活発な叫び声　社会民主党議員）

勝利する場合においては、たとえあらゆることが、ではなくとも、多くのことが危機に瀕する。

（あらためて賛同）

この危険を防止し、我らが国（Landes）の独立を守ることが肝要である。

（ブラヴォ！）

我々は我々がいつも強調して来たことを事実とするのである、すなわち我々は危機時において我が祖国（Vaterland ＝ Vater 父＋ Land 国）を見捨てはしないと。

（活発なブラヴォ）

この点で我々はインターナショナルに合致していると感じる。インターナショナルはすべての人民の国民的自立権と自己防衛権を常に認めて来た、（活発なブラヴォ）ちょうど我々がインターナショナルと一致してあらゆる征服戦争を弾劾して来たように。

（しかり、しかり！　社会民主党議員）

我々は要求する、安全に目標が達せられ、敵国が和平に傾いたとき、隣接する諸人民との友情を可能にする和平によって直ちに戦争に終止符が打たれることを。

（ブラヴォ！　社会民主党議員）

我々はこれを要求する、ただに我々が常に擁護して来た国際的連帯のためばかりでなく、ドイツ人民のためにも。

（しかり、しかり！　社会民主党議員）

我々は希望する、戦争の苦しみという残酷な学校が、新たなる幾百万の人々のうちに戦争唾棄の心を呼び覚まし、社会主義並びに国際平和という理想に向けてこの人々を勝ち取るであろうことを。

（活発なブラヴォ　社会民主党議員）

以上の原則に導かれ、我々は、上程された戦争公債案を承認する。

（活発な拍手　社会民主党議員）


（ドイツ古典叢書『政治演説第二巻一八六九―一九一四』p.665-667）

この声明で、おや、と目が留まるのは、「これらの人々の列に、やがて幾万人の戦傷者、身体裂断せる戦士たちが加わることであろう」の文言である。「死者たち」がない。八月三日から四日にかけて夜を徹してこれを起草した、本書で頻繁に登場することになるルートヴィヒ・フランクを含め五人の国会議員の間で、「死者たち」を盛るかどうかの議論はあったであろう。その結果、この語は避ける、と決めたのではなかろうか。その代わり前段に「我々はまた、息子たちを差し出さなければならない母親たち、養い人を奪われ、この愛する養い人への心配に加えて飢餓の恐怖に迫られる妻と子たちのことを思う」を置いた。この部分は「死者たち」を自粛して腰の引けたレトリックに逃げ込んでいる、と思えないこともない。ただしかし、公債案賛成は突き詰めたところ党の現実だったのだ、と割り切れば、党議員団はそれなりに政党としての目標を提示しているとも言える。エドウィン・R・ベヴァン『戦争中のドイツ社会民主党』は、ケーニヒ（König）という国会議員が同僚のディトマンと共に公債案討議のため首都に向かう車中の人であった時の忘れがたい印象を引用している。

八月三日、ディトマンとわたしはドルトムントからベルリンへ旅していた。（中略）わたしはこの日々の雑踏する出来事を決して忘れはしないだろう。わたしは、予備役兵が軍旗に参加し、社会民主党歌を歌いながら進んでいくのを見た！　わたしの知っている社会主義者の予備役兵の何人かがわたしに言った。「我々は心安んじて前線に赴く。もし我々が負傷したら党が世話してくれるだろう、もし我々が帰らなかったら党が我々の家族の面倒を見てくれるだろう、と分かっているからだ」。ベルリンに向けて汽車が動き出す直前、駅にいた一団の社会主義者がわたしに言った、「ケーニヒ、君はベルリンに、帝国議会に行くところだな、着いたらおれたちのことを考えてくれ、予算投票ではけちらないでくれよ」

（ベヴァン『戦争中のドイツ社会民主党』P.15）

ケーニヒはこの光景を見るまでは、自分を含め党は従来の主張通り戦争公債案に反対すると考えていたのだろう。だがひとたび動員令がかかると、党員や労働者はおそらく概ね整然と召集に応じた。党議員団の中には、出征者の隊列の壮観さに圧倒され、この流れに逆らうのは不可能だと徐々に翻意を迫られた人が多くいたであろう。党議員団長の一人だったフィリップ・シャイデマンも回想録でそのようなことを書いている。それを踏まえれば、ハーゼが発表した議員団声明は「死者たち」を封印した代わり、党は戦死者や戦傷者への厚い補償を勝ち取っていく、それは信じてくれ、と念を押しているのであり、多くの党員や労働者たちの願望を汲んでいる、ということになる。

ハーゼが読み上げた声明は、党にとってほとんど破天荒とでも言うべき歴史的決断を下した産物であるにしては、勢いはなく歯切れもよくない。何か聴く者を苛立たせるもどかしさが残る。何故そうなるのか。カフカは、トリアージ（triage）が適用されているからだ、と見立てた。トリアージは、「治療優先順序に基づく負傷者の選別」である。カフカ読解に大変役立つこの言葉を私が知ったのは最近で、戦争書ではなく関東大震災に関する書物、石井正己『文豪たちの関東大震災体験記』（小学館101新書）によってである。この中に震災時最大の被災者を出した本所被服廠跡でからくも生き延びた小泉登美という人の回想が、石井が語り手になるかたちで紹介されている。その終わりの箇所、地震発生の大正一一年九月一日の翌日である。

そのうち太陽が照りつけ、少しでも歩ける人は逃れ出して、被服廠跡には死人と倒れた人だけになります。死人だと思った人が呻き出して驚きますが、彼は「恐ろしい火が来た時、私は一層死ぬなら一思いに、と思ったばかりにピストルをあてた。それが幸いか、不幸か、丸が喉笛をはずれた。おかげですっかり力が抜けてしまった」と言うのでした。

千葉から救護隊が来ましたが、「歩けない者よ、明日までお待ちなさい。食糧もないのだ。清水もないのだ、少しでも強い者から助けなくっては……」と言って消えてしまい、長い一夜を明かします。（中略）

そこにあるのは、「少しでも強い者から助けなくっては……」という発言に見られる考え方でした。今ならばトリアージに相当し、生存の可能性の高い者から救出するのですが、重傷者の立場になれば、命の軽重が測られたことになると言えましょう。鈴木淳『関東大震災』によれば、この救護隊は、被服廠跡に最も早く到着した陸軍の千葉衛戍病院救護班だったと思われます。

（石井正己　『文豪たちの関東大震災体験記』P.35-36）

救護班が陸軍病院所属であったから、トリアージが適用されたかどうか定かではない。これを戦場の出来事とすれば、トリアージが怨嗟の的となることは、おそらく人類が戦争を始めた当初から見られた現象であろう。戦場での負傷者のうちまず第一に救護されるのは、軽傷者即ち治療を施せば再び戦場に出せる者であった。治療してもどのみち生き延びられない、と判定された者は、救護は後回しとなり、全く放置されたままになることも多かった。当然のことだが、すでに死んでいるものはトリアージの対象にすらならない。医者は死者には手の施しようがない。ちょうどハーゼ声明に「死者たち」がないのと同じように。

かくしてこういうことになる。開戦に当たってドイツ社会民主党が立て籠もった「死者」を封印する立場は医療であり、声明を読み上げた党議長ハーゼはArzt（医者）であると言える。カフカ作品の原題は“Ein Landarzt”で、Land と Arzt の合成語である。ハーゼの読み上げた党声明にLandという言葉は複数形を含め四回出てくる。意味は「国」である。そのうち単数で三回登場するLand は Deutschland（ドイツの国、ドイツ）を指している。Landarzt は田舎医者、地方医者であるには違いないが、カフカは懸詞を頻用するから、国の病を癒す医師、比喩的に「国手」でもあり得る。即ちLandarzt（地域医者）はDeutschlandarzt（ドイツ国手）を含意する。この作品では病人はドイツ国であり、その病を治癒すべきドイツ国手（と期待されていた者）がLandarzt になっているのではあるまいか。フーゴ・ベルクマンの証言により、ドイツ国手とはカフカにとってドイツ社会民主党であった。

『或る地域医者』に登場する社会主義者

本書ではドイツ社会民主党（Sozialdemokratische Partei Deutschlands）はドイツでいつもそう呼ばれるようにＳＰＤ（エスペーデー）と表記する。この党、及びその前身組織で活動した七人の政治家が『或る地域医者』に何らかの形で登場する。生年の古い順に簡単に紹介する。

フェルディナント・ラッサール（Ferdinand Lassalle 1825-1864）

プロイセン王国ブレスラウ生まれ。父親は布地商を営むユダヤ人。ベルリン大学在学中の一八四六年、デュセルドルフの伯爵夫人で夫の専横に苦しむゾフィーエ・フォン・ハッツフェルトと知り合い、彼女を救う戦いを開始し、粘りぬいて一八五四年に彼女に有利な調停を勝ち取り、彼は以降四千ターラーの年金を彼女から受ける。この間一八四八年にラインラントにおけるドイツ革命運動に参加し、マルクス、エンゲルスと知己になる。一八五七年にベルリンに居を移し、ベルリン人の注目を集めるサロンを開く。しばらく著述に従事していたが、次第に活動の場を労働者運動に見出す。一八六三年、ライプツィヒで全ドイツ労働者協会を設立し、並行してプロイセン宰相ビスマルクとの接触を持つ。彼にとって敵はブルジョワジーであり、労働者は協同組合を組織して自ら資本家になり、国家がこれを支援すべきであった。翌六四年、ドイツ全土の都市を回って演説を続け、やがて疲労困憊し、休養のため七月スイスに旅し、かねて面識のあった貴族令嬢ヘレーネ・フォン・デニゲスと再会する。彼女はラッサールに駆け落ちを迫るも、彼は正規の結婚を望む、と拒絶。ヘレーネはワラキアの貴族と婚約し、ラッサールはこの貴族と決闘することになった。それは八月二八日朝、ジュネーヴ郊外の森で行われ、ラッサールは被弾、三一日に死亡。

ヴィルヘルム・リープクネヒト（Wilhelm Liebknecht　1826-1900）

『或る地域医者』で明らかに悪役である Pferdeknecht（馬丁）、略して Knecht（音訳クネヒト）というのが現れる。ＳＰＤと関わりがある人物とすればヴィルヘルムの次男で開戦時に党内最左派だったカール・リープクネヒトが連想されるが、どうもこの線では作品での馬丁の役割が見えてこない。それもそのはず、クネヒトはカールではなくヴィルヘルム・リープクネヒトなのだ。ヴィルヘルムは一九世紀ドイツ社会主義の創成活動があるところではいつも活発なメンバーであった。一八四八年革命ではバーデンでの武力蜂起に参加し、イギリス亡命中マルクスと親しくなり、帰国後ライプツィヒでアウグスト・ベーベルと出会って固い同志となり、ベーベルをマルクス主義に近づけた。二人は一八六七年の第二回北ドイツ連邦議会選挙でザクセン人民党候補者として当選し、一八六九年の社会民主労働者党成立後もそのまま議員資格を保持した。彼らは一八七〇年にビスマルクが上程した対フランス戦争のための公債案に反対であったが、反対投票すればナポレオン三世支持になるとして投票を棄権。同じ党の他の全議員は賛成した。ヴィルヘルムは晩年党内での影響力は低下していたが、彼の葬儀に当たっては一〇万人以上の人々がベルリンの街頭で棺を見送った。彼は党員や労働者にとって愛すべき「御老体（der Alte）」であった。その彼がカフカによって悪役を振り当てられる所以は死の前年における彼の言論にある。

アウグスト・ベーベル（August Bebel　1840-1913）

ケルン近傍のプロイセン陸軍掩蔽兵舎に下士官の子として生まれる。父、義父、母を少年時代に失う。一八五四年にドイツ中部の小都市ヴェッツラルで轆轤工房の徒弟となる。一八五八―六〇年は職人としての修業・遍歴時代。六〇年、ライプツィヒに落ち着き、職業人教育協会に入って頭角を現す。母方の遺産が入って親方として独立し、ヨハナ・カロリーナ・ヘンリエッテ（ユーリエ Julie）・オットーと婚約。ユーリエはカフカ『狩猟人グラックス』でBootsführer（船の指導者）という変な職業名の人物（身元はベーベル）の若い妻ユーリア（Julia）として実名で登場する。ベーベルは一八六三年ラッサールがライプツィヒで行った歴史的演説の聴衆の一人であったが、労働者運動で反ラッサール派の組織を築いていく。一八六六年、ヴィルヘルム・リープクネヒトらとザクセン人民党を結成。翌年北ドイツ連邦議会議員。一八六八年最初の下獄。一八六九年、一人娘ベルタ・フリーデリケ（フリーダFrieda）誕生。フリーダはカフカ『城』でKを防護し、彼の恋人になる女性の名前である。『城』のフリーダはSPDではあるまいか。同年テューリンゲン最西部の町アイゼナハで社会民主労働者党を創立。以後、同党はラッサール派と対立するアイゼナハ派と呼ばれる。一八七〇年の普仏戦争に際して北ドイツ連邦帝国議会にビスマルクが上程した戦争公債案採決では棄権。この時の経緯はカフカ文学理解に資するので、ベーベル『我が生涯から』第二巻「独仏戦争」の章を参照しよう。

普仏戦争の原因はスペインがドイツ・ホーエンツォレルン朝の一分家から国王を迎えたい

と表明し、ナポレオン三世がこれに反対したことにある。プロイセンは国王を出すのを撤回した。ヴィルヘルム・リープクネヒトはこの直後、ナポレオンはプロイセンに戦争をふっかけようとしたが、ビスマルクは敗北を恐れて退却した、との見解を公表した。ベーベルは逆の意見であった。

なるほど宣戦布告したのはナポレオンだが、わたしの感覚では彼はビスマルクが設けた罠に嵌ったのだ。戦争を欲しているのはビスマルクである。

（ベーベル『我が生涯から』p.306-307）

ベーベルとリープクネヒトとは激しい議論を交わした。第一次大戦に適用するなら、ドイツとロシアのどちらがより強く戦争を欲しているのか、判断が問われる。多くのＳＰＤ議員は走り読みでもベーベル回想録に目を通していたであろう。彼らは何を考えたであろうか。ビスマルクが上程した一億二千万ターラーの戦争公債案についても、二人の判断は分かれた。

リープクネヒトの考えはこうだった。我々は金の要求を厳重に拒絶しなければならない。というのも両国とも戦争に責任があり、我々はどちらの味方をすることも出来ないから。わたしはそれは間違いだと言った。確かに事の次第からして両国のどちらにも味方は出来ない。しかし、もし我々が公債案に反対投票したら、我々はそれによってナポレオンに有利を図ったとの印象を与えるだろう。我々には投票棄権以外の道はないだろう。

（同書 p.308）

SPD議員団は過去のこのケースはよく知っていた。もっとも普仏戦争当時とは立場が大きく変わっている。今では党は議会の最大会派であり、党議員の大勢は公債案に賛成か反対か旗幟を鮮明にしないのは無責任だ、と判断した。

ベーベルらは公債案に対する棄権の立場を文書で陳述した。

今時戦争は王朝戦争である。一八六六年の戦争がホーエンツォレルン朝の利益のためであったように、ボナパルト王朝の利益のために企てられた。

戦争遂行のために帝国議会に求められている資金を、我々は承認することは出来ない。なぜならそれは、一八六六年の戦争によって今時戦争を準備したプロイセン政府に対する信任投票になるからである。

同じように我々は求められた資金を拒絶することも出来ない。それはボナパルトの邪悪で犯罪的な政策を是認していると見なされるかもしれないから。

（同書 p.308）

ここでベーベルはビスマルクが戦争を欲しているとの判断を一見封印している。しかし普墺戦争が普仏戦争の準備であった、と指摘することで間接的にそう言っているのだろう。ベーベルの貴重な歴史的証言は一九一四年にはもう当て嵌まらなくなっていたのか。『或る地域医者』から判明するのだが、カフカはそうは思わなかった、幾多の参考にすべきことがあると見ていた。

ベーベルとリープクネヒトは普仏戦争後に反逆罪で禁固刑を受ける。ベーベルは獄中で熱心に読書し、自らも著作を開始する。彼の著書は多く、中でも一八七九年に第一版が出た『女性と社会主義』（邦訳『婦人論』）は長年にわたって広汎な影響力を持った。一八七五年社会民主労働者党はラッサール派と合同し、社会主義労働者党が成立。一八七八年に社会主義取締法が発せられ、以後一八九〇年に同法が廃止されるまで彼は投獄、ライプツィヒからの追放、法廷闘争、地下活動の指導など生涯で最も苦難の時期を耐え抜く。九〇年、党はドイツ社会民主党と改名。ベーベルはその二年後、二人いる党議長の一人に就任。

一八九〇年代及び二〇世紀初期のＳＰＤの歴史が語られる時、大雑把に括ってベーベルとその忠実な理論家カール・カウツキーで代表される中央派、理論家としてはエードゥアルト・ベルンシュタインが提唱者だった修正主義ないし改良主義、一八九八年にドイツに入って徐々に頭角を現したローザ・ルクセンブルクが最も鋭敏な理論家だった左派の間の論争、せめぎ合いが話題になる。これは『或る地域医者』でも取り上げられている。

カフカの作品とベーベルの演説や著述との比較から、カフカの予見者としての鋭さはベーベル仕込みであったことが判明するのだが、本書ではそれに立ち入る余裕がない。

エードゥアルト・ベルンシュタイン（Eduard Bernstein　1850-1932）

ベルリン生まれのユダヤ人で兄弟は合計一六人であった。学費が続かずギュムナジウムを中退。一八六六―七八年間は銀行員。一八七二年に社会民主労働者党に入る。社会主義取締法成立後の一八八〇年からチューリヒで、ドイツでは非合法の党新聞「社会民主主義者」編集人。一八八八年、スイスを追放されロンドンに渡り、エンゲルスと密接な繋がりを持つ。一八九五年のエンゲルス死去の際、ベーベルと共に遺稿管理人に指定される。一九〇一年にドイツ帰還を果たす。

ベルンシュタインはエンゲルスの死後に自分の考え、即ち修正主義と呼ばれるものを公表するようになる。シュピーゲル・オンラインに載っているSPD史家のフランツ・ヴァルター「いかにしてベルンシュタインはSPDを大揺れさせたか」の該当箇所を紹介する。

SPDのマルクス主義は、労働者階級の絶えざる貧困化、中間層の必然的没落、プロレタリア階級と少数の大ブルジョア搾取階級との間の両極化を前提としていた。マルクス主義者の予想では、これらすべては累積的に尖鋭化する危機を伴い、それからブルジョア社会の大いなる〝ぐわらぐわらどすん〟に流れこむ。これによって社会主義的新生への門（Pforte）が開かれるであろう。

門（Pforte）の一語は私の目を射る。カフカの掌編『律法の前で』では、律法の門（Tor）の前で主人公は待ち続ける（待機主義！）ではないか。それはともあれ、ベルンシュタインは党の基本見解から離れていった。

彼はこの年月極めて熱心に統計資料を集め、それを用いて証明しようと試みた、労働者の物質的生活水準は向上しており、低下してはいない、中間層は変貌したが決して消えていない、資本主義の適応能力は危機力学より顕著なものがある、資本主義の急激な崩壊は予期出来ず、また望ましくもないであろう、と。（中略）

こういう異端説に対する憤激は限定されていた。怒りの嵐が巻き起こったのはようやく一八九八年、今日に至るまで左翼においてよく知られ、多くの人にとっては悪名高き一文を書いた時である。「わたしははっきり告白する。みんなが〝社会主義の最終目標〟という言い方のもとで理解しているものは、極めてわずかな意味しか持たない。この目標は、それがどういうものであれ、わたしにとっては無である。動き（Bewegung）がすべてである」。今や党は大揺れした。今や議論は少数の知識人間に限られず、これ以降半世紀にわたって〝修正主義論争〟という歴史的名称を帯びることになる仮借ない対決が生じた。

『或る地域医者』の終わりで医者が発する「患者たちの、動きやすい（bewegliche）ならず者ども」という呪い、悪罵は、一つにはベルンシュタインのこの有名な動き（Bewegung）

に由来する。

ベーベルは一度はベルンシュタインを党から除名しようと考えたが、思い留まった。一八九八年、シュトゥトガルトで開かれた党大会でのベーベルについて、ヘルムート・ヒルシュ『ベーベル』は書いている。

理論的修正主義の不倶戴天の敵ベーベル（彼は実践面では余りにもしばしば修正主義に譲歩を余儀なくされたが）は、この核心問題における自分の立場をこう演説して、おそらく彼がこの件でこれ以上分かりやすく語ったことはないであろう。「しかしわたしが全く特別に叱責しなければならないこと、それはこうだ。わたしは繰り返し言う、ベルンシュタインは我々に文字通り勝利への不安を掻き立てる、彼は我々にいわば勝利への吐き気を催さしめようとする。我々がある晴れた朝目を覚まし、自分たちが社会的共和国の真っ只中にいるのを見出す、などと誰も信じてはいない。しかし、犠牲の勇気、感激、犠牲の喜び、闘争が最高度に必要とするすべてのものを、目標を無限の彼方へと出来るだけずらすことによって党から奪い去ること、なにやかにやの人工的難問を導入し、勝利の可能性への信念に敵対すべくありとあらゆる手を用いること、それはまるで倒錯した戦術である」。無限の目標、楽観主義にとって有限の目標、悲観主義は邪魔にならない。「わたしは昔からこういう立場だ、自分たちは勝利するだろうと自分は千重にも確信するが、その際わたしは公的には自分たちが敗北するであろうと恐れるかの如く語らなければならないと」。

ベーベルは同時にこの時以降、始まった修正主義論争の《口論》で彼女の最初の闘争を戦い抜くことになる論敵――ローザ・ルクセンブルクを持つことになった。

（ヒルシュ『ベーベル』p.84）

『或る地域医者』でカフカは明白に反ベルンシュタイン、親ルクセンブルクである。

フーゴ・ハーゼ（Hugo Haase　1863-1919）

東プロイセンのユダヤ人家庭に生まれる。父親は靴製造業から商人へと職業を変える。一八八三年、ケーニヒスベルク大学に入り法律を専攻する。八六年卒業し、試補見習。一八八九年末もう一人の同僚とケーニヒスベルクで弁護士事務所を開設。その後まもなくＳＰＤでの活動も開始。彼は迫害を蒙り、虐げられている人々の弁護人となって裁判で度々成果を挙げた。

彼の事務所は延びて拡大した。遠くから人々はやって来て、彼から援助・助言をもらった。

（エルンスト＝アルベルト・ザイルス『フーゴ・ハーゼ』p.120）

『或る地域医者』の中で医者は自分の医院（Praxis ＝弁護士事務所）について同じことを言っている。ハーゼがＳＰＤ党員の弁護を担当した裁判で有名なのは、一九〇四年ケーニヒスベルクで数名が国家反逆罪と秘密結社法で被告となった訴訟である。被告の中には後にヒトラー政権誕生時のプロイセン州首相であったオットー・ブラウンがいた。ハーゼは勝訴した。次にカール・リープクネヒトが著書『ミリタリズムと反ミリタリズム』で国家反逆罪に問われた一九〇七年の裁判。リープクネヒトは一年半の禁固刑に処せられた。

一八九四年にケーニヒスベルク初のSPD市会議員。九八年帝国議会議員。一九〇七年に一旦落選するも一二年選挙で当選。彼が党内での評価を高めたのは、一九一〇年のマクデブルク党大会でドイツ司法の不公正を具体的実例を数々添えて報告し、刑法改革を訴えた時である。階級的司法の偏りを痛感していた党員の共感を呼んだ。これは『刑法、刑事訴訟、行刑』という冊子になって公刊された。一九一一年、党議長の職を長年ベーベルと分かち合っていたパウル・ジンガーが死去したのに伴い、党議長に選出される。開戦時に彼は党の外交責任者でもあった。

戦争勃発後の動向については注解で述べる。一九一七年三月にSPDを離れ独立社会民主党（USPD）を結成。一九一八年ドイツ帝政が崩壊し、ベルリンに労働者・兵士評議会が成立すると、SPDとUSPDは連立政府を樹立し、評議会はこの人民代表政府を承認した。ハーゼらUSPDの三人が閣僚に加わったが、間もなく政府が国防軍や義勇軍を使って兵士の反乱を鎮圧したことに抗議して辞任。一九年一月の制憲議会議員選挙で当選。二月に始まったヴァイマルでの憲法制定議会に参加。同年一〇月、ベルリンの路上で暴漢に撃たれ、その傷がもとで死亡した。

ローザ・ルクセンブルク（Rosa Luxemburg　1871-1919）

ロシア領ポーランドのザモシチのユダヤ人家庭に生まれる。父は木材商。二歳で一家はワルシャワに移住。ギュムナジウム時代に革命運動に参加。一八八八年、荷車に積んだ藁に潜って亡命。一八九〇年にチューリヒ大学に入り、哲学、数学、植物学、地質学を学び、のちに法学に移る。一八九七年に法学博士。すこぶる語学に秀でていた。チューリヒで多くの社会主義者、マルクス主義者と交友。この関連で特に重要なのはポーランド問題である。一八九二年、ポーランド独立を綱領に掲げるポーランド社会党が発足。インターナショナリズムの原則に立つ彼女らは翌年ポーランド王国社民党を結成する。一八九八年に偽装結婚してドイツ入国。一九〇〇年にリトアニア社民党と合流し、ポーランド王国・リトアニア社民党となる。彼女は一貫してポーランド独立反対派であった。ＳＰＤ内でポーランドをよく知る人間として評価される。

彼女は理論家として知られるが何より生粋の革命家というべく、信念は巌のごとく、迫害にひるまない行動家である。彼女は「出張る女」であった。党大会や社会主義インターナショナルでは、単に参加するだけでなく演壇への登場を確保した。それはベーベルが認めたからかもしれないが、党内ではどちらかと言えば嫌われ者であったことを考慮すれば、彼女には突進力というか覇気が備わっていたのだろう。彼女はＳＰＤの待機主義を排撃して行動による革命の達成を呼びかけた。行動とは大衆ストライキである。ＳＰＤは武力革命方式を採らず、議会での勢力拡張による革命の実現を方針としていたが、ルクセンブルクはそのこと自体に反対はしなかった。

ＳＰＤの戦争公債案賛成により彼女のインターナショナリズムはドイツとポーランドの両国との関わりで敗北を喫した。彼女はすぐさま同志を糾合して後にスパルタクス団の名を与えられる党内反対派を築く。戦争中、彼女は概ね獄中にあった。一九一八年一一月九日出獄。年末から年始にかけてドイツ共産党が結成され、彼女は幹部の一人となる。一九年一月一五日、潜伏中のところを逮捕され、その日のうちに殺害される。『或る地域医者』には、彼女のそのような運命が予見的に書かれている。

ルートヴィヒ・フランク（Ludwig Frank　1874-1914）

バーデン西部、ライン河に面した小さな町ノネンヴァイアーでユダヤ商人の家に生まれる。子供の頃ライン河を渡って、当時はドイツ領だったアルザス地方で遊ぶことがよくあり、フランス語はドイツ語と同じくらい堪能だった。生地ではドイツ人とユダヤ人との間に一線はあったものの、平和裡に共存していた。一八九三年からフライブルク大学で、次いでベルリン大学で法律を学ぶ。一八九九年法学博士。一九〇三年にマンハイムで弁護士事務所を開業。一九〇五年バーデン邦国議会議員となり、その身分のまま一九〇七年帝国議会議員となる。国会議員の歳費が支給されるのは一九〇六年からで、それまでは議員たちは何らかの職を持って自弁しなければならなかった。フーゴ・ハーゼ、カール・リープクネヒト同様、フランクも弁護士で、仕事時間の配分からいってそれが正業であり議員職は副業であったと思われる。フランクとカフカとの間には三つ共通点がある。ユダヤ人であること、法律家で法学博士であること、主職と副職を兼ね（カフカは役人と作家）、多忙により結婚を諦めざるを得なかったこと。

フランクの活動から三つ紹介する。彼はバーデン邦国議会で修正主義を推進したことで知られる。バーデンＳＰＤは一九〇五年の選挙結果から、カトリック系の中央党と保守系が連携して多数を占めるのを阻むため、自由思想党と国民自由党と連立して政権を担い、主に教育及び社会政策面で現実的な改善をはかり、少しずつ成果を勝ち取った。バーデンＳＰＤは一九〇八年には同国政府の提出した予算案に賛成した。その後バーデン邦国議会における諸党派の勢力消長と合従連衡には変遷があり、開戦直前における状況はＳＰＤに有利とは言えなかった。

ＳＰＤ内での修正主義論争は一九一〇年のマクデブルク党大会で最も沸騰した。帝国及び邦国議会で政府の上程した予算案には特段の事情がない限り党は反対するという既定の基本方針が、南ドイツ諸邦国では守られていないことが対立点であった。老議長ベーベルが渾身の力を振り絞った修正主義批判の長い演説は、『或る地域医者』理解のための重要資料である。続いてフランクが演壇に立ち、持論を述べた。党は分裂寸前であったが、ベーベルやフランクらは自制してそれを回避し、時を待つことにした。

フランクは、この対立が南ドイツ諸邦国のＳＰＤは修正主義を実践出来るのに対し、極端に不平等な選挙権制度下にある北ドイツ諸邦国、特にプロイセンでは実行不可能であるがゆえ生じると判断し、一九一三年、ベルリン市内で開かれた大衆集会でプロイセン人に、平等選挙権を闘い取るべく大衆ストライキを起こすよう呼びかけた。一緒にいたローザ・ルクセンブルクは、バーデンではストライキなどの過激手段を排して修正主義にいそしんでいるフランクがベルリンでは逆のアジテーションをしているのは奇妙だ、と皮肉を呈した。彼女は名にし負う大衆ストライキ主義者であるが、この時はフランクに呼応する気はなかった。フランクは、自分たちは口先の政治ではなく実行の政治をやっているのだ、と反論した。彼はベルリンでは全く支持を得られなかった。

一九一三年、ドイツでは陸軍予算の増加案が、フランスでは兵役期間の二年から三年への延長案が、国会を通過した。これに危機感を感じたフランクは持ち前の素早さを発揮し、四月一一日にスイスのベルンでドイツとフランス両国の国会議員が参加する独仏相互理解会議の開催に漕ぎ着けた。政党別で見るとドイツからはＳＰＤ議員が多く、フランスからはやはり社会党議員が圧倒的に多く参加した。ベーベルはＳＰＤがドイツの他党と共同行動を取ることになると難色を示して参加を渋ったが、フランクの説得により出席した。ベーベルが述べた挨拶は短く、その趣旨は、物事の始まりはすべて困難であるとの諺を引いて、この会議はまさしくそうした始まりであるというもので、読みようによっては沈みがちな気分を湛えている。彼は同年八月一三日に死去する。相互理解会議は翌一四年五月三〇日にバーゼルで再度開催された。フランクは生来オプティミストであり、二度の会議開催に手応えを感じて両国関係の未来に希望を抱いた。それから間もない六月二八日、オーストリア皇太子夫妻暗殺事件が起こる。

戦争が避けられない状勢となってフランクはＳＰＤ議員のうちでも最も熱心な戦争公債案賛成派となる。それに留まらず彼はすぐさま出征を志願して入隊する。八月三一日、盛大な見送りを受けてマンハイムを発ったが、前線に出た初日、九月三日の突撃で頭部に被弾し即死した。戦死地についてカール・オットー・ヴァッツィンガー『ルートヴィヒ・フランク』に依拠しつつ推定する。フランス北東部の都市ナンシーの南東部にバカラ（Baccarat）という町がある。ここは当時ドイツ領ロートリンゲンに属し、町のすぐ南方に独仏国境が東西に横たわっていた。おそらくドイツ軍はこの日ここの国境を越え、数キロ進んだノソンクール（Nossoncourt）でフランス軍と大激戦になり、フランクはそこで死んだ。『或る地域医者』で医者は病人に最後の言葉として「あちらへ行け」と言うが、あちらへ（hinüber）とはあの世へを指すだけでなく、バカラ近辺から国境を越えてフランスに侵入することをも意味している。

プロイセン・ドイツのミリタリズムの非道さを繰り返し指摘して糾弾し、独仏融和のために豊富な人脈を動かして両国国会議員団会議を開催し、もとより平和希求者であり、概して親イギリス的であるＳＰＤの一員としてイギリスに敵意のない彼が、戦争は避けられないと知った途端熱狂的な支持者となり、しかも志願兵になってあっさり死んだ。これはどういうことか。カフカはこれをどう扱っているか。

『或る地域医者 Ein Landarzt』の成立時期

P／W　一九一六／一九一七
校訂版　一九一六／一九一七 XII、I

カフカ作品の成立時期の研究には二種類ある。一つはユルゲン・ボルン他編『カフカ・シンポジウム』（一九六五年）所収のマルカム・パスリー（Malcom Pasley）およびクラウス・ヴァーゲンバハ（Klaus Wagenbach）によるもの。本書ではP／Wとする。もう一つは一九八〇年代に始まって九〇年代に完了したS・フィッシャー社の校訂版全集によるもの。本書では校訂版と表記する。ゲルハルト・リーク（Gerhard Rieck）『フランツ・カフカと文芸学』には双方を作品成立の年月順に並記しており、便利である。両者の推定には大きな違いがない。『或る地域医者』の場合、P／Wでは「一九一六年から一九一七年にかけて」である。校訂版はそれを一歩進めて十二月から一月の間、と限定する。

『或る地域医者』はカフカ作品の通例通り難解である。せめて一点でよい、読者が確実に立てる足場がほしい。幸いその一箇所は見つかる。作品の終わり近く、慌てて逃げ出す医者が「この不幸極まりない時代の厳寒に曝され」という言葉を発する。小説は第一次世界大戦勃発後二年四ヶ月ほど経った時期に書かれている。この大戦での死者は民間人を含め、ある史書ではおよそ一七〇〇万人とあるが、二〇〇〇万人としている本もある。四年四ヶ月という期間で単純にこの数を割れば、一日も休むことなく連日一万人以上の死者を出し続けた計算になる。その最中に書かれた右のフレーズは戦争の現実の生々しい表現に他なるまい。するとと作品の冒頭で医者の馬が「この凍り付く冬の過労の結果として昨晩死んでいた」とあるのが、一つのヒントを生み出す。昨晩は昨年、つまり戦争開始の前年一九一三年であり、馬はこの年死去したアウグスト・べーベルであろうと。

以下、作品を五つに区分けし、それぞれに注解を施す。区分けは原作にあるものではない。原作では改行は後半部に一回あるだけである。

『或る地域医者 Ein Landarzt』という表題

Landarzt は Land と Arzt の合成語で一語として扱われ、「田舎医者」である。邦訳もすべてそうなっているであろう。クラウン独和辞典により Land の語義を見ておこう。①国、州 ②田舎、地方、田園 ③地帯、地域、地方 ④陸、陸地 ⑤土地、耕地。Landarzt はグリム独語辞典では ein Arzt auf dem Lande 、即ち田舎・地方で開業している医者である。住民の頼みの綱になっている人であり、住民の家庭医、かかりつけ医である。ところで「田舎医者」は現在の日本語では殆ど死語であろう。もともと自卑他卑の臭みを伴い、特別にしか使われなかった単語ではあるまいか。これに反して Landarzt はドイツ語圏では今でもよく使われるごく一般的な単語である。時代の変化に伴い Landarzt になるのは医者の卵たちにはだんだん魅力が感じられなくなっているが、田舎の人たちにとっては大変に有り難い存在だ。カフカの医者が馬車で随分遠くまで行くように、現在のLandarztは車を飛ばして広い範囲をカバーし、頻繁に訪問治療を行う。孤立して暮らす老人たちには、薬を届ける以外の用事がなくても喜んで話し相手になる。高齢の女性は医者の来てくれるのが楽しみで、クーヘンを作って準備しておく。医者がたくさん食べてくれると嬉しい。そういう情景を想像してみると、田舎医者という訳では物足りない。かかりつけ医と訳したのでは原語のLandが伝わらない。そう迷っているうちにある新聞記事で、現在日本ではかつて農村医療と言われていたものは地域医療と呼ばれる、と見かけ、これに倣おうとLandに「地域」を当てることとした。

オノレ・ド・バルザックに一八三三年作『田舎医者 Le médecin de campagne』がある。こちらは医者に定冠詞が付き、カフカでは不定冠詞で、それだけが違いである。カフカはバルザックを読んでいたであろうが、そこから何か引用しているかどうかは気にするほどのことではない。バルザック作品は革命の年「ヨーロッパ一八四八年」へ向けたユートピア的希望を内包しているが、カフカ作品ではユートピアの雲散霧消が空漠として露になっている。

第二章　『或る地域医者』の翻訳と注解

翻訳　1

わたしは大いなる困惑のうちにあった。緊急の旅がわたしの目前に迫っていた。[*1] ある重病人が一〇マイル[*2]離れた村でわたしを待っていた。激しい吹雪がわたしとその男のあいだの遥かな空間を埋めていた。馬車を一台わたしは持っていた。軽くて、車輪が大きい、ちょうどわたしたちの国道に適したやつだ。毛皮にくるまり、手に器具鞄をつかみ、わたしは旅の準備が出来てもう中庭に立っていた。しかし馬がなかった、馬が。わたし自身の馬はこの凍り付く冬の過労の結果として昨晩死んでいた。わたしの女中[*3]が今、村を回って馬を借りようとしていた。しかしその見込みはなかった。わたしはそれを知っていた。そしてますます雪をかぶり、ますます不動となって、わたしは無益に立っていた。門に一人きりの女中が現れ、ランタンを振った。勿論だ、誰が今こんな遠出のために馬を貸し出してくれよう?

翻訳1の注解

＊1　旅（Reise）、目前に迫っている（bevorstehen）

ザムザは旅する人（Reisender）であった。

『変身』の初めのあたりにこうある。「旅する人」は巡回販売員、セールスマンである。しかし第一著で述べたように、reisen（旅する）は出征するを、旅する人は出征者や軍人を指し得る。実際、グレーゴル・ザムザの重要な身元にナポレオンがある。Reise は戦争を示唆し得る名詞である。「目前に迫っている bevorstehen」は Reise とぴったり嚙み合う動詞である。第一次大戦開戦百周年に当たる二〇一四年多くの関連書物が出たが、その一冊、ドイツの歴史家ゲルト・クルーマイヒ（Gerd Krumeich）『一九一四年七月　一つの総決算』に数回この動詞が用いられており、その三つを紹介する。同年六月のオーストリア皇太子夫妻暗殺以前からドイツとロシアの両国で戦争必至の新聞論調が沸騰していた。

こうした展開は勿論全部合わせて、目前に迫っている不可避のもしくは望ましくさえある戦争を信じていた全てのドイツ人たちの言い分を裏書きした。

（クルーマイヒ『一九一四年七月　一つの総決算』p.45）

ロシア軍総動員の一日前、ペテルブルクで持たれたロシア外相サゾーノフと駐露ドイツ大使プルタレスとの会談について。

七月二十九日午後のこの会談でサゾーノフは、直接対話を行おうと呼びかけたオーストリア・ハンガリーへの提案が拒否された今となって、残る唯一の「すがる藁」であるグレイ（イギリス外相）の仲介提案にもう一度立ち戻った。公然と目前に迫っている動員は平和的対話に適さないというプルタレスの指摘にサゾーノフは、「すぐ目前に迫っている動員」を打ち消しはしなかったが、しかし今一度強調した、「ロシアはオーストリアによってこの一歩を余儀なくされた、しかし動員はまだ長らく戦争を意味しはしない」と。

（同書 p.146）

カフカの「目前に迫っている」は外ならぬこのロシア軍総動員に直結している。これについては注解２・２で述べる。

＊2　一〇マイルとハインリヒ・フォン・クライスト『聖ドミンゴ島の婚約』

医者を待っている重病人とやらについては分からないことばかりである。まず誰が、どういう手段で、一〇マイル離れたところにいる重病人（ein Schwerkranker 男性）のことを医者に伝えたのだろう。作品の中ほどおよび末尾になってやっと夜間ベル（Nachtglocke 夜の鐘）とある。ベルが鳴ったのだ。誰が鳴らしたかについては言及がない。病人の家族もしくは家族に親しい人物が鳴らしたのだろうか。そうならその人物はこの場にいるであろうし、乗物で来ているはずで、医師を乗せて帰れるし、もとより病人の容態について何らかの報告をするであろう。あるいは病人宅から医者の住む村の誰かに電話で依頼があったのか。それなら医者はその人から患者について聞き取り得るだけのことは聞けるはずである。なぜその人物はこの場にいないのか。それに村人が電話を持つなら当然医師も持っている。女中が村人から馬を借りようと奔走する。しかし貸す人はいない。医者は雪の中に立っていて、自分ではますます動かなくなっていく。ところで医者は村（Dorf）に住み、そこで開業している。村と呼ばれる集落に医者が開業しているのは村人にとって大いなる恵みである。往診に出発する医者に馬を貸す人がいない、というのは考えにくい。馬を借りようと奔走している女中がもしや何らかの理由で村人に敬遠されているのなら、医者が自分で各戸に当たればよい。何故彼は大いなる困惑のうちに留まるだけで、ますます動かなくなるのか。

この短編では主人公が語り手であり、彼は自分を村医者（Dorfarzt）とは呼ばないが、地域医者（Landarzt）であるとは言っている。それからまた自分は地区（Bezirk）に雇われている、と語っており、また公職医（Amtsarzt）であるとも言っている。すると一〇マイルという数字に読者は面喰らってよいのである。トリュープナー（Trübner）独語辞典（一九四三年刊）から引用する。

ドイツ・マイルは概ね七・五キロメートル、また歩いて二時間と数えられる……イギリス・マイル（一・五二四キロメートルまたは一・六キロメートル）はほぼ古代ローマ・マイルに相当する……ドイツでは一八六八年以降公的には長さの単位としてキロメートルが用いられるが、しかしマイルは詩文の言葉としてのみならず大衆的言語として様々なかたちで生き延びている。

ちなみにオーストリア帝国でもマイルはドイツとほぼ同一の長さであった。作中で医者は、患者宅まで一〇マイルの距離がある、ときっちり数字を挙げている。公職医がキロメートルでなくマイルで距離を記す、というのは作品成立の時代においてはありそうもないことである。そして一〇マイルは七五キロメートルであり、これは読者を驚かすに足る。誤解を避けるため確認すると、マイルは約一・六キロであると国際協定ができたのは一九五七年であり、しかもマイルやヤードがまだ公的単位として用いられている英米圏での協定であった。ヨーロッパ大陸諸国には関係のない話だ。

ドイツ語圏でマイル（Meile）がまだ公的単位だった時代に書かれ、カフカと同じ一〇マイルが作中に出ているケースとして、ハインリヒ・フォン・クライストの短編『聖ドミンゴ島の婚約』が注目される。この短編にはナポレオンが、ある別人に扮してではあるが登場しており、そのナポレオンはカフカ文学で特別な存在感を有する歴史的人物である。私が前二著で述べたように、『変身』の主人公グレーゴル・ザムザの重要な身元の一つにナポレオンがある。『変身』第三章でグレーゴルが、バイオリンを弾く妹の足許まで支障なくにじり寄るのはナポレオンのロシア遠征の往路に、喘ぎながらやっとのことで自室に戻るのは帰路に該当する。『或る地域医者』の医師はどうか。見知らぬ二頭の馬が彼の乗る馬車を瞬時に病人の元へ運ぶ。これが往路である。帰路においては彼は、服を着る余裕もなく素裸で馬にしがみつき、馬と馬車とはばらばらになりそうで、かろうじて繫がっている。彼がこの後どうなるのか不明である。こうして『或る地域医者』には『変身』との共通点があると感じられ、逃げる医者がさまよう領域はナポレオン軍が敗走した果てしなく長く広い大地ではあるまいか、との考えがよぎる。まだカフカ作品の読解が始まったばかりで恐縮ではあるが、クライストに多くの紙数を割くことにする。

『聖ドミンゴ島の婚約』は一八一一年春に雑誌掲載された。作者クライストは同年一一月二一日、この小説の男性主人公グスタフ・フォン・デア・リートと同じく、口中にピストルを咥《くわ》えて引き金を引くというかたちで自決を遂げている。小説の舞台設定は一八〇三年のフランス領サン・ドマング、独立後のハイチで、黒人反乱が勝利し、ハイチが間もなく独立を遂げる時期である。本国フランスではこの時ナポレオンが終身統領という肩書きで独裁者であった。

さて誰もが知るように、デサリーヌ将軍が三万の黒人兵を率いてポルトー・フランスへと前進していた一八〇三年、白い肌の者はみなこの場所を防衛すべくこの地に集結した。それというのもそこは同島におけるフランス勢力の最後の拠点であり、もしそこが陥落すれば島にいる白人が全員、一人残らず滅びるのである。

（『聖ドミンゴ島の婚約』より引用。以下同）

クライストは、黒人軍の目標がフランスからのサン・ドマング独立にあるのは読者周知のところ、と前提しているはずではあるが、右の書き方では、行われているのが黒人と白人との人種間戦争で、一方の人種が他方を殲滅しつつあるような印象をもたらす。黒人と白人の混血はムラートであるが、この作品では作者がメスティーソという普通にはアメリカインディアンと白人の混血を指すはずの名称を、ムラートである女主人公トーニだけに使っている。さてポルトー・フランスから遠くない地域に住むコンゴ・ホアンゴは黄金海岸から奴隷に売られて来た六〇過ぎの男。彼は、黒人反乱が始まるや彼には温情的だった主人とその一家眷属を殺し、街道筋に立つ旧主人の邸宅に、同じ主人の奴隷だったムラートの内縁の妻バベカン、彼女の連れ子トーニとともに引き移った。トーニは一五歳の少女で、昔ババカンが主人の供をしてフランスを訪れた際、あるフランス人との間に出来た子である。ババカンによればその男は現在フランスのトルコ公使館に勤務しているのだが、トーニの認知をずっと拒み続けている。コンゴ・ホアンゴはデサリーヌ将軍の率いるポルトー・フランス攻略軍に加わっている。彼の留守中に白人が通りがかって援助を求めたら、彼が帰るまで引き留めておくようにババカンとトーニに命じている。その場合、トーニの美しさは誘いの武器になるであろう。招きに応じて留まった人々は帰宅したホアンゴとその手下によって始末される。クライストは、一方ではトーニの美しさが効を奏した血腥いそのような出来事がすでに何度も起こっていると、はっきりさせながらも、他方ではこれから生じることがあたかも初回であるかのような雰囲気作りもしている。

「ある嵐吹きすさび雨降る夜の真っ暗闇の中、誰かが彼（ホアンゴ）の家の裏戸を叩いた」。それは一人の白人男性であった。トーニが大きなランタンを手に、その光が美しく着飾った彼女自身を照らすように気を配りつつ、家の前に進み出る。男はグスタフ・フォン・デア・リートという名のスイス生まれのフランス軍将校で、叔父シュトレームリ氏（Herr Strömli）およびその一家ともども夜間移動しつつポルトー・フランスに行き着こうとしている。彼はこの家に住んでいるのは誰か、とトーニに尋ねる。

「お日様の光に誓って、母とわたしだけであとはいない」と少女は言い、手を引っ張って中へ入れようとし、勢い込んだ。「他に誰もいないだと」と旅人は一歩下がって手を放した。この男の子（ホアンゴの庶子ナンキー）がたった今ホアンゴという黒人がいると僕に言ったばかりじゃないか？　──「違うってば」と少女は言い、不快感を示して地団駄を踏んだ。「この家はそういう名前の暴れん坊のものだけれど、今この瞬間に不在でおよそ一〇マイル離れたところにいるのよ」

『或る地域医者』と同じ一〇マイルだが、ここではどんな感じの距離であろうか。トーニは白人たちを安心させて逗留させるよう命じられているのだから、それに相応しい長さのドイツ語一〇マイル、即ち七五キロと伝えた、と一応は読める。しかし疑問が残る。舞台となっている土地に基づけばトーニと客人はクレオール・フランス語で会話しているはずである。フランス語の lieue（リュ）をドイツ語に訳せば Meile になるであろうが、リュはおよそ四キロである。すると一〇マイルはおよそ四〇キロである。トーニ自身「およそauf」一〇マイルだと言う。この前置詞は不安定感を醸しだし、読者にも躊躇《ためら》いを抱かしめる。トーニの言葉に混乱が生じている。彼女はおそらく白人グスタフに一目惚れしている。

そう言って彼女は、家の中へと、客人を両手で引っ張り、少年には誰が来ているか何人にも告げないよう命令し、ドア口まで来ると客人の片手を握り、階段を登って母の部屋まで導いた。

作中やや間をおいて母親バベカンは、ホアンゴはデサリーヌ軍に火薬と弾丸を輸送する任務を遂行中であり、それが終了して後、他の作戦行動がなければ一〇日か一二日後に帰宅するものと思う、と告げる。バベカンは娘が口にした一〇マイルを打ち消しはしないが、うまく取り繕ったようだ。ホアンゴらが騎兵隊として移動しているのは充分あり得るのであり、一〇マイルはグスタフを安心させるに足りない。

カフカは一〇マイルをクライストから採用している。両作品を見比べよう。共通点として、一〇マイルという数字、小説の開始時点が真っ暗な夜であること、クライストでは嵐が吹いて雨がなぐりつけ、カフカ作品では激しい吹雪である。一方では少女が、他方では女中が、ランタンを手に提げている。一方ではホアンゴとその手勢が馬に乗って一〇日どころか一日のうちに帰宅し、他方では二頭の馬車馬があっという間に医者を目的地に届ける。次にこういうことがある。グスタフは黒人が白人に加えた最も悪辣な仕業として一つの出来事をトーニとその母に語る。ある白人農園主が奴隷の黒人少女に言い寄っていたが、彼女が拒絶したので別の農園主に売り渡した。黒人反乱が勃発し、農園主は追われて近くの木造廏に隠れた。

そこで彼女は、かつての酷い仕打ちを思い出し、夕暮れにかかると弟を送って自分のもとで夜を過ごすよう男に伝えた。少女が病中で、それがどんな病気か知らない不幸な男はやって来、救われたと信じた感謝に溢れ、彼女を両の手で抱きしめた。ところが彼が半時間ほど愛撫や睦みごとを交わしながら彼女のベッドで過ごしたかという頃合、彼女は突如粗暴な冷い憤激の形相で起き上がり言った、「死を胸に抱えたペスト病者にお前は接吻したのだ、さあ行ってお前の同類たち全員に黄熱病を移すがよい！」。

ドイツ語のペストは、そういう名前の病気と、一旦発生すれば猖獗《しょうけつ》を極める恐るべき流行病一般とを指す。ここではそのどちらでもいいだろう。黒人女の言葉の勢いが、ペスト＝黄熱病は不治の接触感染病であると、読者にあっさり呑み込ませる。あるいはクライストは黄熱病という言葉が欲しいのかもしれない。というのもムラートの肌色は当時ハイチでは黄色と形容されていたし、クライストはトーニの肌色は黄色であると書いているから。黄色女トーニは黒人女の黄熱病の話を何の印象もなく聞き流せるだろうか。彼女の心のざわめきはどんなものだろうか。

カフカの『或る地域医者』では医者は病人の家族や村の長老たちによって全裸にされ、病人のベッド内に置かれる。このシーンは直ぐにはクライストを連想させはしない。カフカ作品においては二人の男の間で性的接触は予想されない。にもかかわらず両者には共通点がある。二人の全裸の人間が同一ベッドに横たわること、二人のうち一人が致死の病ないし傷を負っていること。カフカは、医者が若者（病人であるはずの人物）の傷口側に置かれた、と書いている。この病人は病気とはいえ外傷だから医者には感染しないはずではある。しかし病人の傷はどうして生じたのだろうか。あたかも目には見えない外傷性感染症菌というようなものが飛来し、あっという間に病人の右脇腹を抉ったかのようではないか。すると作品『或る地域医者』が終わった後でこんなシーンがあると想像できないか。逃げて行く裸の医者は、ふと見ると自分の右脇腹もしくは腰部に若者と同じ傷口が開いているのに気付く。そしてクライストの黄熱病のケースを継承するなら、その傷は人種問題に、それも一方の人種が他方の殲滅を図るという暴虐に、由来すると。

『聖ドミンゴ島の婚約』の黄熱病以下を簡単にまとめる。ババカンはトーニに客人の足を洗ってあげるよう指示し、寝に就く。二人きりになってグスタフはもう一つ劇的な話を切り出す。フランス革命勃発時に彼はストラスブールにおり、マリアーヌ・コングレーヴという女性と婚約していた。恐怖政治時代に入り、彼は公共の場で迂闊にも革命裁判を批判した。彼は身を隠して追及を逃れた。彼の代わりにマリアーヌが捕らえられ、断頭台に登ったその瞬間、彼が駆けつけ、人違いだ、処刑さるべき被告は自分だ、と叫んだが、彼女はわたしはこの人を知らない、と言明して刑を執行された。トーニは小説の女主人公として当然の如く絶世の美女だが、グスタフは彼女がマリアーヌによく似ていると打ち明ける。トーニとグスタフは一夜を共にし、グスタフはマリアーヌの形見である金の小さい十字架を花嫁への贈物としてトーニの首に掛ける。

翌朝グスタフは、一族の人々を呼び寄せる手紙を届けて欲しい、とババカンに依頼する。しかしババカンはその手紙を食器棚に置いたきりにする。ホアンゴがいない間にグスタフの連れ一同がやって来て屋敷に立て籠もられては困るのだ。トーニは母の目を盗んで手紙を取り、食糧を一同に運ぶために出立した少年の後を追い、手紙を渡し、夜中に人々を連れて屋敷に帰るよう伝える。手紙がなくなっていると気付いたバベカンは娘に問い質す。トーニはあれやこれやはぐらかす。その夜、眠っているグスタフの傍らにトーニがいると、思いがけずホアンゴと部下たちが戻ってくる。バベカンは早速ホアンゴに、トーニは裏切り者になったと告げる。これを聞いたトーニは咄嗟の機転を働かせ、グスタフの体を縄でベッドにきつく縛り付ける。ホアンゴから詰問されたトーニは、グスタフが母を殺そうとしていたから、寝込むのを待って縛った、と答える。ホアンゴは直ぐ部下にグスタフを始末させようとするが、バベカンはそれを制し、グスタフに一族を呼び寄せる手紙を書かせるのがよいと提案をする。密林内で彼らと戦闘するより、プランテーションにおびき寄せるほうが有利だから。この箇所は、デサリーヌ将軍はフランス人全員の抹殺命令を発している、と作中で再確認させるが如くである。さてホアンゴはもう夜も更けたのでそれは明日にしようと言い、警備兵二人をグスタフの部屋に付けて去る。

皆が寝静まってからトーニは家を出、シュトレームリ氏一家がやって来るはずの地点で待機する。召使いを含めて一二人の一行が夜明けに予想通り到着する。シュトレームリ氏は自分と二人の息子、三人の召使いと隊伍を組み、残りは鴎沼《かもめぬま》に返す。トーニは兜を被り、槍を握る。これはジャンヌ・ダルクの出立ちである。自分は白人であり、フランス人である、ということだ。ホアンゴ邸に着いた一行は寝ている兵たちの銃を集めて隠し、ホアンゴとバベカンを短時間の撃ち合いの後縛り上げる。黒人兵らが事態に気付くが、ホアンゴは老年期に入って生まれ、それゆえ彼の鍾愛《しょうあい》を受けている庶子の少年二人がシュトレームリ氏の捕虜となっているために、戦闘を禁じる。シュトレームリ氏の二人の息子は、グスタフの部屋を警備する二人の黒人を倒し、グスタフの縛《いまし》めを解く。そこへ片腕には庶子の少年ゼッピを抱え、もう片手でシュトレームリ氏の手に摑まって、トーニが姿を現す。グスタフは顔色を変え、シュトレームリ氏の息子たちの手中にあるピストルを取り、トーニの胸の中央を射つ。トーニは自分の血にまみれつつ這いずって懸命にグスタフに近づく。このシーンが小説のクライマックスであり、後で引用する。トーニが息絶えてからグスタフは自分が犯した過ちを知らされ、銃を口に咥えて脳を射ち抜く。シュトレームリ氏たちは死者二人を担ぎつつ退却を始め、ホアンゴは後を追うなと部下たちに命令する。

家族と再会した鷗沼で、みんなは泣き腫《は》らしながら死者たちのために墓を掘った。二人が指に嵌めていた指輪を交換してあげたのち、みんなは黙して祈りつつ彼らを永遠平和の棲処《すみか》に降ろした。

永遠平和の棲処とは墓所である。カントは墓地に因んで『永遠平和のために』と書名を決めた。

フランス軍のもとに辿り着いたシュトレームリ氏たちは、約束通り二人の少年をホアンゴに返し、フランス軍の一員としてポルトー・フランス防衛戦に参加する。小説は次のように終わる。

町が頑強な抗戦ののちデサリーヌ将軍の手に落ちると、彼（シュトレームリ氏）はフランス軍ともどもイギリス艦隊に救われ、一家はヨーロッパに渡り、これという難儀もなく祖国スイスに着いた。シュトレームリ氏はそこでささやかな資産の残りを用いてリーギ地域に地所を買った。一八〇七年になってもなお、彼の庭の藪中に、彼がいとこ（Vetter）グスタフとその忠実な婚約者トーニのために建立した記念碑を見ることが出来た。

グスタフは作中でここまでシュトレームリ氏が叔父（Oheim）であると言っており、それなら彼のほうは甥（Neffe）であるはずで、いとこ（Vetter）はおかしい。

これはどういう小説なのだろう。ロミオとジュリエットの悲劇に少しばかり似ている。成さぬ仲の男女が恋に陥る。だが二人を隔てる溝は余りに深く、成就するかと思われた恋は二人の痛ましい死をもって終わる、と。この解釈はしかし座りが悪い。トーニは少年を片腕に抱え、シュトレームリ氏の手に摑まって姿を現したのに、グスタフは一言たりと声掛けず、他人に中《あた》る恐れも抱かず、発砲する。弾はトーニの胸中央を穿つ。乱暴過ぎるし、なまじ射撃が正確無比であるゆえに酷薄さを倍加する。白人グスタフには黒人軽蔑が心底に染みついているではないか。白人でありたいトーニの願望は微塵に砕ける。作者に意地悪はないか。ちなみにデサリーヌ将軍が白人抹殺を命じた、というのも一方的である。どうやら露骨に人種主義的なところのある小説ではないか。

小説の末尾に妙な一文がある。トーニとグスタフのための記念碑が建ったのは、一八〇三年後半か翌〇四年であったろう。それからわずか三、四年後、藪が碑に覆いかぶさってはいるが、「一八〇七年になってもなお……記念碑を見ることが出来た」。木製の立札ですら数年は保つだろう。この記念碑は石造りのはずで、見ることが出来るなどと断る必要はないはずである。何故作者はそう念を押すのであろうか。実はクライストは実際一八〇七年に、トーニとグスタフの、いや正確に言えばトーニの、記念碑を否も応もなく実見する羽目に陥った。スイスにあるわけではないが、フランスのスイス国境にほど近いジュラ山脈中にあるジュウ要塞（Fort de Joux／図1）がそれである。ハイチ独立に至る過程で黒人勢力の伸張に最も貢献した卓抜な指導者トゥサン・ルヴェルチュールが、ここで一八〇三年寒さに震えつつ終焉を迎えた。クライストはこの監獄要塞に一八〇七年に収容された。そのいきさつはこうである。一八〇六年の普仏戦争でプロイセンは敗れ、プロイセン宮廷は東プロイセンの首都でプロイセン王国の誕生地であるケーニヒスベルクに移り、ベルリンはフランス占領下に置かれた。翌年一月クライストは友人らとケーニヒスベルクを発ちベルリンに着いたところ、スパイの嫌疑で逮捕され、はるばるジュウ要塞まで連行され、三月五日から四月半ばまでそこに幽閉された。四月二三日付の姉ウルリーケへの手紙で、ここに到着した時のことを次のように書いている。

囚人を収容する以外の目的には保存されていない、むき出しの岩場の上に横たわるこの城の光景以上に荒涼たるものは何もあり得ない。我々は下車し、歩いて登らなければならなかった。天候は恐しかった。そのうえ嵐が、この狭い、氷に覆われた道で、我々を危うく奈落に吹き飛ばそうとした。アルザスとその先の道中、春がもう来ていた。ブザンソンで我々はもう薔薇を見た。しかしここ、ジュラ山脈北斜面の城では、まだ三フィートの雪が積もっている。（中略）ここで快適に過ごせるだろう、と彼らは請け合い、我々を別々に丸天井部屋へ連行し始めたが、それらの部屋は一部は岩を穿って、また一部は大きな角石で築かれ、光も空気も入らなかった。フランス人の能弁に優るものはない。ゴヴァン（一緒に逮捕されたプロイセン退役将校）はトゥサン・ルヴェルチュールの死亡した牢獄に入れられた。我々の窓という窓には三重の格子がはめ込まれており、我々の背後でいくつの扉が閉ざされたか、僕にはまるで分からない。

図1　ジュウ監獄

この経験がクライストの中で数年をかけて発酵し、トゥサン・ルヴェルチュール（図2）はトーニに変身した。この解釈を支える一つの材料は、トーニという名前である。これはラテン語で「長である者、君主」を意味する男性名アントーニウス（Antonius）の愛称形である。女性名アントーニャ（Antonia）の愛称形としてこれが用いられるケースは多くあるであろうが、その場合、本来はトーニャ（Tonja）とあるべきである。トーニの身元が男性である暗示である。トゥサンを捕らえしめ、なるたけ早期に死なしめようとしたのはナポレオンである。以下、C・L・R・ジェームズ『ブラック・ジャコバン　トゥサン＝ルヴェルチュールとハイチ革命』（青木芳夫監訳）から必要箇所を紹介する。

トゥサンの生まれ育ちに関しては不明なところが多い。子供の頃にある程度の教育を受ける幸運に恵まれたが、身分は奴隷であった。解放されてから自分でプランテーションを経営した。時勢の要求に応えて軍人・政治家となり、生来の資質が開花していった。彼は薬草の知識を豊富に持ち、医師の職務を果たしたこともある。トゥサンは背は低かったが身体能力は抜群だった。フランス領ハイチの総督兼総司令官の地位にあった一八〇〇年頃の彼についてジェームズはこう語る。

人々を驚嘆させたのは、なんといってもトゥサンの精力的な働きぶりであった。出発するのか残留するのか、行先はどこか、どこからやってくるのか——一体、彼がなにをやろうとしているのか、誰にも分からなかった。トゥサンは数百頭の駿馬を国中の廏に配置してあった。そして一日に一二五マイルを疾走するのが習慣で、護衛たちをはるか後方におきざりにして、目的地に着くころには彼ひとりになっているか、一、二騎だけが離されずについてきた。農業、商業、要塞、市町村、学校の視察、はては功績のあった研究者に対する表彰にいたるまで、トゥサンは国中を駆けめぐって、休みなくこなしていった。総督がいつどこに現れるか、誰も知らなかった。

（ジェームズ『ブラック　ジャコバン　トゥサン－ルヴェルチュールとハイチ革命』p.247）

図2　トゥサン・ルヴェルチュール

トゥサンは精神だけでなく、自分の肉体をも完璧に制御していた。毎日二時間しか眠らず、何日でもバナナ二本と一杯の水だけで平気だった。恐れを知らぬ肉体ではあったが、毒を盛られることには十分気をつけていた。

（同書 p.248）

ジェームズ原文は英語であるから、ここのマイルは一・六キロ、一二五マイルは二〇〇キロであろう。トゥサンは敵に奇襲を掛ける際、必要あらば驚くべき速度で軍を動かしたことも同書に出ている。人間トゥサンの桁はずれなスケールは、ヨーロッパでも鳴り響いていた。

フランス革命とナポレオン時代の偉人にかんする同時代の記述のなかで、このような驚嘆の調子、つまり「わが目を疑う」という態度が認められるのは、三人、つまりボナパルトとネルソン提督、そしてトゥサンにかんしてだけである。（同書 p.270）

トーニはムラートのはずだが、クライストが彼女をメスティーソとしているのは、この女性について作者は謎を用意したのだから推理を巡らして欲しい、との作者からの伝言である。トゥサンはムラートではなく黒人であった。

トゥサンとトーニを比較するうえでポイントとなるのは、彼らの悲劇的最期である。一八〇一年に入り、ナポレオンは最大の敵イギリスとの抗争に思いを凝らしていた。ロシア皇帝パーヴェル一世を説き伏せ、陸上からインドを襲おうというのであった。ロシア皇帝が暗殺され、計画は画餅に帰した。ナポレオンは目標をトゥサン打倒、サン・ドマング島におけるフランス支配と奴隷制の復活に切り替えた。遠征軍の総司令官に任命されたのは、妹ポーリーヌの夫ジャン・ルクレールである。遠征軍は七二万の大軍で、ルクレールは同年一二月一四日にフランスを発ち、翌一八〇二年二月二日、サン・ドマング島北部の港湾都市ルカプ港外に姿を現した。トゥサンは自分の置かれた危機をよく弁《わきま》えていた。にもかかわらず彼の取った行動は黒人には理解しにくいところがあった。黒人労働者が白人のもとで働き続けるのに不満を持ち、各地で反乱を起こすと、彼はそれを鎮圧し、反乱者に荷担した甥のモイーズを処刑した。またイギリスと協定してアフリカから二万人の黒人を呼ぼうとしたが、彼の目的はその黒人たちをフランス人にするためであった。トゥサンの判断はジェームズによればこうであった。

トゥサンは、フランスとの有益な交流なしにはサン・ドマングは滅びるであろうと思いこんでいたが、それと同時に奴隷制を復活させてはならないとも確信していた。この二つの信念のあいだで、その天性の洞察力と即断力が揺らぎはじめた。フランス革命と、それが人類全般、とりわけサン・ドマング人民のために開いてくれた機会にたいする忠誠心こそ、トゥサンをトゥサンたらしめてきたものであった。しかし、この忠誠心が最期には彼を破滅させることになった。
（同書 p.287）

黒人軍はフランス軍に対し焦土作戦を用い、国土は荒廃し、戦闘は凄惨を極めた。フランス兵には黄熱病による死者が多数出たが、フランスは増援を送った。ジェームズによれば戦況はトゥサン側に有利であり、彼がサン・ドマングの独立を決断して黒人の総決起を呼びかければ、それは実現したはずであった。しかしトゥサンは融和の姿勢を保ち、両軍は五月和平を結び、トゥサンは自分のプランテーションに戻った。

六月、彼のもとへフランス将軍ブリュネから本営で会見したい、との申し入れが届いた。トゥサンは、ルクレールは敢えて自分を逮捕などしまいと考え、出かけて行き、すぐさま捕えられ、フランスに移送された。その後、ナポレオンが奴隷制復活を決断したとサン・ドマングの黒人たちは知り、一旦フランス軍に組み込まれていたデサリーヌらは再びフランス軍との戦いを開始し、フランス軍の病死者が続出したこともあって、戦況は黒人・ムラート軍に有利となった。ルクレールは一一月二日に死亡する。クライストは年が明けた一八〇三年に小説の舞台を設定し、デサリーヌがこの年白人抹殺の命令を出した、としている。ハイチ独立という結果に終わる長年の戦争で大虐殺が幾度もあったことはジェームズによって知られる。勿論それは白人・黒人・ムラートが互いにやりあったことであり、また各人種とも常に一枚岩であったわけでは決してなかった。デサリーヌ軍による白人大虐殺は事実あったが、それは独立達成後の一八〇五年のことである。この年彼はスペイン領サント・ドミンゴの白人制圧に出征した。そこへフランス艦隊がハイチ沖に姿を現したとの報が入り、デサリーヌは急遽取って帰した。

全面的な大虐殺がおこったのは、じつはそのときであった。住民は、反革命が間近いという恐怖にかられて、猛然と大量殺戮に走ってしまった。一段落したとき、デサリーヌは、隠れていた者に恩赦を約束する布告を出した。彼らは出て来たとたんに、殺害されてしまった。しかしデサリーヌはイギリス系と米国系の白人を手厚く保護したし、聖職者や熟練労働者、それに厚生担当の将校は助命した。

（同書 p.365）

ハイチ革命が舞台であるにかかわらず、革命の主人公トゥサン・ルヴェルチュールが登場しない、という不審は、トーニが彼だと分かると解消する。ここにこの短編の機微がある。トーニとトゥサンの悲しい終焉を比較しよう。ジュウ要塞に幽閉されたトゥサンについての記述を引用する。

ボナパルトは虐待と寒気と飢えとによって彼を抹殺することにした。ボナパルトからの厳命により、看守たちは屈辱を与え、トゥサンを呼び捨てにし、囚人服を着せ、食事を減らした。そして冬が来るとたきぎの量を減らした。下僕をもとりあげた。（中略）監視体制はいつも厳格であった。看守たちは、なおもボナパルトの命に従って、食事のときも排泄行為のときもトゥサンを監視した。（中略）最初のうちトゥサンは治療を受けることができたが、それも看守たちはやめてしまった。「ニグロの身体はヨーロッパ人とまったく違います。内科医も外科医も彼にとっては役に立たないので、やめることにしました」

（同書 p.357）

トゥサンのフランスに対する畏敬とナポレオンへのへりくだりはこの状況で逆に強まった。彼は皇帝宛に公正な裁判を求める書簡を出した。

不運にもあなたの不興を買ってしまいました。しかし、私の忠節と誠意の念は強く、あえて真実をいえば、国家の公僕のなかで私くらい誠実な人間はいません。私はあなたの一兵卒でありましたし、サン・ドマングにおける共和国の第一の公僕でありました。今日私は自由を奪われ、破滅の浮き目に合い、不遇な身の上にあります。どうか私の境遇に同情をお寄せください。感情がゆたかで、公正な人士であられるあなたには、私に死を宣告することはおできにならないでしょうから……。（同書 p.357）

これより二年前、サン・ドマングで権力の頂点にあった頃に彼が将来に向けて抱いていた抱負は規模雄大であった。

サン・ドマングは農業労働者を必要としていたために、憲法においてトゥサンは奴隷貿易を認可した。しかし、アフリカ人たちが上陸すれば、自由な人間になった。しかし、政府の重責に追われながらもトゥサンは、武器弾薬と一〇〇〇人の精鋭を率いてアフリカに乗りこむ計画をいだいていた。広範囲の地域を征服し、奴隷貿易に終止符を打ち、そして憲法によってサン・ドマング黒人を自由にしたのと同じように、数百万の黒人を「解放してフランス国民」にするつもりだった。それはけっして夢だけではなかった。彼は数百万フランを米国に送金して、時機が熟するのを待っていた。（同書 p.262）

わずか二年間におけるトゥサンの失墜は、ヨーロッパ人にとっても意想外であったに違いない。クライストは、トゥサンの運命の急転回、まっしぐらに落ちていく失墜の印象が生み出す眩暈、彼を裏切ったフランスに対する揺るぎない傾倒と愛着に目を奪われた。トーニがグスタフに胸の中央を撃たれるシーンを彼は念入りに叙述する。

（前略）トーニが少年ゼッピを腕に抱え、シュトレームリ氏の手を握って部屋に入って来た。グスタフはこれを見て色をなした。立ち上がる際にまるで崩れおれるかのように友人たちの体で身を支えた。友人たちが、彼が彼らの手からひったくったピストルで何をおっ始めるのか分からぬうちに、憤激のあまり歯ぎしりしつつ彼はトーニめがけて射った。弾は胸の中央に当たった。彼女がとぎれとぎれの痛みの音を発しつつ、それでもまだ男の方に数歩進み、それから少年をシュトレームリ氏に渡して、男の前で崩れおれると、男はピストルを彼女の上に投げ捨て、足で彼女を蹴飛ばし、彼女を売女と呼びながらベッドに再び腰掛けた。「途方もない人間め！」とシュトレームリ氏とその二人の息子は叫んだ。青年たちは少女の上に身を屈め、彼女を持ち上げながら、老召使いの一人をその場に来させた。何度か同じような絶望的な事態で、一行のため医師の役目をしてきていた人である。だが少女は、片手を痙攣するように傷口に当てながら、友らを押しのけ、そして「こう伝えて――！」、喉を鳴らしてどもり、自分を射った男を差し、繰り返した、「こう伝えて――！」。「何を伝えるのだ？」と、死が彼女の言葉を奪っていくので、シュトレームリ氏は尋ねた。アーデルベルトとゴットフリートは立ち上がり、不可解にも残忍な殺害者に向い叫んだ、君は知っているのか、少女が君を救った、君を愛していて、すべてを、両親も財産も捨てて、君とともにポルトー・フランスへ逃げるのが彼女の意図だったことを？　――かれらは男の耳元で、グスタフ！　と轟音を立て、君には何も聞こえないのか？　と尋ね、男が無感覚で彼らには構わずベッドに横たわっているので、男を揺さぶり、男の髪を引っ摑んだ。グスタフは起き上がり、己れの血のなかで転げている少女を一瞥した。こういう仕打ちを起こさしめた憤激は、自然な流れで一般的な憐憫の感情に席を譲った。シュトレームリ氏は熱い涙をハンケチに落としつつ、哀れな者よ、何故こんなことをした？　と尋ねた。ベッドから起き上がり、額の汗を拭いながら少女を見つめるいとこ（Vetter）グスタフは答えた、この女が恥知らずなやり方で夜間に自分を縛り、黒人ホアンゴの手に渡したからだ。「ああっ！」とトーニは叫び、名状すべからざる目差しとともに片手を男の方へ伸ばした。「最愛の友であるあなたをわたしが縛ったわけは――」。だが彼女は話すことも、また手で男に届く（erreichen）ことも、できなかった。力が突然弛み、彼女はのけぞって再びシュトレームリ氏の懐に落ちた。どういうわけだ？　とグスタフは女のもとに膝をつき、顔蒼ざめて尋ねた。シュトレームリ氏は、長い、ただトーニのごろごろする喉音によってのみ途切れた、人々がその間彼女の返答を空しく待ち望んだ、沈黙ののち、口を切って言った。なぜかというと、ホアンゴ到着後に不運な君を救うには、他の方法がなかったからだ。君が間違いなく始めざるを得なかったろう戦闘を避けたかった。この人の働きによってこっちに急行していたわたしたちが武器を手に君の解放を勝ち取るまでの時間を稼ぎたかったからだ。グスタフは両手で顔を覆った。「ウーン」と彼は顔を上げずに叫び、言った。足許の大地が沈むようだ、君らが僕に言っていることは、本当か？　彼は彼女の体を両手で挟み、惨めに心千切れて彼女の顔をのぞいた。「ああ」とトーニは叫び、最後の言葉はこうであった。「あなたはわたしを不信してはいけなかった！」。こう言って彼女の美しい魂は息絶えた。

『聖ドミンゴ島の婚約』

「不信する」という勝手な造語を私が当てた単語は misstrauenn で、「不信を抱く」という訳語ではどうも間延びするのである。二、三の箇所に目を留めよう。まず「不可解にも残忍な殺害者」。これは総体的にナポレオンに当て嵌めた表現になろうが、政治的賢慮が全く見当たらない彼のトゥサン処断についてもぴったり該当する。実際ジェームズによればナポレオンは流謫地セント・ヘレナ島で自分の失敗を認めている。次にトーニの発するグスタフへの「最愛の友であるあなた（dich, liebsten Freund）」という言葉遣い。先に引用したナポレオン宛書簡に溢れるトゥサンのナポレオンあるいはフランス敬愛の念に一致する。次にトーニが己の血にこけつ転びつグスタフに近づく箇所。彼女は「手で男に届くことも出来なかった」。erreichen は「届く、到着する、到達する」である。クライスト作品で「遂に届かない」という痛切な結果を生むのは、この短編の他に戯曲『ペンテジレーア』がある。そして遂に届かない、到達出来ない、とはカフカの読者が誰しも強く印象づけられる、カフカ文学の特性である。ＳＰＤに寄せた彼の期待もまた届くことなく終わった。

シュトレームリ氏（Herr Strömli）は作中一貫して「氏」付きである。この人物には敬意が払われており、彼は人生の苦楽を味わって今は温厚そのものだが、老齢にもかかわらず一旦事あれば戦闘に参加する。この小説はもしこの人物が登場せず、また老年期に入って生まれた二人の男の子に対するホアンゴの愛情がなければ、殺伐としたものになったろう。

Strömli は Strom（大河、大きな川、水の流れ）と縮小詞 -li（標準語 -lein）の結合形。-li はスイスでよく使われ、従ってシュトレームリ氏がスイス人であるのに対応する。ところがドイツ姓氏辞典に当たって見ると意外にも Strom は見当たらず、だから Strömli という姓もないであろう。すると Strom は人名ではなく、普通名詞である。クライストがフランス革命とナポレオン時代の作家だったのを思い合わせれば、Strom とはライン河（der Rhein）である。ライン河の源流は事実スイスに発する。

甥と叔父であるグスタフとシュトレームリ氏は、作品の末尾ではいとこの間柄とされている。グリム独語辞典（一九五一年刊）の Vetter（いとこ）の項に、「君公たちは今日なおいとこと呼び合う」との記載がある。この意味の Vetter が使われている例を rororo 伝記叢書の一冊、ゲスタ・フォン・ユクスキュル『フェルディナント・ラッサール』から紹介する。一八四八年のドイツ革命の流れでフランクフルト制憲議会が成立し、翌年三月、議会はドイツの統一とプロイセン国王フリードリヒ・ヴィルヘルム四世のドイツ皇帝即位とを国王に請願した。

一年前ならフリードリヒ・ヴィルヘルム四世は有り難く帝冠を受け取ったであろう。（中略）しかし今では彼は帝位を自分の君公いとこたち（Vettern）の手から受け取ることしか欲せず、もはや人民の手からはお断りであった。一年の間に極めて多くのことがドイツでは変化していた。（ユクスキュル『フェルディナント・ラッサール』p.67）

一八〇六年、普仏戦争で敗北したプロイセンは領土の半分を削られ、ライン河は遥か彼方に去っていた。それゆえクライストは復讐戦を呼びかける愛国詩を書き、ラインラント奪回のためライン河をフランス兵の死体で埋めよ、と煽った。するとグスタフをフランス皇帝ナポレオンに見立てる私の読みからは、いとこシュトレームリ氏とはいつかライン河を挟んでナポレオン軍と対峙することになるだろうプロイセン国王フリードリヒ・ヴィルヘルム三世に他なるまい、との推論が得られる。傍証はある。クライストは自分の主君に該当するシュトレームリにHerr（氏、主君）を一度も欠かさないのだ。

グスタフはピストルを自分の口中に差し込み、引き金を引く。彼は自殺する。ナポレオンは自殺などしなかったではないか？　それはそうだが、政治的自殺はしたのである。一八一二年のロシア遠征がそれである。遠征に踏み切らざるを得なかったのは、彼がヨーロッパ大陸に布いていた対イギリス大陸封鎖令から、ロシアが一八一〇年一二月に脱退したからである。クライストが『聖ドミンゴ島の婚約』を書いたのは、一八一一年春かそれ以降である。クライストはロシアの大陸封鎖令離脱を聞き、次に来るのはナポレオンのロシア遠征という自殺行動だと推察し、いち早く作品化した。この予見は彼には反って憂鬱なものであっただろう。実際に起きたことで確認しよう。ロシア遠征時のナポレオン大陸軍は正規軍及び補助軍を併せ五〇万人以上だったと言われるが、その三分の一はドイツ人であった。クライストの国プロイセンは勿論、オーストリア、バイエルン、ザクセンなどドイツ全土から兵士が集められた。その大半は帰郷できない運命にあった。プロイセン国王フリードリヒ・ヴィルヘルム三世は決断力に乏しい優柔不断な人物だった。彼には為す術がなかった。即ちクライストの老弱なシュトレームリ氏である。

グスタフがクライスト自身でもあることは執筆の年に彼が同じやり方で自死したことによって窺い知れる。クライストは宿敵ナポレオンに自分を重ねてもいるはずだが、一八〇四年にナポレオンが英仏海峡を渡ってイギリスに侵攻しようと図った時、ナポレオン軍に加わろうとした過去が彼にはあった。それはトゥサンがジュウ要塞で死んだ翌年であった。クライストはナポレオンの没落を予測し、トゥサンがナポレオンに滅ぼされた悲劇とからめて作品化した。予見の人カフカは『聖ドミンゴ島の婚約』が予見の書であると知り、大いに触発された。『或る地域医者』とクライストの重なりをまとめよう。一〇マイル→『聖ドミンゴ島の婚約』→グスタフの自殺→ナポレオンの政治的自殺→ナポレオン軍の逃走→医者はナポレオン軍が敗走した宏大な地域を逃げ惑う、である。ナポレオン軍兵士のほとんどは敗走中に死亡した。

では『或る地域医者』の女中ローザがクライストのトーニにだぶっている所以について検討しよう。トーニにとって白人世界であるもの、トゥサンにとってのフランス、それはルクセンブルクにとってのSPDであった。トーニはいきなりグスタフによって撃ち殺される。そこにカフカはルクセンブルクの、と同時に彼自身の、一九一四年八月四日に蒙った打撃を重ねている。ルクセンブルクは一九一五年一月に逮捕され、以来短い釈放期間を除いて一九一八年一一月九日に釈放されるまで数カ所の刑務所を転々とする。その間彼女の政治パンフレットは牢外に持ち出された。彼女らのグループはスパルタクス団の名で知られる。スパルタクスはマルクス主義においてはほとんど神聖な名前であった。彼の率いた奴隷反乱は、階級闘争史観にとって範例的事件となる。それだけではない。彼は略奪物を兵士間で平等に分配させ、また金や銀の所有を禁じたという。ちなみに平等な分配を象徴する古代ローマ人がもう二人いた。紀元前三世紀の護民官グラックス兄弟である。カフカの『狩猟人グラックス』が思い合わされる。

トゥサン・ルヴェルチュールはフランス啓蒙主義の作家レナール（Guillaume-Thomas Francois Raynal 1713-1796）の大著『両インド史』を繰り返し読んでいた。レナールはその中で、いつか西インドから黒いスパルタクスが現れ出るだろうと予言していた。一七九六年におけるフランス領サン・ドマング島総督ラヴォー（Etienne Laveaux）によるトゥサン処遇についてジェームズはこう語る。

彼はトゥサンを総督補佐に任命し、トゥサンとの相談なしにはなにごとも行わないことを誓った。そして、トゥサンのことを合法的権力の救世主、黒人スパルタクスと呼び、さらに黒人に加えられてきた暴虐に報復しに現れるだろうとレナール師が予言したニグロになぞらえた。トゥサンは感激にうちふるえ、「神の次なる者、ラヴォー」と、思わず叫んでいた。　　（同書 p.173）

トゥサンはまたナポレオン同様幸運の女神に守られているかのようだった。

トゥサンは不死身のように見えた。南部との内戦では敵軍が彼を二度も待ち伏せした。一度目は同じ馬車で彼の隣りにいた医者が殺され、部下の将校が数名落馬し、彼自身の帽子の羽根飾りが弾丸で吹き飛ばされてしまった。それからしばらくして同じ旅行中に、彼の御者が殺され、馬車も蜂の巣だらけに乱射された。そのほんの数分まえに、トゥサンは馬車を捨てて、少し離れたところで馬を駆っていたのである。最後にはトゥサンが、自分がレナールによって予言された、黒人を解放するために生まれた黒人スパルタクスであると信じるようになったとしても、少しも不思議ではなかった」　（同書 p.248-249）

スパルタクスとトゥサンは共に非運の死を遂げる。『或る地域医者』では、女中ローザに同じような死が暗示されている。ではまとめよう。古代ローマの奴隷反乱指導者スパルタクス↓「黒いスパルタクス」トゥサン・ルヴェルチュール↓『聖ドミンゴ島の婚約』のトーニ↓『或る地域医者』の女中ローザ↓ローザ・ルクセンブルクとスパルタクス・グループ、である。

＊3　女中（Dienstmädchen）

女中の名がローザであることは作品での彼女の初出では告げられておらず、単に女中とある。これには理由がある。女中という職はアウグスト・ベーベルに因んでいる。彼の母ヴィルヘルミーネ・ヨハナ・ベーベル、旧姓ジーモンが生家を離れて初めて得た仕事が女中であった。ベーベル自伝『我が生涯から』第一部冒頭「少年・青年時代から」の節にこうある。

わたしの母はかつての自由帝国都市ヴェツラルに古くから住む、貧しいとは言えない小市民家庭の出であった。彼女の父親はパン屋で農民だった。家族が大人数だったのでわたしの母は、他のヴェツラルの家庭の例に倣い、フランクフルト・アム・マインまで歩いて行き、そこで女中の職に就いた。フランクフルトから彼女は隣接するマインツにやって来てわたしの父と知り合った。その後父の連隊がポーゼン州へ送り返されたとき、父は婚約者のことを思ったのと、もしかしたら故郷よりラインラントが気に入ったので、連隊を離れ、ケルン－ドイツ（Köln-Deutz）に駐留する第二五歩兵連隊に入った。

（アウグスト・ベーベル『我が生涯から』p.10-11）

『或る地域医者』で「わたし自身の馬」すなわちベーベルを主語とする文のすぐ後に、「わたしの女中」を主語とする文があるのを確認したい。この「女中」は昨晩死んだ馬がベーベルであると伝えるために作者が配置した縁語である。「わたしのmein」が馬と女中の双方を冠しているところに、医者がではなくカフカがアウグスト・ベーベルとローザ・ルクセンブルクに抱いていた敬愛が雄弁に覗いている。

翻訳　2

わたしはもう一度庭を端から端まで歩いた。どうにも当てはなかった。気は散り、心は痛み、わたしはもう何年も前から使われていない豚小屋の壊れかけた戸を足で蹴飛ばした。戸は開き、蝶番にぶら下がってがたがた開閉した。馬から発せられるような熱と臭気が漂ってきた。中では曇った廏灯（Stallaterne）が一本の綱（Seil）に揺れていた。低い仕切り囲い（Verschlag）の中にうずくまっていた一人の男が、開けっぴろげな、目の青い顔[*1]（sein offenes blauäugiges Gesicht）を見せた。「馬を繫ぎましょうか」と、男は四つん這いになって出て来ながら尋ねた。わたしは何も言いようがなく、廏には他にまだ何があるのか見ようと背を屈めただけだった。女中がわたしに並んで立っていた。「自分の家に（im eigenen Hause）どういうものが蓄えてあるか、知らないものですね」と彼女は言い、わたしたちは二人で笑った。「ホッラー（Hollah）[*2・3]、兄弟、ホッラー、姉妹！」と馬丁（Pferdeknecht）は叫んだ。二頭の馬、横腹の肥えた堂々たる動物が、前後して、脚は体に狭くくっつき、見事な形の頭部を駱駝のように垂らし、胴体の旋回の力だけで、二頭で余すところなく満たしているドア穴から、のし出てきた。だがすぐに二頭はすっくと立ち、脚は高く、体からは湯気が昇った。「手伝ってあげて」とわたしは言い、反応の早い女中は馬車の馬具を馬丁（Knecht）に手渡そうと急いだ。だが彼女が彼の傍らに行くやいなや、彼は彼女を抱き抱え、自分の顔を彼女の顔に当てた。彼女はきゃっと叫び、わたしのところに逃げて来た。二列の歯跡が彼女の頬に赤く食い込んでいた。[*4]「君、畜生め、笞を食いたいのか」とわたしは憤激して怒鳴ったが、すぐに相手が見知らぬ人物である、どこからやって来たのかわたしは知らないし、他の人が役に立たない（versagen）いま自分からわたしの手伝いをしてくれているのだ、と思い返した。まるでわたしの考えが分かるかのように、男はわたしの威嚇を悪くは取らず、そのまま馬の支度を続けながら、一度わたしの方を向いただけだった。それから彼は「御乗車なさいませ（Steigt ein）」と言った。するとまこと一切の用意が整っていた。こんなに美しい組馬にわたしはいまだかつて乗ったことはない、と気付き、わたしは浮き浮き乗車した。「だが御するのはわたしがしよう。君は道を知らない」とわたしは言った。「勿論です」と彼は言った、「わたくしは乗りません。ローザのところに残ります」。「いやっ」とローザは叫び、自分の運命の避け難さを正確に予感して家に駆け込む。わたしには聞こえる、彼女の掛けるドア・チェーンがかしゃかしゃ鳴るのが。わたしには聞こえる、錠がかちんと閉まるのが。わたしには見える、そのうえ彼女が自分が見つからないように、廊下から、次いで大至急全部の部屋の明かりを消すのが。「君も一緒に行くのだ」とわたしは馬丁に言う、「そうでなければわたしは遠出を諦める、それがどんなに緊急でも。わたしには思いつかない、この遠出のための売買価格(Kaufpreis)として女中を君に差し出すなどというのは」。「はいはい!(Munter!)」と彼は言い、手を叩く。馬車は引き摺られる、まるで水流に落ちた木材のように。わたしの家の(meines Hauses)ドアが馬丁の突撃のもとはじけ、割れるのが、わたしにはまだ聞こえる。

翻訳2の注解

＊1　開けっぴろげな、目の青い顔

この顔は、馬丁の身元がクライストであることを示す。クライストの肖像(図3)は幾つか残っているが、すこぶる風変わりなのが、一八〇七年に丁度彼がフランスの囚人であった期間直後に描かれたもので、画家の名は不明である。彼の眼は青く、顔全体がオープン(offen)即ち開けっぴろげである。

一八〇六年から翌年にかけての普仏戦争でプロイセンは敗北、領土は半減した。一八〇九年七月のヴァグラムの戦いで、オーストリアはフランスに敗北した。ヴァグラム戦の前後にプロイセンの主戦派はオーストリアと共同して対ナポレオン戦に打って出るべきだ、と主張した。陸軍改革者ナイトハルト・フォン・グナイゼナウはその一人であった。彼は正規軍、後備軍（Landwehr）の他に地域突撃隊（Landsturm）の創設を国王フリードリヒ・ヴィルヘルム三世に建言したことで知られる。これは一歩進めれば人民軍（Miliz）であり、民衆の自発的なゲリラ軍とも言えるものであるが、そこはプロイセンらしく厳重に国家の管理下で行動することになっていた。クライストの愛国主義作品は幾つかあるが、戯曲『ヘルマンの戦い』とオード『ゲルマーニアが、彼女の子供たちに与える呼びかけ』（一八〇九年）が代表作である。後者は詩題も含め異文が多いが、以下、ドイツ古典文学叢書「クライスト全集」から、ごく一部だけ他の異文に差し替えて、訳出する。グナイゼナウは地域突撃隊が手にすべき武器の例を「銃剣付きもしくは無しの火打ち石銃、槍、長槍、熊手、朝星棒（Morgensterne）、軍刀、斧、真っ直ぐに伸ばした大鎌、アイゼン（Eisen 鉄。武器になり得る鉄具?・）その他」（ヨーアヒム・シッケル編『ゲリラ兵とパルチザン』p.77）としている。クライストでは詩節2の合唱に同様の提言がある。

1　ブロッケンの山域／エルベ河ののどかな草地／ドーナウ河の岸辺に住まいする人たち／オーデル河谷を耕す人たち／ラインの葡萄園から／霞かかる地中海から／大山脈の尖頂から／バルト海、北海から、おいで！

合唱――お聞き、なんという呼び声が、兄弟たちよ／遥か高く天の玉座から降って来る？／起き上がったのか、ゲルマーニアよ？／復讐の日が来たのか？

2　ドイツ人よ、わたしの子供たちの輪舞よ／痛みと快楽こもるわたしの口づけを浴び／わたしの懐中に攀じ登る者よ／母なるわたしの腕に抱かれ／わが乳房が保護し庇う者たち／不敗のマルゼン族の血筋／ローマ人を打ち砕いた者の裔

合唱――武器を取れ、武器を取れ！／両手が手当たり次第に摑む物／棍棒やら竿やら／戦闘だ、あなたの険しい山々へ降りて！

3　岩の裂目からあふれる雪のように／恐るべきものとして、アルプスの峻嶺にあるかのように／春の熱い接吻を浴びて／沸き立ちながら氷河へと向かう／急流がごうと下り／風見鶏すら水に埋まり／天は轟音を発して反響し／耕牧地は大海になる

合唱――いざ下れ、救いの君主を先頭に／ぐるり一面の自由の気候の中を。／果てしない海が泡だち／フランス人の上に落ちる

図3　ハインリヒ・フォン・クライスト（1807年）

4　こちらでは商人が積荷もろとも／丘陵を行進し来たる／あちらでは哲人が翼に乗り／天体領域を飛び来たる／刈り入れ人たちは汗まみれに／耕牧地をなぎ倒す／彼らのケルビムなる騎士が／在所の岩から降る

合唱――治癒しがたき傷の中で（in unheilbaren

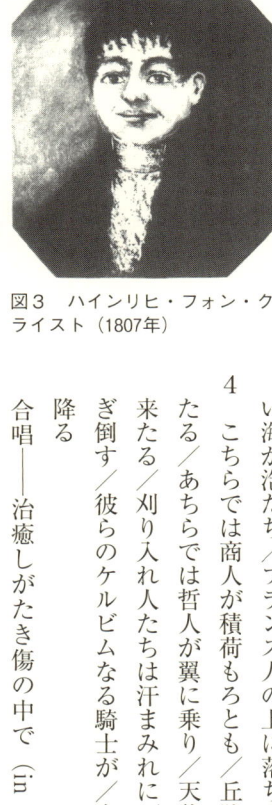

Wunden）／奴ら他国人の嘲りを感じ取った者よ／兄弟たち、ドイツの男である者よ／この戦いに加われ！

5　君たちの足の踏むところすべて／彼らの骨で白く埋めろ／ワタリガラスや狐が軽んじて触りもしないなら／魚の餌食にせよ／ライン河を彼らの屍体で堰き止めろ／彼らの骸骨に塞がれた／ライン河をプファルツとトリアーの外縁まで退かしめ／もってそのライン河を国境たらしめよ！

合唱——射手が狼の跡を追う／狩猟の快楽！／狼を撲ち殺せ！　最後の審判は／諸君に理由を糺しはしない！

6　彼らの馬に踏み砕かれ／沈んでしまう野原を見よ／諸都市の戸口や窓から／射し入る月光を見よ／嘆きつつ死の口づけに斃れ行く／女を見よ／その報いに暁どき／彼女は郊外の瓦礫へ飛ぶ！

合唱——ドイツ人よ、ドイツ人よ、君たちの恥辱の大きさには及ばない／浜辺の砂も／天体の無数の光も／広大な地球の円周も

7　下僕を軛から救出せよ／鉄鉱石を原料に／地獄の息子の法を／われらが襟首の上に置くあの軛から。／神殿を守れ／われらが君主たちの聖なる血に崇敬を。／屈服させ壊滅させよ／成り上がり者に毒と短剣を！

合唱——われらをしてドイツの大地にて自由に統治せしめ／古人の慣行に従い／大地の恵みに悦ばしく与らしめ／さもなくば大地をわれらの墓とせよ

ライン左岸はフランス領になっていた。ゲルマーニアの飛ばす檄に応じ、ドイツ人の反乱が大洪水のように奔流し、フランス兵の屍体がラインを堰き止め、洪水は以前のドイツとフランスの国境まで達し、ドイツは旧領を回復する。詩節6はフランス軍の攻撃で被害を被った都市の廃墟風景を描いている。その後半部は私には不分明である。クライストは当時のドイツの立場として正当な国土と主権の回復を叫んでいるのだが、彼の突き刺さる詩語が高く評価されるに至った後代、第一次と第二次の大戦時にそれがどういう影響力を持ったか、想像に難くない。小説家エルンスト・グレーザー（Ernst Glaeser 1902-1962）の自伝的長編『一九〇二年生まれ』（一九二八年）は開戦前後のドイツ人の暮らしや戦時下の雰囲気を知るための好著として歴史家がしばしば引用する。八月四日夜、イギリスはドイツに宣戦布告した。主人公のギュムナジウム三年生エルンストはこう書いている。

誰もイギリスがこんな恥ずかしいことをやらかすなど信じていなかった。「敵が多いほど名誉だ」と四時頃帰宅した父は言ったが、それはまるで父には隠した借金があるかのように響いた。

夕方僕らは学校に行かねばならなかった。校長が祝いを決めたのだ。彼は予備役大尉で翌日連隊に赴かなければならなかった。最初に講堂でテ・デウム。次いでカルムック人（教師の渾名《あだな》）がH・フォン・クライストの詩《ゲルマーニアが、彼女の子供たちに与える呼びかけ》を朗読した。彼の声は恍惚として詩行「彼らを撲ち殺せ！　最後の審判は諸君に理由を糺しはしない……」に突き入った。オーケストラのファンファーレの後校長が話した。記憶に残った部分がある。「遂に腐った平和は終わりを告げた。鉄の時が始まる。我々は、この時を体験させてもらえることを我らが神に感謝しよう」

（グレーザー『一九〇二年生まれ』p.196-197）

クライストのオードとカフカの『或る地域医者』とを繋ぐ言葉は、詩節4の合唱に見える「治癒しがたき傷」である。地域医者は患者を見直して手の平大の傷（Wunde）を発見する。クライストでは傷は複数、カフカでは単数だが、治癒しがたきとクライストが言ってのけたのは、禍々しい予言であった。オードが書かれてからおよそ一〇〇年後のヴェルダン戦とソンム戦はドイツとフランス双方にとってその言葉通りの莫大な傷を新たに生んだ。

＊2　馬、サーカス、曲馬団

カフカが第一次大戦中に書いた幾つかの短編で馬やサーカスが出現する。成立順に『或る地域医者』『天井桟敷で』『隣村』『バケツ騎乗者』『新しい弁護士』『古い一ページ』である。戦後では一九二二年初期に『最初の悩み』という、サーカスの花形である空中ブランコ乗りを扱った短編が生まれた。これらすべてを通じて馬とサーカスとは一つにはホーエンツォレルン朝ドイツ国家即ちプロイセン王国とドイツ帝国権力で、もう一つにはSPDであり、それゆえまた馬とサーカスはSPDがドイツ国家に協力している戦時体制、いわゆる城内平和をも指す。馬の由来が二つあることにより、『或る地域医者』のように馬が二頭登場することもある。二頭の馬はまた多数派SPDと少数派SPDであることもある。

詩人ハインリヒ・ハイネは一八二一年から二年間ほどベルリンに遊学していた。ベルリン王宮の建物にあった浮き彫りにヒントを得て、一八四七年パリ在住の彼はホーエンツォレルン王家を罵倒する《城の伝説 Schloßlegende》を発表した。

《1　ベルリンの古い城で／わたしたちは見る／一人の女が駿馬と／ソドムの悦楽に耽っている／石彫を

2　言い伝えによればかの貴婦人は／我らが王家のあやにかしこき原母となられた／その種はまことと／本性に違うことはなかった

3　さよう、彼らは皆／人間の性状を持つこと少なかった／どのプロイセン王にも／馬の跡が認められた

4　常に残忍、かつ、愚鈍／廏的思考、なんたる惨めさ／彼らの演説は嘶き／どこをとっても野獣

5　ひとり汝のみ／一族の最後の裔たる汝のみ、人間のように感じ、思考する／そして

最終詩節で嘲笑の的になっているのは、フリードリヒ・ヴィルヘルム四世（1795-1861、在位 1840-1861）である。彼は后をバイエルン王家から迎えていたが、二人の間に子供はなかった。国王はインポテントなのだ、とはベルリン雀の噂するところだった。ホーエンツォレルン家は種馬を先祖とする、というのはハイネの創作である。私が第二著で述べたようにSchloß（現行表記 Schloss）には城のみならず錠の意味があり、これはまた女性性器にも用いられる。ハイネは両方懸けている。

ＳＰＤが馬であるのはフーゴ・ハーゼ、ローザ・ルクセンブルクにゆかりがある。開戦の年一九一四年八月、社会主義インターナショナルがヴィーンで開催される予定だった。六月末のオーストリア皇太子夫妻暗殺後もそのスケジュールに変更の必要はない、と当初考えられた。七月二三日、オーストリアがセルビアに発した最後通牒によって空気が一変した。七月二九日、ベルギーの首都ブリュッセルでヨーロッパ各国の主な社会主義指導者が一堂に会し、緊急の協議をした。ハーゼはＳＰＤを代表し、ルクセンブルクはポーランド代表であった。フランスからはジャン・ジョレス、イギリスからはケア・ハーディーと、著名な社会主義者が顔を揃えた。会議は報道陣をシャットアウトした秘密会で行われ、翌三〇日まで継続した。ペーター・ネトルの『ローザ・ルクセンブルク』から引用する。

会議後発表された決議は参加者内部の疑惑や対立については一言も洩らしていなかった。それはまるで部隊の忠誠に訴えかける最高司令部の日課命令のように聞こえた。「社会主義インターナショナル・ビューローは全員一致してあらゆる関係諸国のプロレタリアに義務づける、戦争反対の示威行動を継続するのみならず、更に強化することを……」

七月二九日夕刻、会議の参加者数名がロワイヤル・サーカス（Cirque Royal）で、はち切れんばかりに会場を埋め尽くした群衆に向かって演説した。サーカスは「ジョレスの壮大な演説の終わりに文字通り振動した」。激しい戦争弾劾がかち得た強力な反響は、演説者たちに力と希望とを与えたかもしれない——ただしほんの一時。会議は良くも悪くも第二インターナショナルにとって典型的なものだった。用心深く抑制した理想主義。一方では世論に影響を及ぼして世界政治の歩みを変えることが出来る、という希望。もう一方で国家政治家らしい平静を保ちたいという願望。

（ネトル『ローザ・ルクセンブルク』p.413）

サーカスというと小屋掛けの巡業団という印象が私などにはあるが、当時ヨーロッパではサーカスは大人気で、パリのフェルナンド・サーカス、ベルリンのブッシュ・サーカスなど堂々たる石造りの建物だった。この時代、大群衆を容れる建物が少なかったので、サーカスはしばしば政治的集会に使われた。ここでのロワイヤル・サーカスも同様である。

ブリュッセルの大群衆を感動させたジョレスは二日後パリで暗殺される。インターナショナルの決議は開戦諸国の社会主義政党では空文化した。これがカフカにおける馬とサーカスの由来になっている。ここにもう一つ想起してよいことがある。Stall は家畜小屋、廏舎を意味し、『或る地域医者』では馬は Schweinestall（豚小屋）から現れる。Stall の合成語として Stallbruder（廏の兄弟）といえば、Genosse（ＳＰＤの同志）を指すありふれた表現であり、現に豚小屋から現れたカフカの馬丁は「ホッラー、兄弟、ホッラー、姉妹」と掛け声を発し、ＳＰＤの男女党員の戦争協力に向けた連帯感情を振るい起こそうとしている。また Stallgeruch（廏の臭い）といえば、ＳＰＤ党員及びその支持者層である労働者が、初対面であっても互いに仲間や同志であると、人間的肌触りでいち早く感じ取り気を許しあうのを指す言葉である。

『或る地域医者』中ナーカスを暗示する表現が三箇所に散在する。第一に綱（Seil）。豚小屋から馬丁と馬二頭が現れる箇所にこうある。

中で薄暗い廏灯が一本の綱に揺れていた。

Seil は登山用語ザイルとして日本語になっており、それからこの名詞の特性を考えると、まず丈夫である。持ち運びのため重くないのが良く、だから太くはない。長さはかなりあるだろう。クラウン独語辞典によれば、Seil の代表的意味は登山用の「ザイル」、ボクシングでリングを囲む「ロープ」、あるいは綱渡り（Seiltanz）用の「ロープ」である。Seilはそれゆえサーカスの縁語である。

第二に「手を叩く」。医者は馬丁をも連れて出掛けようとするが、馬丁は「はいはい！」と言い、手を叩く。医者の乗る馬車は急流に乗ったように引き摺られる。「手を叩く in die Hände klatschen」はカフカの好む語法であることは、度々指摘されてきた。今のケースではこれはサーカスを示唆する。根拠は二つある。一つには作中この動作が馬に関わっていること。もう一つはエルンスト・グレーザー『一九〇二年生まれ』で分かる。主人公エルンストは、開戦の一九一四年の夏、母に連れられてスイスの保養地に来ている。彼はそこでやはり母に伴われて来たフランス少年ガストンと知り合う。二人は言葉は通じないが、一緒に遊ぶ。ガストンはズボンの左ポケットから小さい灰色のゴムボールを引っ張り出し、少年に投げると、少年はどうしてよいかを知らず、ボールは鼻に当たってベンチの下へ転がる。

彼は地面から僕にボールを投げてよこした。僕はキャッチした。僕は投げ返し、彼はキャッチした。こうしてボールは僕らの母たちの間を行ったり来たりしたが、母たちは言葉が通じなくて打ち解けないまま見合っていた。

車がサナトリウムの前で停まると、ガストンは大きい車寄せの広場に飛び降り、ボールを空中高く投げ、綱渡り芸人（Seiltänzer）のように手を叩き、ボールを捕った。

（同書 p.158）

綱渡り芸人は得意の絶頂で両手を打ち合わせるのだ。グレーザーの小説にはこれより前に一度「手を叩く」が出ているが、それは、どんなもんだい、という自賛の仕草である。第三に、本書「翻訳４」の部分で医者が若者の傷を認めた直後、病人の部屋に数人の客が姿を現す部分がある。彼らは、

爪先立ち、両手を拡げてバランスを取りつつ月明かりを通って入って来る。

これは何だかわけの分からない仕草だが、サーカスの縁語が置かれていると考えれば変ではなくなる。月明かりを通って、という余りぴんとこない表現も、例えば月が照らす屋外で綱渡り人が芸を披露している光景を思い浮かべれば、腑に落ちる。

ブリュッセルのロワイヤル・サーカスでの大衆集会にハーゼとローザ・ルクセンブルクは出席していた。ルクセンブルクは、ブリュッセル集会の時点で戦争が勃発することはないだろうと予測していた。ネトルの伝記にこうある。

彼女も、ドイツ政府がどんなに「うろたえ者」であろうと、「ハープスブルクの髭」のためにフランスとロシア、そしてもしかしたらイギリスと戦争することに比べたらど

んな解決策でも彼らにはましであろう、との見解を取っていた。すなわちローザ・ルクセンブルクは二つの支配的だった幻影におおむね捕われていた。社会民主主義は戦争を阻止出来る、もしくは止めさせ得る。ドイツ政府は根本的には平和の維持を望んでいる。

（ネトル『ローザ・ルクセンブルク』p.411）

これは翻訳2（73頁参照）の中で、馬二頭と馬丁とが豚小屋から出て来るのを見て女中が「『自分の家にどういうものが蓄えてあるか、知らないものですね』と彼女は言い、わたしたちは二人で笑った」とある箇所を想起させる。このジョークでは痛ましい事実誤認が笑いにまぶされている。「自分の家」をドイツととれば、ドイツは既に戦争を蓄えていた。ヨーロッパととれば独墺同盟と仏露英協商間の戦争は蓄えられていた。各国社会主義政党、とりわけSPDととれば、戦争開始時に戦争公債案に賛成する下地は蓄えられていた。しかしルクセンブルクはそこまで自分たちが追い詰められている、とは気付いていかなかった。微妙なのは「わたしたちは二人で笑った」という一文である。医者はフーゴ・ハーゼである（その証明は次項で行う）。ハーゼの時局認識はルクセンブルクと変わらなかった、とカフカは言っているのだろうか。それともハーゼの笑いはローザに釣られて発せられただけで、何か照れ隠しや便乗のようなものが伴っている、と書いているのだろうか。というのもSPD議長ハーゼはルクセンブルクに比べればドイツ政府の意志をずっと正確に知り得る立場にあったのだから。

笑う二人に冷や水を浴びせるように、馬丁は二頭の馬を呼び出す。彼は「ホッラー、兄弟、ホッラー、姉妹！　Hollah, Bruder, hollah, Schwester!」と叫ぶ。兄弟姉妹はSPDの同志を指していて問題ないが、hollah なる単語は存在しない。おそらくドイツ語圏の読者はほぼみな間投詞の holla と読むだろう。これの意味はクラウン独和辞典では三つ。

①（驚きを表して）おや、まあ

②（制止を表して）おい、こら

③他に古くは人を元気づける（aufmuntern）掛け声としても用いられた

馬丁は後で「はいはい！　Munter」と言うから、ここではそうとってよいだろう。問題は発音である。holla は音訳ホッラで、ホに強勢があり、ホもラも極めて短い。ところが hollah の字面では音訳ホッラーで、しかもラーに強勢を移したくなる。馬丁は旺盛な勢いで叫んだのだから、日本語的にはラーが強く長くなっても不思議はないようだが、ドイツ語としては強勢なら holla!（ホッラ）でホを殊更強く吐き出すのが妥当であろう。カフカは hollah の後に感嘆符を打っておらず、これが間投詞だと殊更に強調してはいない。

hollah は holla と ah という二つの間投詞の合体であると判断される。ah の意味は六巻本ドゥーデン独語辞典によれば、

①訝りや驚きの叫び。これには驚きを伴って感心するケースも含まれる

②喜び（Freude）の声

③なるほどそうだったか、という納得の発声

馬丁が終始上機嫌であるところからすれば、hollah の ah には②の喜悦の意味がふさわしい。馬丁がすこぶる御満悦であるところから、この箇所での彼の身元はドイツ帝国宰相テーオバルト・フォン・ベートマン・ホルヴェーク（Theobald von Bethmann Hollweg 1856-1921）であると推定できる。hollah の最初の四文字 holl は Hollweg のそれと同じである。参考事例がある。開戦の前年ドイツ軍の一将校がアルザス人を侮辱して生じたツァーベルン事件で、ベルリンの国粋主義者は宰相がへっぴり腰だとして Holl を Soll（……せよ）に置き換えて「ベートマンよ、去れ Bethmann, Soll-weg」と気勢を上げた（ドイツ語ウィキペディア Bethmann Hollweg の項）。

ベートマン・ホルヴェーク（図４）はロシアの強大化を予測し怯えていた。ロシアとの決戦は避けられまい。では開戦はいつが良いか。陸軍の答えは、早いほど良い、であった。

図４　宰相ベートマン・ホルヴェーク

ロシアとフランスは一八九四年に同盟を結んでおり、ドイツ陸軍は両国と同時に戦争する二正面作戦を策定していた。いわゆるシュリーフェン作戦である。戦争開始とともに陸軍の大半はフランス攻撃に向けられる。最初フランス軍の守備が手薄なベルギー国境方面から侵入する。そのためには中立国ベルギーを

蹂躙するのも止むを得ない。その場合、イギリスがフランスに与して参戦するかもしれないが、宰相は仕方がないと考えていたようである。彼が望んだのは対ロシア戦であるから、対ロシア戦の優先を求めてしかるべきであったかもしれないが、陸軍にはシュリーフェン作戦を変更する意志はなかった。この情勢で宰相はSPDから戦争協力を取り付けるべく腐心した。これが成功するためには、ロシアが先に攻撃を始めた、という順序が生まれることが不可欠であった。一〇年以上前にアウグスト・ベーベルは、ロシアがドイツを攻撃する時はSPDは祖国防衛に立ち上がると表明していた。宰相は、一刻も早い開戦を求める軍首脳を掣肘《せいちゅう》し、ロシアが攻撃者であるという順序を作り出すべく、じりじり待った。だがもしロシアが、彼が割り振った役割に嵌ってくれなかったら？

ベートマン・ホルヴェークはこの不安な疑念から、ロシア軍総動員の情報によって解き放たれた。この報は同日（七月三〇日）の夜のうち二三時以降に入って来た。ここで軍人たちは即時動員と、それと同時の作戦行動開始を迫ったが、これまた宰相の戦術を危うくしかねなかった。ベートマンはモルトケ（参謀総長）とファルケンハイン（陸相）を押し切って、彼の形式的に完璧な戦争開始のコンセプトを通した。それはロシア帝国に対する期限付き最後通牒と宣戦布告を含むもので、彼は内政上の理由からこの両者を必要としていた。

（ディーター・グロー『消極的統合と革命的待機主義 7.2.2』）

ロシア軍総動員のニュースがドイツ政府に届いたのが、七月三〇日の午後二三時から二四時の間であった、というところに注目しよう。『或る地域医者』で医者を誘《おび》き出す夜間ベルとはこれである。

待機主義（Attentismus）という言葉を表題に含む書物からの引用を見たところで、翻訳2（73頁参照）にある「他の人が役に立たない（versagen）」の箇所を観察しよう。versagen は他動詞として「拒む、与えない」の意味を持つ。村人は馬を貸すのを拒んだから、そう訳すことも出来る。自動詞としては小学館大独和辞典によれば「機能を発揮しない、役に立たない、無力をさらけ出す」である。医者は他の人々が役に立たないと言うけれど、その彼は役に立っているのだろうか。本人はあまりそのことに気付いておらず、昨晩死んだ「わたし自身の馬」を懐かしんでいるようだ。中庭を往ったり来たりしているうち雪に降り積もられ、歩くことも困難になる。これは二〇世紀に入ってからのＳＰＤの歩みについて史家のいう「革命的待機主義」を諷している。資本主義の崩壊と社会主義の誕生はいわば自然法則であり、いつかはそうなる。ＳＰＤはそれまで絶えず党勢を拡大し、団結を維持し、ブルジョア世界の崩壊、ベーベルが好んで使った言葉ではクラッデラダッチュ（Kladderadatsch ぐわらぐわらどすん）が、遂にやって来た時、事態を掌握すればよい。ローザ・ルクセンブルクは待機主義に反対し、大衆のデモやストライキによって革命状況を醸成すべきだという行動主義を説き続けていた。党内右派にはまた改良主義という行動派もあり、南西ドイツ・バーデン大公国選出議員ルートヴィヒ・フランクはその最もエネルギッシュな代表者であった。ルクセンブルク、フランクはともにユダヤ人である。同じユダヤ人のフーゴ・ハーゼを中心にこの三人が『或る地域医者』の主要人物になっている。

アウグスト・ベーベルなら第一回戦争公債案についてどういう決断しただろうか。投票に直面したSPD議員たちの多くが心中この問いを発したはずである。国会議員団長の一人フィリップ・シャイデマンのような賛成派もフーゴ・ハーゼのような反対派も、自分の決断はベーベルに一致していると考えたであろう。この点につき第二次大戦後の西ドイツの歴史家の研究は概ね、ベーベルは賛成投票を選んだろう、彼はそうする外なかった、との答えを出している。すると医者の待機主義は、「昨晩死んだ馬」ベーベルが長年にわたって党にそれを植え付け、習慣化させたことによって固まっていったのでないのか。ベーベルに問題はないのか。カフカもまたベーベルの選択を知りたくてじれったかった。この小説での彼の表現はこうである。「わたし自身の馬はこの凍り付く冬の過労の結果として昨晩死んでいた」。カフカは、病める老ベーベルを基準にするのは適切ではない、最も壮健だった時代の、普仏戦争時に公債案に棄権投票したベーベルこそ手本であるべきはずだった、と言っている。

＊3　クライスト『ミヒァエル・コールハース』

クライストが残した八つの短編小説のうち、『ミヒァエル・コールハース』は最も長大で最も重要な作と見なされている。舞台は一六世紀中葉のドイツである。ブランデンブルク選帝侯国の馬商人ミヒァエル・コールハースが馬丁たちともどもライプツィヒ商業市で売るための馬を繋いで隣国ザクセン選帝侯国に入り、貴族フォン・トロンカの城傍《しろそば》の街道を通過しようとしたところ、遮断機が下りていた。コールハースは、それまで取られたことのない通行税を徴収され、しかも通行証の提示を求められる。彼は税を払わざるを得ず、そのうえザクセンの首都ドレスデンで通過証を取得し、帰路それをトロンカ城に提示する、という条件で通過を許され、しかし二頭の黒馬を担保として留め置かれる。その馬の世話のため彼の馬丁（Knecht）ヘルゼが残った。用事を済ませてトロンカ城に戻った彼を待っていたのは、ヘルゼが散々打擲されたあげく追い払われたという知らせと、以前はよく肥えていたのに今は見る影もなく瘦せ衰えた二頭の黒馬だった。彼は馬の原状回復を要求したが拒絶され、最早法的手段に訴えるしかないと悟った。彼は一旦ベルリン郊外の彼の廏に帰る。そこには半死半生の目にあわされ、ようよう帰り着いていたヘルゼが病床にあった。ヘルゼは、二頭の黒馬が畑の耕作に駆り出されたこと、その日の晩に次のような事態が起こったことを語る。

その晩トロンカ城に来ていた二人の騎士の馬が廏に入れられました。わたしのは廏の戸口に繋いでありました。馬をそこに置いていた城管理人からわたしが黒馬を取り、どこに二頭を納めたらよいか尋ねると、彼は城壁沿いに木舞と板で作った豚小屋を指差しました――お前の言うのは、とコールハースが遮った、馬の住処にしてはひどすぎる入れ物だったので、廏というよりは豚小屋だったということだな――豚小屋でした、親方、とヘルゼは答えた、正真正銘の豚小屋で、中では豚が盛んに出たり入ったりしていました、わたしはしゃんと立っていられなかったのです。

カフカ作品に比べると、馬が二頭である、それが廏ではなく豚小屋にいる、の二点が共通している。ただし豚小屋はカフカ作品ではSchweinestall、クライストではSchweinekobenである。カフカ作品で豚小屋の造りについて内部に仕切り（Verschlag）とあるが、これもクライストの引用で、短編の後半にジプシーの老女がザクセン選帝侯に不吉な予言をするに当たって、仕切りの中にいる雄ノロジカが一役買っている。

かくしてカフカ作品で馬二頭が豚小屋から出て来るのは『ミヒァエル・コールハースMichael Kohlhaas』の引用である。クライストのコールハースとカフカの地域医者とは二頭の馬ゆえに困難な立場に陥る。ここで気付く、ハーゼ（Haase）という姓がKohlhaasに含まれていると。Kohlhaas は Kohl（野草、キャベツ）と Haas の合成で、後者は Hase（野兎）に由来し、姓では Hase、Haas、Haase などとなる。地域医者がフーゴ・ハーゼであることがこれで判明する。

一七九三年三月半ば、母親の葬儀があって対フランス戦に遅れて出発したプロイセン近衛軍下士官クライストは、フランクフルト・アム・マインで軍に追いついた。この時に伯母マッソウ夫人宛に出した手紙が今に残る彼の文章で最も古い。この中に『或る地域医者』と重なる幾つかの言葉がある。

チューリンゲン西端の町アイゼナハ郊外に、マルティン・ルターが一五二一―二二年に住んで新約聖書翻訳を進めていたことで知られるヴァルトブルク城がある。ここを見物したクライストはこう尋ねている。

伯母様は「頬を嚙まれたフリードリヒ Friedrich mit der gebißenen Wangen」とその城のことは覚えていらっしゃいますよね？

時は一三世紀、チューリンゲンの方伯アルブレヒトは夫人を嫌って愛人を持ち、夫人の殺害を家来に命じた。家来は良心の呵責に耐えかね、夫人に一切を打ち明けた。夫人は逃げるが、その前に子供たちの寝室に赴き、彼らに祝福を与え、長男フリードリヒの頬に何度も接吻をしたが、思い溢れて歯を食い込ませてしまった。その傷跡はフリードリヒに生涯残った。この伝説は、クライストの文面にあるようにかつてはよく知られていた。クライストは戯曲『ペンテジレーア』で、アマゾン族の女王ペンテジレーアがギリシャの勇士アキレウスの胸に可愛さ余って憎さ百倍の憤怒に駆られ嚙みつく、という箇所にこれを用い、カフカの馬丁はクライストの文面通り女中の頬に嚙みつく。これについては注解3・5（132頁参照）で再説する。次にクライストの手紙に、フランス軍に占領されたドイツやオランダの地域が奪回されつつあることについてこうある。

フランス軍、というより強盗のならず者ども（Räubergesindel）は今あらゆる所で打ち破られています。マーストリヒトは解放され、敵は三箇所で撃退されました。

「ならず者 Gesindel」は『或る地域医者』の末尾に見える単語である。またマッソウ夫人宛書簡は、「貴方の忠実なる僕（Knecht）／Heinrich v K」で結ばれており、これがカフカの馬丁（Knecht）がクライストである証拠の一つになる。クライストはオード『ゲルマーニアが、彼女の子供たちに与える呼びかけ』の作者だ。

『ミヒァエル・コールハース』からカフカが引用している表現は他にもある。カフカ作品において馬丁は医者に向かい「御乗車なさいませ Steigt ein」と言う。ここに隠れている主語 ihr は文法上は二人称親称複数であるが、ここでの用法は二人称敬称単数で古風な敬語である。クライストでは馬丁ヘルゼがコールハースに向かって同じ敬語法を用いる。例えば「貴方の仰るとおりです da habt ihr recht」のように。次に「売買価格 Kaufpreis」として女中を差し出すつもりはない、と医者は馬丁に言うが、この意外な単語はクライストの小説に二度登場する。コールハースはザクセン選帝侯に正義の執行を求める請願を出すが、トロンカは選帝侯の近習《きんじゅ》であるヒンツ、クンツ兄弟の友人であり、請願は却下される。そこでコールハースは彼の国主であるブランデンブルク選帝侯に請願を出す。選帝侯はこれを宰相カルハイム伯に回すが、宰相はトロンカ一族と縁戚関係にあり、これを取り上げない。最早法的手段では如何ともすることが出来ないと悟ったコールハースは、隣家の主人である郡長が以前から漏らしていた、彼の地所を買い取りたいとの希望に応じることにする。

コールハースは郡長のほうに身を乗りだし、その紙が、彼の起草した、確定可能な、四週間後に有効期限の切れる、売買契約である、と説明し、後はただ署名と、売買価格（Kaufpreis）そのものだけでなく違約金付き売買、即ちもし契約が四週間以内に撤回される場合に契約上発する弁済額について、記入を残すのみであると教えた。そして自分は誠実であり何だかんだ迷惑を掛けることはないだろう、と請け合い、買値を付けるよう[もう]一度快活に（munter）郡長に促した。

クライストは売買価格をこの後もう一度用いているが、それは省く。カフカ作品では売買価格は不分明な単語だが、それは作者が単語の出所について読者に思いを巡らして欲しいからである。またカフカの馬丁は Munter！（快活に！　はいはい！）と言うが、この単語はクライストの諸作で頻繁に登場するし、ここはその一例である。クライストを読者に想起させるため、カフカでは munter が Kaufpreis と近接して出て来る。彼はこうして『ミヒァエル・コールハース』からの引用を通じて医者の身元がフーゴ・ハーゼであり、馬丁がフランス軍兵士殺害を激烈に煽ったクライストであるとともにクライストの国プロイセンであると分かって欲しい、と手配する。

＊4　一八六九年——社会民主労働者党アイゼナハ結党大会

ドイツにおける労働者の政治運動は民主主義者の活動の内部で誕生した。労働者に彼ら固有の立場があることを教えたのは、フェルディナント・ラッサールであった。彼は間もなく決闘で斃れ、彼による教育と宣伝の仕事は二年弱で終わったが、彼の育てた全ドイツ労働者協会は徐々に拡大していった。この協会に不満だったベーベルとW・リープクネヒトらはドイツ労働者協会連合を結成し、一八六九年八月には全国から代表者をアイゼナハに集めて社会民主労働者党を立ち上げた。ラッサール派はこれを阻止しようとしたが、不首尾に終わった。当時ラッサール派を率いていたのはジャン・バプティスト・フォン・シュヴァイツァーであったが、アイゼナハには来ていなかった。両者の違いは何か。

我々——リープクネヒトとわたし——がシュヴァイツァーを非難していたのは、彼が全ドイツ労働者協会を——無論協会員大多数の知識と意図に反して——ビスマルク政治の利害のうちで操っていたことだ。我々はビスマルク政治をドイツの、ではなく大プロイセンの政治と見なしていた。それはホーエンツォレルン家権力の利害の中で営まれている政治であり、全ドイツの支配権を獲得し、ドイツをプロイセン精神・プロイセン統治原則――これこそあらゆるドイツ人の不倶戴天の敵である――で埋め尽くそうと躍起になっているものだった。

（ベーベル『我が生涯から』p.179-180）

アイゼナハでの結党大会に臨んだ八月七日、ベーベル派は金獅子ホテルに、結党阻止を図るシュヴァイツァー派は船ホテルに集結した。両派の揉み合い、あるいは流血の乱闘が懸念された。ベーベルはこう書いている。

様々な方面からシュヴァイツァー派が会議を暴力で粉砕しようとしているとの通知が入り、わたしは市長と警察とへ赴き、彼らがこの状況をどう見ているか聞いた。というのも我々にとってはもちろん、莫大な犠牲が無駄に献げられるようなことがあってはならないので、会議の挙行に一切がかかっていたからである。回答は、我々は集会を何時、いかようにも意のまま行うことが出来る、ザクセン-ヴァイマルでは結社・集会に関する法律はない、であった。つまり集会の自由は絶対であった。更にこういう保証もわたしに告げられた。警察は、もし我々の決めた会議次第が暴力による妨害を受けるなら、介入の用意がある、と。

（同書 p.244）

両派の衝突は揉み合い程度で終わり、会議は会場を翌日別のホテルに移して混乱なく終わった。全ドイツ労働者協会（ラッサール派）と社会民主労働者党（アイゼナハ派）は一八七五年のゴータ大会で合同し社会主義労働者党となり、一八九〇年に党名をＳＰＤに変更し、よりマルクス主義的なエルフルト綱領を翌年採択する。

アイゼナハが「頬を噛まれたフリードリヒ」の伝説で知られた地であるのを想起すれば、女中ローザの頬を馬丁が噛む所以が腑に落ちる。第一回戦争公債案に賛成したＳＰＤ国会議員団はアイゼナハ派というよりはラッサール派の選択をしたことになる。アイゼナハでは不満足に終わった同派は、これで溜飲を下げた。しかるに国会議員ではないが一人党内に一定の影響力を持った女性がいて、アイゼナハの立場を譲らなかった。馬丁は彼女に噛みつき、アイゼナハの鬱憤を晴らす。

接吻が咬傷を創るのは、イスカリオテのユダがイエスを売り渡す際の接吻をも連想させる。咬傷の代わりに十字架刑が控えていた。

翻訳 3

それからわたしの目も耳も、あらゆる感覚に一様に迫ってくるざわざわ音(Sausen)で一杯になった。だがそれもほんの一瞬のことだった。というのも、まるでわたしの中庭(Hof)門の前にぴったりわたしの病人の中庭が開けるかのように、わたしはもうそこにいた。[*1] 馬は静かに立っている。雪はやんだ。辺り一面月明かり。病人の両親(die Eltern)が急いで家から出て来る。彼の妹(Schwester 姉妹、同志、看護婦)がその後ろに。わたしはほとんど馬車から持ち上げられる。動揺した話からはわたしは何も聞き取れない。病人部屋では空気がほとんど呼吸できない。なおざりにされたレンジ暖炉[*2](Herdofen 平炉)が煙を出している。わたしは窓を押し開けよう。しかしまず病人を見よう。痩せている、熱はない(ohne Fieber)、冷たくない、温かくない[*3]、空っぽな眼、シャツは着ていなくて、若者は羽根布団の下から身を持ち上げ、わたしの首にしがみつき、耳元に囁く、「ドクトル、僕を死なせてくれ[*4・5](Doktor, laß mich sterben 僕は死ぬ、ほっといてくれ)」。わたしは振り向く。誰もこれは聞かなかった。両親は黙って身を乗り出して(vorgebeugt)立ち、わたしの判決を待ち受けている。妹はわたしの手提げ鞄のために椅子を持って来た。わたしは鞄を開け、器具をまさぐる。若者はベッドからわたしを手探りする、自分の願いをわたしに思い出してもらおうと。わたしはピンセットを抓《つま》み、蠟燭の光で点検し、また元へ置く。「そう」とわたしは冒瀆的に考える、「こういうケースでは神々（Götter）が手助けしてくれ、無い馬を送ってくれ、急のことゆえ二頭目まで付け加え、過剰にも馬丁まで寄贈する――」。この時初めてローザのことがまた思い浮ぶ。わたしは何をする、どうやって彼女を救助する、どうやって彼女を馬丁の下から引っ張り出す、彼女から一〇マイル離れ、制御不能な馬が馬車の前にいて？　この馬たちは、今やどうにかして革帯を弛めていた。窓はどういうふうにしてだかわたしには分からないが、外側から押し開けられていた。各馬は頭をそれぞれ一つの窓を通して差し込み、家族の叫びには動じず、病人を観察している。「すぐに戻ろう」と、まるで馬が旅へと迫るかのように、わたしは考える。しかし妹が、わたしが暑さでぼっとしていると思い、毛皮を脱がせるのは我慢する。グラス一杯のラム酒[*6]（Rum）がわたしのために準備される。親父（der Alte）がわたしの肩を叩く。自分の宝物を献げたことがこの馴れ馴れしさを正当化する。わたしはかぶりを振る。親父の狭い思考圏に入っては、わたしは気分が悪くなるだろう。ただこの理由だけから、わたしは飲むのを拒む。母親はベッド脇に立ち、わたしを来い来いと招く。わたしは従い、片方の馬が天井めがけて嘶《いなな》く間に、若者の胸に頭を当てる。[*7] わたしの濡れた髭の下で彼は身震いする。わたしの知っていることが確認される。若者は健康である。少しばかり血行が悪く、気遣う母親によってコーヒー漬かりにされている。しかし健康で、一番いいのは一突きでベッドから追っ払うことだ。わたしは世界改善家（Weltverbesserer）ではなく、彼を寝たままにしておく。わたしは地区（Bezirk）に雇われ、わたしの義務をぎりぎりまで、ほとんどあんまりだというところまで、果たしている。もらいは少なく、それでもわたしは貧者に気前良くし、喜んで力になる。まだローザのことは何とかしなければならない。それからは若者の言う通りで構わないし、わたしも死のう。わたしはここで何をしているのだろう、この果てしない冬に！　わたしの馬は死んだ。自分のを貸してくれる者は村中に一人もいない。豚小屋からわたしは自分の組馬を引っ張り出さなければならない。たまたまそれが馬でなかったら、わたしは雌豚[*8]で（mit Säuen）で行かなければならないだろう。そういうことだ。わたしは家族に頷きかける。彼らはこのことについて何も知らないし、知っていたとしても信じはしないだろう。処方箋を書くのは易しい。しかしそのうえ人々と意思を通じるのは難しい。さて、これでわたしの往診はお仕舞いだろう。

わたしはまたしても必要もなく請い求められた。わたしはこれに慣れている。わたしの夜間ベル（Nachtglocke 夜の鐘）の助けを借りて、全地区がわたしを苛む。しかしこの度はかてて加えてローザを犠牲にしなければならなかった、長年にわたりわたしからは殆ど顧みられることなくわたしの家で（in meinem Hause）生活していたこの美しい娘を——この犠牲は大きすぎる。[*9] ローザをわたしに返してくれることは、たとえその気があっても、出来ないこの家族に当たり散らさないようにするために、間に合わせとしてわたしは自分用に小賢しい理屈を捏《こね》上げなければならない。しかしわたしがわたしの手提げ鞄を閉め、わたしの毛皮を持って来てと合図し、家族はまとまって立っている、父親（der Vater）は手中のラムグラスの上をクンクン嗅ぎ、母親（die Mutter）は、多分わたしに失望して——そう、一体この人々（Volk 国民、人民、民族）は何を待ち設けているのか？ ——涙ながらに唇を噛み、妹はひどく血塗れのタオルを振っている、と、わたしは若者がもしかしたらやっぱり病気である、と事情によっては認めてもいい、何かしらそういう気になった。

翻訳3の注解

＊1　ゴットフリート・アウグスト・ビュルガーの物語詩『レノーレ』

医者があっという間に病人のもとへ運ばれるのは、文芸の世界ではありふれた幻想的飛躍のように思える。作者もわずかな言葉しか費やしていない。ところがこのあっという一瞬のうちに読者は、全三二詩節、二五六行に及ぶゴットフリート・アウグスト・ビュルガー（Gottfried August Bürger 1714-1794／図5）の物語詩『レノーレ』を、ざわざわ（sausen）の一語に集約して聞くことになる。ビュルガーはゲーテより二歳年長で、文学史的には疾風怒濤の世代に属し、『レノーレ』ほか何編かのバラードは今日なお多くの愛好者を有する。『レノーレ』の歴史的背景はこうである。

図5　ゴットフリート・アウグスト・ビュルガー

一七四〇年のプロイセン国王フリードリヒ二世によるオーストリア領シュレージエン占拠によって始まったオーストリア継承戦争は一七四八年に終わり、シュレージエンはプロイセン領であると確定した。その後フリードリヒはオーストリア女帝マリア・テレージアがフランス及びロシアと図ってプロイセンを破ろうとしている、と考え、一七五七年機先を制して兵を起こし、まずザクセンを占領、次いでベーメンに侵入してプラハを包囲した。オーストリア軍が東から迫り、両軍はプラハ東方五〇キロのコリン（Kolin チェコのコリーン）近傍で対戦し、プロイセン軍の敗北に終わった。七年戦争は最後にはフリードリヒにとって有利な条件で終わるのだが、ベーメンでの戦争は敗北戦であり、この対照はビュルガー詩で巧みに生かされている。以下、物語詩には「死者たちは速く駆ける Die Toten reiten schnell」という一文が合計四回出てくるが、駆けるとは馬で駆けるの意味である。

1　レノーレは夜の白む頃／重苦しい夢からがばと起き上がる／「ヴィルヘルム、他の女といる、それとも死んだ？／いつまで帰って来ないつもり？」──／男はフリードリヒ王の軍隊にいて／プラハの戦へ出征し／便りを寄越さない／健康でいるかどうかの。

2　国王と女帝は／長の争いに疲れ／頑なな心を和らげて／やっと平和を結んだ／どの軍も歌声高く／クリングクラング　鳴り物入り／緑の若枝で身を飾り／各々故郷の我が家へと進む

3　そしてあらゆる所、ありとあらゆる所で／街道で、小道で／帰り来る人の歌声を、老いも若きも迎えに出る／有り難や！　と子や妻が歓声を上げる／お帰り！　と悦びに溢れる幾人もの許嫁／ああ！　しかしレノーレには／挨拶も口づけも起こらない

4　彼女は行きつ戻りつ一行にすがり／男のあらゆる呼び名を挙げて尋ねる／けれど帰っていく者の誰一人として／何かを伝えられる人はいない／軍隊が通り過ぎて／彼女は大鴉のような黒髪を掻き毟った／憤怒の身振りで／地上に身を投げた

5　母が駆け寄った──／「ああ、神よ、あわれみを！／可愛い子、どうしたの？」──／娘を両腕にかき抱いた──／「ああ、お母さん、お母さん！　終わりは終わり！／もうこの世も、何もかも、滅びればいい！／神のもとにお情けはない！／ああ、つらい、

つらい、可哀相なわたし」—

6 「お助けを、神よ、お助けを！　わたしたちに恵みを垂れたまえ！／子よ、主の祈りを唱えなさい！／神は良いようになさる／神は、神は、わたしたちにお情けを下さる！」—／「ああ、お母さん、お母さん！　空しい妄想よ！／神はわたしには何一つよくなさらなかった！／何になる？　祈りが何になる？／もうそんなことは要らないの」—

7 「助けて、神よ、助けて！　父を知る者は／父が子たちを助けることを知っている／いと讃えられてある秘蹟が／お前の悲嘆を和らげてくれるだろう」—／「ああ、お母さん、お母さん、わたしを焼くものを／どんな秘蹟も和らげられない！／どんな秘蹟も生命を／死者たちにもう一度与えられない！」—

8 「お聞き、子よ、あの不実な男が／遠いハンガリーで／自分の信仰を捨てたのだとしたら／新しい婚姻を結ぶため？／子よ、男の心は放っておきよ！／それで彼は決して得るところはない／魂と身体が離れるとき／偽誓が彼を灼き尽くすだろうよ」—

9 「お母さん、お母さん！　終わりは終わり！／失くなったものは失くなった！／死、死がわたしの得たもの！／ああ、生まれなければよかった！／わたしの光よ、消えよ、永久に！／死ね、死ね、夜と恐怖の中へと！／神のもとにお情けはない！／ああ、つらい、つらい、可哀相なわたし」—

10 「助けて、神よ、助けて！　あなたの哀れな子を／裁きにかけないで／この子は自分の舌が何を言っているか知らない／罪に落とさないで下さい！／ああ子よ、この世の苦しみを忘れ／神と浄福に思いを掛けなさい！／そうすればお前の魂に／花婿が欠けることはないだろう」―

11「ああ、お母さん！　浄福って何？／ああ、お母さん！　地獄って何？／あの人のところに浄福がある／そしてヴィルヘルムがいなければ地獄！　―／わたしの光よ、永久に消えよ！／死ね、死ね、夜と恐怖の中へと！／あの人なしに、わたしは地上でも／あの世でも浄福になりたくない」――

12 絶望は荒れ狂った／彼女の脳と血管の中で。／彼女は神の摂理と／不遜にも争い続けた／胸を叩き、手を／揉みしだいた、日の暮れるまで／天の蒼穹に／黄金の星が昇るまで

13 すると外で、お聞き！　トラップ、トラップ、トラップと進む／なにか馬の蹄のよう／そして一人の騎乗者がカシャカシャ降りる／欄干の階段をつたって／そしてお聞き！　そしてお聞き！　門扉の環が／ゆるやかに、しのびやかに、クリングリングリング！／それから扉を通して／こんな声が聞こえて来た

14「ホッラ、ホッラ！　(Holla, Holla!)　開けておくれ、僕の子よ！／眠っているのかい、愛しい子よ、それとも起きている？／まだ僕に腹を立てている？／泣いているのかい、それとも笑っている？」―／「まあ、ヴィルヘルム、あなた？　――こんな夜更けに？　――／わたしは泣いた、眠らずにいた／ああ、とてもひどい苦しみを味わ

って！／どうやってあなたはここまで駆けて来た？」—

15 「僕らは深夜にだけ鞍を置く／僕は遥々ベーメンから駆けて来た／僕は遅く出立した／きみを連れて帰ろうと思う」—／「まあ、ヴィルヘルム、まず早く中に入って／風が山査子《サンザシ》をざわざわ鳴らす（durchsaut）／わたしの両腕の中で／恋人よ、暖まって」—

16 「山査子に風をざわざわ（sausen）／ざわざわ、子よ、ざわざわ通らせておけ！／黒馬は地面を掻き、拍車がキリキリ響く／僕はここに住むことが出来ない／おいで、裾を絡げ、跳び上がり／黒馬で僕の後ろに跨りな！／今日のうち一〇〇マイル／きみと新床まで急がなければならない」！

17 「まあ、今日中にわたしを／一〇〇マイルも新床まで連れて行くつもりだったの？／お聞き、鐘（Glocke）の音がまだ鳴っている／ちょうど一一時を打った」—／「あっちもこっちも見てごらん！　月が明るく輝いている／僕らと死者たちは速く駆ける／僕はきみを、賭けてもいい／今日のうち新床まで連れて行く」—

18 「ねえ、言って、どこにあなたの小部屋がある？／どこ、あなたの新床は？」—／「ここからは遠い、遠いところ！　——静かで、涼しくて、小さい！　——／板六枚と小板二枚！」—／「わたしの居場所はある？」—「きみと僕のだよ！／おいで、裾を絡げ、跳び上がり、跨りな！／婚礼の客たちがお待ちだ／部屋は僕らのために開いている」—

19　可愛い少女は敏捷に／裾を絡げ、跳び上がり、馬に跨った／慣れ親しんだ騎手の身体に／百合のような両手で巻き付いた／そして　フッレ、フッレ、ホップ、ホップ、ホップ！／ざわめく（sausen）ギャロップで騎行する／馬と騎手とは荒く鼻息を吹き／砂利と火花が飛び散った

20　右手に、左手に／二人の目にも留まらず／草地や原野や耕地が飛んだ！／橋は渡る度なんと轟音を上げる！　―／「可愛い子よ、やはり怖いかい？　――月は明るく輝く！／フッラ、死者たちは速く駆ける／可愛い子よ、やはり死者たちが怖いかい？」―／「いえ、そんなことはない！　――でも死者たちのことはいいわ」―

21　何と歌声や響きが鳴っていたか？／何と大鴉が羽搏いていたか？　――／鐘（Glocke）の響きを聞け！　死者たちの歌を聞け！／「さあ身体を埋葬しよう！」／葬列が近づいて来た／棺と棺台とを運んでいた／その歌は池で立ち昇る／スズガエルに似ていた

22　「真夜中過ぎに身体を埋葬せよ／響きと歌と嘆きを伴って！／僕は今若い妻を家宅に連れ帰った／共に、共に婚礼の祝宴を挙げるため！／おいで、寺男、こちらへ、合唱隊と一緒に／婚礼の歌をごろごろ歌え！／おいで、僧侶、祝福を告げよ／僕らが床に横たわる前に」―

23　響きと歌は静まった――棺台は消えた――／男の呼び声に忠実に／フッレ、フッレ、黒馬の蹄を追いかけるものがある／そしてどんどん、ホップ、ホップ、ホップ／ざわ

めく（sausen）ギャロップでそれは進み／馬と騎手は荒く鼻息を吹く／砂利と火花が飛び散った

24　右手に、左手に、なんと飛び去っていくか／山々、木々、垣根が！／右手に、そして左手に、そして右手に、なんと飛び去っていくか／村々、町々、小町が！　──／「可愛い子よ、やはり怖いか？　──月は明るく輝く！／フッラ！　死者たちは速く駆ける！／可愛い子よ死者たちはやはり怖いか？」──／「まあ、静かに休ませておいて、死者たちは！」──

25　ごらん！　ごらん！　絞首台で／車輪の回転軸の回りを／月明かりに照らされて半ば目に見える如く／陽気な幽霊たち（Gesindel ならず者）が踊っている──／「いざ、いざ！　幽霊たちこっちへ、こっちへ、おいで！／幽霊たちよ、おいで、僕たちの後について来て！／婚礼の輪舞を踊っておくれ／僕らが床に登るとき！」──

26　すると幽霊たちは、フッシュ、フッシュ、フッシュ！／雨がぱらつくようについて来た／つむじ風がハシバミの茂みに当たり／枯葉の間をひゅうと通るように。／先へ、先へ、ホップ、ホップ、ホップ／ざわめく（sausen）ギャロップで進む／騎手と馬とは荒い鼻息を立て／砂利と火花が飛び散った

27　ぐるり一面月の照らすものが飛んでいった／遠くへ何と飛び去ったことか！／遥か高い所で／何と天と星々が飛んだことか！　──／「可愛い子よ、やはり怖いか？　──月は明るく輝く！／フッラ、死者たちは速く駆ける！／可愛い子よ、やはり死

者たちが怖いか？」──／「ああ、つらい！　死者たちは静かに休ませておいて」
──

28「ラップ！　ラップ！　雄鶏がもう時を告げたようだ──／じきに砂が落ち尽きるだろう──／ラップ！　ラップ！　朝の空気が匂うぞ──／ラップ！　きみはここから跳ねて行け──／為し遂げられた、為し遂げられた、僕らの騎行は！／新床が開く！／死者たちは速く駆ける！／僕らは、僕らは着いた」──

29　鉄の格子門の上を／手綱を弛めてさっと越えた／その前にしなやかな鞭で一撃／錠と門とを破った／両扉はきしんでがらっと開いた／騎行者は墓の上を走った／墓石が燦めいていた／一面月に照らされて

30　あっ、ごらん！　あっ、ごらん！　一瞬のうち／フゥフゥ！　ぞっとする不可思議！／騎手の軍服が、はらり、はらり／剝げて落ちた、まるで脆い火口のように／頭蓋骨に、弁髪ももじゃもじゃ髪もない／つるつるの頭蓋骨に、彼の頭はなった／彼の身体は骸骨になった／砂時計と大鎌とを備えて

31　黒馬は棒立ちとなり、荒い鼻息を吐き／火花をしぶきのように飛ばした／そして、ヒュッ、彼女の下で／消え失せ、沈み果てた／高い空からの号泣、号泣！／深い墓からめそめそ泣き声／レノーレの心臓は震動し／生と死の間でもがいた

32　さても月明かりに照らされ／ぐるりと大きく輪を描き／幽霊たちが繋がって踊った／そして吠え歌う／「忍耐！　忍耐！　たとえ心臓が裂けるとも！／天の神と争う

な！／お前は身体が終わった／神よ、魂にお恵みを！」

『或る地域医者』に共通する単語が四つある。Holla（ホッラ）、sausen（ざわざわ。これに接頭語 durch- を付けた非分離動詞 durchsausen の過去分詞 durrchsaust もこれに入る）、Glocke（鐘、ベル）、Gesindel（幽霊、ならず者）である。『レノーレ』の成立は一七七三年で、この時期ヘルダーとゲーテは民衆歌（Volkslieder）の採集にいそしんでいた。この詩との同時進行は明らかだが、民衆歌を超えた様々な要素がある。中世以来ヨーロッパ人を虜にしてきた踊る死または死の舞踏の伝承と表象、神は人間に恵みを施さないというヨブ記の抗議、若者二人が新床に抱く熱い思い、そして何より君主と国家の自己都合による戦争に駆り出されて死ぬ者の酷い運命。七年戦争は一七六三年に終わり、フリードリヒ二世はシュレージエンの保持に成功し、大王という称号まで誰言うとなく付けて呼ばれるようになった。『レノーレ』成立時に彼は得意の絶頂にあったはずである。ビュルガーはこれに冷や水を浴びせる。その際彼は、この詩は神を冒瀆したら罰が当たると教えたいのだ、という当たり障りない結語で締め括るのを忘れない。

医者はあっという間に病人のもとへ着くのだが、それは目に見えぬ特別な馭者が馬上にいるからだ。「死者たちは速く駆ける Die Toten reiten schnell」、つまり死者たちという馭者が。カフカはこうして、ハーゼの読み上げたＳＰＤ声明では封印された「死者たち」を、ビュルガー詩を示唆することによって陰画として作中に置いている。

＊2　Herdofen（レンジ暖炉、平炉）

医師が運ばれた家には病人の父、母、妹と呼ばれる三人がいて、彼らは病人を大事に思っているようである。部屋には暖炉があるらしい。その暖房は不完全燃焼して煙を出している。家族はそれをほったらかしにしている――これは変だろう。医師は自分で窓を開けてやろう、と一瞬考える。何故彼はその場で家族に不具合を直せと指示しないのだろう。

医者ことハーゼはこの場面で第一回戦争公債法案に直面している。暖炉が煙を出すのは、ヨーロッパ情勢が極めてきな臭くなっている、いや既に戦争は発火している徴である。ただそれだけならばドイツ語は Oden（暖炉）だけにすべきであり、Herdofen は変である。クラウン独和辞典で Herd は、レンジ、かまど、こんろ、炉、暖炉。Ofen は、①暖炉、ストーブ②オーブンレンジ、天火③(工業用の）炉。両者の合成語である。双方の意味に重なり合うところがあるので、この合成語は一見自然に見える。しかしドイツ語辞典の最高権威であるグリム独語辞典にこの合成語は載っていない。そのはずである。暖炉と言いたければ Ofen で必要にして十分である。それなら Herdofen は存在しない単語であろうか。いや、小学館大独和辞典には出ている。①【金属】平炉②炊事用こんろ――である。ドゥーデン独語辞典（一九七七年）には平炉の語義だけが出ている。すると我々の出会っているのは「平炉」に違いない。広辞苑第四版の「平炉」を引用する。

製鋼炉として広く用いられた平たい反射型の炉。予熱したガスと空気とを吹き込んで高温を発生させ、銑鉄・酸化鉄・屑鉄などから鋼を製する。ひらろ。ジーメンス・マルタン炉

ドイツ・ウィキペディアにジーメンス・マルタン炉（Siemens-Martin-Ofen）が載っている。一部を引用する。

ドイツ語圏における最初のジーメンス・マルタン炉は一八六八年オーストリアのカプフェンベルクで建設された。ドイツで最初のジーメンス・マルタン炉は一八六九年ヘッセンのクルップ社で、そしてベルリンで、営業開始した。英国、スウェーデン、イタリア、北米でもほぼ同時期であった。二〇世紀初頭には、開発およびスタート段階にあった問題点は克服されていた。

一九一五年以降のドイツにおいてジーメンス・マルタン鋼の占める割合は五〇％を超えた。一九四〇年代の終わりには世界的に既に七五％を占めていた。

製鋼は軍需産業の最重要部門の一つである。地域医者（ドイツ国手！）はそれが最善状態で稼働していない、といち早く目を留める。後で自分が窓を開けよう、とは何だろう。歴史的背景として開戦時のみならずカフカがこの作品を執筆していた時期をも考慮に入れ

ると答えが得られる。ＳＰＤ多数派は傘下の労働者を叱咤督励して、鋼生産に支障が生じないよう働きかけていた。オイゲーン・プラーガー『独立社会民主党史』に次のようにある。一九一六年のことである。

六月末、金属労働者の間で、特にベルリン、ブラウンシュヴァイク、ブレーメン、シュトットガルトその他の都市で、やや大規模なストライキが発生した。それはリープクネヒト（カール）に下された最初の懲役刑に抗議するもので、特に弾薬工場がこれに参加していたため、この運動は党機関並びに労働組合幹部のミリタリストたちのみならず社会愛国主義者の不快感を惹起し、彼らはやがてストライキ運動反対の叫声やビラでこれに立ち向かった。

（プラーガー『独立社会民主党史』p.107）

同年九月、ベルリンにおける党全国集会で党議長エーベルトが演説し、党員数並びに党新聞雑誌発行数が著しく減少している、等々の報告をした。

しかしエーベルトが更にドイツ弾薬労働者がこの時期にストライキをすることに反対を表明したとき、嵐のような騒乱が起こった。

（同書 p.111）

これを参照すると平炉を正常稼働させるのはエーベルトら多数派ＳＰＤの意志であるが、

おそらくハーゼは平炉稼働かストライキ支持かの選択を忌避した。ハーゼはいつものように煮え切らなかったのだろう。ハーゼはベルリンでエーベルト演説の翌日演説し、戦争がドイツ・オーストリア側から起こされたことを資料を用いて党員に納得させようと努め、理解が得られさえすれば自分たちは党を分裂させるつもりはないのだから両派の歩み寄りは可能だと、理性による分裂回避を訴えた。両派の距離は大きくて歩み寄りはほぼ不可能であり、即ち煙っている暖炉であった。この状況でハーゼは言う、暖炉が煙を出している時の理性的解決法は窓を開けることであると。

以上は何故 Herdofen（平炉）が登場するのかに関する読解である。読者はしかしこの単語をただの Ofen（暖炉）として読み進むだろう。それはそれで良いのだ。煙っている暖炉の話題はルートヴィヒ・ベルネに由来する。

ベルネ（Ludwig Börne 1786-1837）はフランクフルト・アム・マインのユダヤ人ゲットーに生まれたジャーナリストである。一八三〇年のフランス七月革命に共鳴してパリに赴き、やがてそのままパリ住まいとなるところは九歳年下のハインリヒ・ハイネと共通している。二人は最初親交を持ったが、ベルネの一本気な正義感とハイネの芸術家気質とが次第にきしむようになった。ベルネ没後ハイネは『ルートヴィヒ・ベルネ　追想』を著したが、トーマス・マンはこれをハイネ著作中最も面白いものと評価している。ベルネの代表作は一八三〇—三三年に書かれたジャネッテ・ヴォール夫人宛『パリだより』である。彼は一八三〇年一〇月半ばパリ市内で新しい宿に引っ越すが、その半月後の書簡はこう始まる。

今日また僕の部屋は煙っています。そして涙を出し溜息をつきながらお手紙を書いています。だがパリではこれはどうも致し方がありません。多くの家がこうなのです。ここでは病気の暖炉のための一種特別の医者、煙師《ラウフキユンストラ》（フューミスト）というのがあります。ところがこれが正にお医者に違いないのです。しばしば病気が彼らを呼びよせるのか、彼らが病気を呼びよせるのか、分からないのですから。きのうこういう先生が僕の暖炉を直しました。ところが今日は前よりももっとひどく煙るので、今日また呼びに行ったところが、彼のいうには、それはお天気のためだ、もう煙らなくなったら、来て、助けましょうというのです。

（ベルネ『パリだより（上）一八三〇年十二月三日金曜』道家忠道訳）

『或る地域医者』との共通点は、「医者」に関する話題であること、暖炉が煙っていること、医者が暖炉の病を癒すべき時にそうせず、後回しにする、である。同書簡の後半でベルネはウィリアム・シェークスピア『マクベス』翻訳の朗読会に参加した様子を書いている。彼以外の出席者はヴィクトル・ユーゴーらみなロマン派の詩人たちであった。

さていよいよロマン派の宗団員はぐるっと壁ぎわに並び、＊＊＊氏は暖炉の前に火に背を向けて立ち、朗読を始めました。僕はあと三時間の間何を拝聴させられるだろうかと、未来のことが多少不安でした。しかしすべてはうまく行きました。翻訳は全く卓《すぐ》れていました。（中略）それに朗読も上手でした。——まるで劇場のように拍手、ブラヴォーです。そこにある椿事が加わって、もっと劇場じみたことになりました。マクベスが卓子《テーブル》につこうとして、自分の席を占めている殺された王の幽霊を見てたじろぐ場面で、暖炉が煙りはじめました。一かたまりの雲になって、それがうまく幽霊の役割を演じました。僕は炉のそばで、立っている詩人の隣りに座っていたので目から涙がでました。興に入った朗読者は何も気がつかなかったのですが、とうとう彼の眼のソコヒがひろがって、何も見えなくなりました。彼は朗読をやめて戸を開けさせねばならなくなりました。

『マクベス』第三幕第四場、スコットランドの王座に就いたばかりのマクベスが貴族たちを饗宴に招いている。彼が座るべき大テーブルの席に彼が殺させた、ベルネの文にある国王ダンカンではなく、同輩バンクォーの幽霊が座っているのが、彼だけに見える。ベルネが暖炉の近くで聞いていた朗読があたかもこのバンクォーの幽霊出現にさしかかったところで、暖炉の煙が立つ。『或る地域医者』にこれを当て嵌めると、暖炉の煙は幽霊の役を演ずることになる。煙師であるはずの医者は、暖炉の修繕はせず、幽霊を撃退するには自分で窓を開けよう、しかし取りあえずそれを後回しにしよう、と考え、煙を放置した。すると病人の部屋はどうなっていくであろうか。そこにいる全員が煙に包まれ、煙と見分けが付かなくなり、やがて部屋の全員が煙そのもの、つまり幽霊と化すだろう。これは、医者の診察行の行き着く先が『レノーレ』の引用によって骸骨のみあるところ、である点と合致する。小説の末尾で医者はやっとこれに気付く。もう窓を開けるの段ではない。彼は一刻も早く逃げなければならない。ちなみに煙はナチ絶滅収容所焼却場の煙を想起させる。カフカはそういうところまで想像を巡らして書いている、ということはあり得るし、控え目に言っても照応はある。だが医者ことハーゼにその透視を期待しても無駄だ。

『マクベス』がカフカ作中で演じる役割はこれだけではない。饗宴が始まりかけた時、バンクォーを殺害した刺客の一人が戸口に姿を現す。マクベスはバンクォーの死は確かか、と訊く。刺客は答えて言う。

確かです、王よ、溝の中にころがっとります。頭には深い溝が二十ばかり。どの一つでも致命傷で。　（シェークスピア『マクベス』木下順二訳　以下同）

これはカフカにおいて、医者が頭を若者の胸に当てる、という動作に繋がる。また「薔薇色の花」が出て来る箇所では荊冠を被せられ葦の鞭で打たれたイエスの頭部の傷が潜んでいる。これについては注解3・5で述べる。次に『マクベス』では「男」という単語が何回か出て来る。「男らしい」といえば度胸があって勇気があって果断だということで、その「男」である。しかしマクベスとマクベス夫人の台詞のやり取りでこれが出て来ると、違うニュアンスが醸し出される。食卓で自分が座るべき席にバンクォーがいるのがマクベスだけに見える。驚いてたじろぐ夫を見て、夫人は客に、こういう発作は夫の若い時から時々あるので、見ないようにして下さい、と取りなし、夫に向かって言う。

マクベス夫人　それでもあなたは男？（Are you a man ?）
マクベス　そうだ、それも勇気ある男だ（Ay, and a bold one.）、だから睨み据えている、悪魔も脅えようあの姿を。

一旦亡霊は消える。その直後の会話。

マクベス夫人　何です、男らしくもない、ばかな（What, quite unmann'd in folly?）。
（二行略）
マクベス　血はこれまでも流された。むかし、人間の掟が世を浄めて穏やかにするまでは。が、その後も聞くだにむごい殺戮はやられている。だが以前は、脳味噌が叩き出されれば人は死んで、それでお終いだった。それが――今やそやつらがまた立ち上がる、致命傷を二十も頭に受けながら、人を椅子から押しのけるのだ。奇怪な話だ、殺戮よりも。

カフカとの関連ではunmannedに目がいく。英和辞典で確かめれば、これには「去勢された」の語義がある。バンクォーの幽霊が出現すると、マクベスは性的能力を失う。バンクォー自身は幽霊だからもはや男ではなくなっている。またバンクォーは「脳味噌を叩き出された」状態であったかもしれない。これらを記憶しておこう。

＊3　国際赤十字の創立者アンリ・デュナンと『ソルフェリーノの思い出』

若者を一瞥して医者は言う、瘦せていて、熱はなく（ohne Fieber）、温かくなく、冷たくなく云々。Fieberは大体三八度以上はあると見ていいだろう。微熱はleichtes Fieber（軽熱）である。Fieberはかなり高熱であり、だから医師は一目でFieberはないと判断できるのだろう。とはいえやはり変な感じが伴う。医師の立場では体温の測定はしなければならないだろうし、ピンセットを取り出すくらいだから体温計も当然器具鞄に入れている。それ以前に、体温を測ったかと家族に訊くだろう。なぜそうしないのか。それから「はない」と訳した単語はohneである。小学館大独和辞典では訳語の筆頭に「（予期されているものを）伴わずに」とある。医者は熱があると予期していたようだ。しかるにここで医者が最初に発する感想は、瘦せている、である。後段を見ればその若者の栄養状態は良いらしい。こうして何かと不審なことが多い。実はFieber（熱）を含めこの作品には、アンリ・デュナンの名著『ソルフェリーノの思い出』からの引用が幾つかある。

図6　アンリ・デュナン

アンリ・デュナン（Henri Dunant、のちにHenry Dunant 1828-1910／図6）はスイス・ジュネーヴ生まれ、敬虔なカルヴァン教徒である。一八三〇年にフランス植民地となったアルジェリアで、彼は一八五三年以降製粉工場を設立、経営した。資金難に陥った彼は、一八五九年フランス皇帝ナポレオン三世に援助を直接請願することにした。そしてこれがデュナンの面目躍如たるところであるが、フランス軍を率いて北イタリアでサルディニャ王国軍と連合し、オーストリア軍との決戦に臨みつつある皇帝のもとに、いわば押し掛けようとした。ガルダ湖南岸の地で約一二万人のオーストリア軍と一二万人のフランス・サルディニャ軍が六月二四日の夜明け前から日没まで激闘を続けたソルフェリーノの戦いは、フランスの勝利に終わった。デュナンは戦場に近い町カスティリオーネで夥しい戦傷者、死にゆく人々に遭遇し、救護に奔走した。彼は優れた文章家でもあった。一八六二年出版の『ソルフェリーノの思い出』は国際的に大きな反響を呼び、これが契機となって国際赤十字が成立した。赤十字の発足は翌六三年ジュネーヴでである。創立機関となった五人委員会では、有能な法律家、オーガナイザーのグスタフ・モアニエが委員長に就任し、デュナンは書記であった。その後彼はアルジェリアでの事業で破産し、次第に赤十字からも追放状態になっていく。一八八七年以降彼はスイス北東部のささやかなペンションで、世間から忘れられた人物になって暮らしていたが、本来の起業家能力を失ってはいなかった。彼の功績を広くヨーロッパに知らしめたドイツ語の書物、ルードルフ・ミュラー『赤十字成立史とジュネーヴ協定』（一八九七年刊）は実際にはデュナンの著述で、ミュラーは訳者だった。『ソルフェリーノの思い出』の最初のドイツ語訳は一八六三年に出ていて、カフカはこれから引用していると思われる。これからデュナンのドイツ語訳一八六三年の復刻版＝Dとカフカ作品＝Kを比較して共通例を若干並列する。

1　Tutti fratelli!（みんな兄弟！）

D「あなたたち、ドイツ、オーストリア、ハンガリー、ベーメンの哀れな母たちよ、戦傷したあなたたちの息子が敵国で捕虜になっていると聞いたあなたたちの心労を、何人が思わずにいられよう！　しかしわたしが民族の区別を全くしないのを見たカスティリオーネの婦人たちはわたしの例に倣い、こんなにも多様な出自で、彼女らには全員異国人である人々を同じ好意をもって手当した。「みんな兄弟よ」と彼女らはしばしば声を震わせて言った」

（デュナン『ソルフェリーノの思い出』p.62）

「みんな兄弟」は赤十字の基本思想を表す言葉となった。

K「ホッラー、兄弟、ホッラー、姉妹！」

2　赤い十字という標章

D　クレモナの診療所で治療に当たる医師が食べ物を味方兵優先で配っていると聞いて、

同地の某伯爵夫人が不賛成を表明し、自分は敵味方の区別はしない、「なぜなら、われらの主イエス・キリストもまた、人間に善きことをする必要のあるところでは、如何なる区別も知らなかったから。

(同書 p.87)

白地に赤い十字という標章はこうしてイエス、それも十字架上で赤い血を流すイエスを象徴して制定された。


K『或る地域医者』では若者の傷が「花」であると形容され、即ち薔薇なのであるが、薔薇はイエスの傷と血を指すのにも使われる。これについては注解3・5で再述する。

3　**Fieber**(**熱**)、**Wunde**(**傷**)

D　デュナンの書に Fieber や Wunde(複数の Wunden も併せて)は何度も出て来る。両語の合成 Wundfieber(創傷熱)も含め一例を紹介する。彼はブレシアでも救護に当たったが、ある修道院の一、二階に運び込まれていた戦傷者について。

わたしは二階のある部屋で熱(Fieber)を帯びて横たわる戦傷者四、五人を、別の部屋では一〇ないし一五人を、また別の部屋ではおよそ二〇人を見出した。(中略)非常に長い回廊の一番端にある他からまるでかけ離れた部屋で、若いイタリア狙撃兵が創傷熱(Wundfieber)に襲われ、全くひとりぼっちにされたまま、惨めなベッドに長く伸びて死にかけていた。彼はまだ完全に生きているように見えたし、両目は大きく開いていたが、自分に向けられた言葉を最早理解できず、おそらくこの理由で打ち棄られていた。

(同書 p.84-85)

K　『或る地域医者』では冒頭に「重病人 Schwerkranker」がいると紹介されている。医者は作中でピンセットを抓《つま》む。ピンセットは直感的には内科より外科的治療を連想させる。医者は自分が外科的治療のため呼ばれている、と理解していた。だから重病人とは重傷者である。しかし医者の初見では傷、創傷熱ともに若者にはなく、再見で致命傷が見出されるが、熱は出ないようだ。何故か。デュナンと比較することによって、カフカ短編読解上の一つの着眼点がここにあると感じられる。

4　デュナンは最初カスティリオーネで看護に奔走したのだが、その時の例

D　傷（Wunden）が開き、炎症が既に周辺に広がっていく人々は、苦痛の余り激怒した。彼らはこの苦しみを速く死を以て終わらせてくれと頼み、断末魔の戦いの中で顔を歪めて身をくねらせた（wanden sie sich）。（同書 p.36）

K　若者の傷の中で虫どもが身をくねらせている（winden sich）。Dでは過去形であるが、sich winden が双方に見える。

5　死の覚悟

D　「僕は死にたくない、僕は死にたくない Ich will nicht sterben !」と一人の近衛敵弾兵が猛々しく決然と叫んだ。彼は三日前にはまだ強壮で健康であったが、今では致命傷を負い、最後の刻が撤回しようもなくやって来たと感じてこの暗澹たる確実性に逆らっていた。わたしは彼と話し、彼はわたしの言うことに耳を傾けた。そしてこのなだめられ、物静かにせられ、慰められた人間は、遂に一人の子供の素直さと純真さとをもって死の覚悟を決めた。

（同書 P.58）

K　若者は右の近衛敵弾兵とは逆に「僕は死ぬ、ほっといてくれ」と言う。しかしながら医者は若者と別れる場面をこう伝える。「本当にそうだ。公務医者の名誉にかけた言明を受け取り、あちらへ行け。そうしたら彼は受け取り、静かになった」。これはデュナンと同じである。

6　敗軍のオーストリア将校について

D　恐ろしい混乱の中でオーストリア将校たちは、絶望と勇敢に充ち満ちて、身を死に委ねた。しかし彼らの命は高くついた。ある者たちはこの不運な敗北ゆえ悲嘆に暮れ、自ら命を絶った。大抵の者は、己の傷（Wunden）の血に覆われ、もしくは敵の血が撥ね掛かっている様《さま》で（mit dem Blute des Feindes bespritzt）、連隊にたどりついた。

（同書 p.29）

K　デュナンでは別々に出てくるBlut（血）とbespritzt（撥ね掛かっている）が合体して、若者の傷の虫たちがblutbespritzt（血が撥ね掛かっている）であるとなっている。

＊4　ドクトル、僕を死なせてくれ（僕は死ぬ、ほっといてくれ Doktor, laß mich sterben.）

小説の表題にArzt（医者）があり、作中に医者、病人、患者たちなどという語がある小説中にドクトルという単語が見えれば、主人公は医者だからな、と読み飛ばす。ところがこの一文に読者は驚いてよいのである。病人が医者に呼びかける時は、単にDoktor（ドクトル）であることもあるにはあるが、普通は敬意を籠めてHerr Doktor（ヘル・ドクトル、先生）と言う。ましてここは七五キロの遠方から駆けつけてくれた、本人の言うところでは「老いたる地域医者」に、病人が第一声を掛けている場面で、単にDoktorはないだろう。するとここでのドクトルは必ずしも医者ではなく、博士であるかもしれない。もっと驚くのはそれに続く文だ。命令文ゆえ字面では隠れているが、二人称単数の親称duが主語になっている。しかもこの後二人は一貫してduzen（duで呼び合う）する。君と僕の親しい間柄で用いる主語であるが、作品での医者と若者は親しい仲とは感じられず、一度でも会ったことがあるとすら感じられない。

ここで用いられている命令形動詞の不定詞はlassenである。クラウン独和辞典によれば①（依頼、要求、命令などを表して）……させる、してもらう②（許可などを表して）……するがままにさせておく、……を許す、である。訳としては「僕を死なせてくれ」と「僕は死ぬ、ほっといてくれ」とどちらでもよいが、lassenは「……させる」よりは一般に「ほっといてくれ」のニュアンスであることが多い。医者と病人がduzenし合う理由は、すでに馬丁が二頭の馬を発走させる際に「ホッラー、兄弟、ホッラー、姉妹」と号令を掛けるところで示されている。SPDの同志は兄弟姉妹であった。労働者が、面識があるわけではないベーベル、ハーゼ、フランクら指導者にどこかでばったり出会い、du で話し掛けるのはごく普通であった。かといって実際に党員たちが必ずduzen し合っていたというのではない。ハーゼとフランクは国会や党大会の会期中いつも顔を合わせていた。彼らは共に大学出身者で一一年の年齢差があり、その時代のことだから敬称 Sie で会話した（siezen する）したであろう。医者と若者の身元であるハーゼとフランクが頻繁に会っていて siezen していたにもかかわらず作中初対面であるかのごとく描かれるのは、二人が duzen するのがこの作品で初めてだからである！

医者はたいていドクトルの学位を有しているであろうが、カフカの医者が現実には弁護士ハーゼであるとの読み筋では疑問が生じる。ハーゼは博士号を持っておらず、ドクトルと呼びかけられる立場になかった。この疑問への答えは次項で提出する。

「僕は死ぬ、ほっといてくれ」の前と後に、何故こんな奇天烈な願いが発せられるのか、ヒントが置かれている。台詞の直前でそれまで「病人」と名付けられていた人物が「若者」に変わる。戦争勃発時に興奮した若者たちが万歳の歓声を挙げつつ町を練り歩いたよく見掛ける写真を想起すればよい。当然出征を覚悟しているであろう彼らの表情は明るい。台詞の後の部分はこうである。

わたしは振り向く。誰もこれは聞かなかった。両親は静かに身を乗り出して（vorgebeugt）立ち、私の判決（Urteil）を待ち受けている。

vorgebeugt は sich vorbeugen（前方へ身をかがめる、身を乗り出す）の過去分詞である。これは少し変である。若者の囁きはごく小声だったので両親には聞こえなかった。そうだろうか。両親は身を乗り出している。若者は医者の首にすがりつき、医者の耳元に何事か囁く。仮に中身は聞き取れなくても音声は聞こえるだろう。せめて「息子は何と言いましたか」くらい質問していいのに彼らは静かにしている。「判決」と訳した Urteil には「判断、判定、意見」の意味もあるが、グリムその他の辞書に当たった限りこれが医療行為、医者の診察に適用されるのは全くと言っていいほど、ない。カフカ書法成立の記念的短編は『判決』であった。そこでは老舗の海軍大国の父親イギリスが後発大国の息子ドイツに死刑を宣告する。『判決』では父親に死刑判決を下される息子が、『或る地域医者』では自分から死ぬと言っているのではないか。すると「判決」は父親と若者の関係にあるもので、医者が立ち入る筋合いはないのではないか。作品を見直して二つのことに気付く。

第一に、事実、医者は判決（死刑宣告）に該当するような診察結果を得ない。第二に、この後、作中で医者が「若者は健康である」という所見を表明するまで間隔がびっくりするほど空いていることである。それはその間医者が「判決＝死刑宣告を下しなさい」という家族による無言の圧迫を受け、なかなか自分の所見を言い出せなかったからである。「vorgebeugt 身を乗り出して」の一語がその徴である。

フェルディナント・フライリヒラート（Ferdinand Freiligrath 1810-1876）はすこぶる人気の高い詩人であった。特に彼を有名にしたのはある時期から社会的政治的に過激化し、ドイツでもフランス革命のようなものが実現しなければならないと高唱した詩によってであって、読む人たちを鼓舞した。彼はそのために亡命生活を余儀なくされ、苦労をしたのだが、帰国を許された後一八七〇年、普仏戦争が刻々近づくや興奮抑えがたく全ドイツに檄を飛ばす愛国詩を書いた。『フッラ、ゲルマーニア Hurra, Germania!』の第一詩節はこうである。

フッラ、きみ、誇り高く美しい女よ
フッラ、ゲルマーニア！
なんと勇敢に、体を乗り出し（mit vorgebeugtem Leib）
きみはラインのほとりに立っていることか！
七月の灼熱の炎にまるまる包まれ
なんときみは元気よく剣を抜くか！
きみは怒りに燃え揚々と
防護のため竈《かまど》（Herd）の前に歩み出る！
フッラ、フッラ、フッラ！
フッラ、ゲルマーニア！

フッラは英語のフレー（hurray）で日本語にもなっている。訳は「万歳」となろう。

ドイツ語にHurrapatriotismus（万歳愛国主義）という単語があり、一方的に自国愛や自国民優越を鼓吹する態度を言うが、この言葉の起源はこの詩にある。右の詩節からカフカはvorgebeugt（身を乗り出す）とHerd（竈、レンジ）という二単語を採り入れている。グリ竈は家政の集約であり、そこから男が妻と子を守るため出征する表現に用いられる。グリム独語辞典はシラー『ヴィルヘルム・テル』にあるこの用法を載せている。カフカが直接引用しているわけではないが、ビュルガー『レノーレ』には「フッラ、死者たちは速く駆ける！」が三回出ている。万歳愛国主義はこのようにして医者を包囲して迫って来る。

フライリヒラートは戦争が始まってから流血の酷さを痛感し、反戦詩とも言える作品を書く。かくして彼の歩みを単純化すると、急進的革命派→万歳愛国主義→戦争の悲惨を痛感、となる。カフカ作品の若者が涙ながらに「君は僕を救助してくれる？」と頼むのはこの三段階目に該当しないか。フライリヒラートの歩みをそっくり踏んだと見なせるSPD指導者がルートヴィヒ・フランクであった。

＊5　ルートヴィヒ・フランク（Ludwig Frank　1874-1914）

ドイツ南西部の宏大な森林山地シュヴァルツヴァルトが西側でライン河谷へと降る地方、ストラスブール南方三〇キロほどであろうか、ノネンヴァイアーという田舎町があり、ルートヴィヒ・フランク（図7）はそこで生まれた。父はささやかな商人であるが、ルートヴィヒの父方母方双方の曾祖父にユダヤ教ラビがいた。彼の伝記にはカール・オットー・

ヴァツィンガー『ルートヴィヒ・フランク』がある。カフカとの関係で重要なのは第一に、SPD改良主義派の若手ホープであった彼と改良主義を拒否したベーベル（図7）との対立であり、第二に開戦が必至と見たフランクが戦争公債案賛成に向けてSPD議員団の説得に努め、望み通り公債案が通過すると直ぐ志願兵となり、フランス戦線で出撃した初日の一九一四年九月三日に戦死を遂げたことである。

一九〇一年リューベックでのSPD党大会は、帝国議会、邦国議会で政府が提出する予算案には、万止むを得ない事情がある場合を除いて、党は反対すると決定した。その後に南ドイツ三国、バイエルン王国、ヴュルテンベルク王国、バーデン大公国の議会選挙でSPDは多数派工作を成功させ、自らの意志を反映した予算案を通過させた。これは党内論争を深める対立点になった。それが最高潮を迎えたのは一九一〇年九月のマクデブルク党大会で、フランクらは結果によっては離党する決意を固めていた。党が割れなかったのは「皇帝」ベーベルがそれを避けようとしたからである。この時の長大なベーベル演説『バーデンの予算案賛成について』から『或る地域医者』と繋がりを有する箇所を訳出する。

図7　アウグスト・ベーベル（左）とルートヴィヒ・フランク

フランクはかつて、フォン・ボートマン氏（バーデン内相）は複雑な（kompliziert）人物だと言った。わたしはフォン・ボートマン氏を知らない。彼のこともほんの僅かしか聞いたことがないが、その僅かなことが、彼は極めて単純な人物だとわたしに教える（笑）。わたしは同志フランクに保証できる、わたしにとってフランクはフォン・ボートマン氏より遥かに複雑な人物だと（大笑）。わたしはその昔同志フランクに大きな希望（複数）を掛けていた（聞け！　聞け！）。彼はいっときわたしの贔屓子でさえあり、わたしのベンヤミンであった（大笑）。だがわたしは思い違いをしていた、彼はわたしの希望を欺いた（betrogen）（聞け！　聞け！）。わたしはかくも騙されたのだから、自問してみた、こん畜生め、どうしてこうなるのか？　彼をこんな奇妙な飛躍（複数）へと誘うどんな内的動機が働いているのだ？

（アウグスト・ベーベル演説　著作選集8/2,72）

betrogen は betrügen の過去分詞で、カフカ短編の終わりに二度畳みかけて用いられている。ベンヤミンは末っ子、それゆえ最愛の子である。さてバーデン内相ボートマンが、社会民主運動は壮大な運動であり、注目すべき、無視してはならない現象である、と発言したので、バーデンSPDはこの他愛のない言明にぽっと酔い痴れ、予算案に賛成した、とベーベルは冷笑する。

こんなどうでもいい発言に躓いて完全転倒するなど、わたしには前代未聞である。フォン・ボートマン氏の言葉の何処に――しかも同志フランクは法律家で、言葉と概念を鋭利に定義づけることを専門的に学んだのだ――我々の同権を承認するものがあるのか、ボートマンは何処で、我々が地区参事（Bezirksräte）を選ぶとしたら彼の言葉が真実であると確かめられるだろう、と言っているか（まさしくその通り）、何処で？（ドクトル・フランクに向かい）おお、汝、信じやすいトマスよ！（笑）。

O. Sie gläubiger Thomas!（おお、汝、信じやすいトマスよ！）。これは「信じないトマス ungläubiger Thomas」を逆にしている。この話はヨハネ福音書20,24-29にある。イエスの弟子の一人トマスは復活したイエスを目の前にする。

一二人の一人でディディモと呼ばれるトマスは、イエスが来られたとき、彼らと一緒にいなかった。そこで、ほかの弟子たちが、「わたしたちは主を見た」と言うと、トマスは言った。「あの方の手に釘の跡を見、この指を釘跡に入れてみなければ、また、この手をそのわき腹（ルター訳Seite）に入れてみなければ、わたしは決して信じない」さて八日の後、弟子たちはまた家の中におり、トマスも一緒にいた。戸にはみな鍵がかけてあったのに、イエスが来て真ん中に立ち、「あなたがたに平和があるように」と言われた。それから、トマスに言われた。「あなたの指をここに当てて、わたしの手を見なさい。また、あなたの手を伸ばし、わたしのわき腹（Seite）に入れなさい。信じない者でなく、信じる者になりなさい」。トマスは答えて、「わたしの主、わたしの神よ」と言った。イエスはトマスに言われた。「わたしを見たから信じたのか。見ないのに信じる人は、幸いである」（新共同訳）

ベーベルはフランクを信じやすいトマスと呼んだ。彼はイエスの復活を信じないトマスのようにバーデン政府に対しては不信を貫くべきだったのだ。

イエスの弟子トマスはイエスの復活に出会っていなかったので、信じなかった。トマスは、自分が信じるのには条件がある、イエスが自分の前に現れるだけでは充分ではない、その現れた人の手と脇腹にある傷に自分の手を入れて確認出来たら、信じると言う。福音書と『或る地域医者』をゆっくり比較すると、当初は信じず、復活の主を見て信じるトマスの役割は若者ではなく医者に振られていると判明する。ヨハネ福音書＝Jとカフカ作品＝Kを並べる。

J　ほかの弟子たちが、「わたしたちは主を見た」と言う。主には痛々しい傷がある。
K　ある重病人が一〇マイル離れた村でわたしを待っていた。医者にとっては伝聞。
ただ、トマスにとっては伝聞。
J　また、この手をその脇腹に入れてみなければ、わたしは決して信じない。
K　わたしの知っていることが確証される。若者は健康である。

J 「あなたの指をここに当てて、私の手を見なさい。あなたの手を伸ばし、わたしの脇腹に入れなさい。信じない者ではなく、信じる者になりなさい」トマスは答えて、「わたしの主、わたしの神よ」と言った。

K さて今やわたしは発見する、そう、若者は病気である。彼の右脇腹、腰の辺りに手の平大の傷が開いた。

医者ハーゼはベーベル流に言えば信じないトマスでいるべきだった。何故彼は信じるトマスになったか。彼がぐずぐずしていたからである。両親、それは作中でVolk（国民、人民、民族）であると明記されているが、その無言の圧力に気圧されたからだ。その結果彼はトマスにとっての主・神、即ちドイツ皇帝やSPD党議拘束の前に平伏した。医者がトマスであるからには、医者の眼前にいる若者はイエスに該当するはずである。実際彼の右脇腹に傷が開く。イエスであるこの若者の身元は誰か。ルートヴィヒ・フランクである。それは次の条件を満たすのが彼だからである。

1 預言者、メシアはユダヤ人からしか出ない。

2 現れるべき預言者は帝国主義時代の世界の惨状に勇敢に立ち向かう人間であり、社会主義者である。とりわけ世界における社会主義の柱と見なされていたSPDの人である。

3　イエスは自己の信念に基づいて行動し、その結果死を迎えた。そういう言い方をすればフランクも同じだった。

イエスとフランクを重ね合わせるなどばかばかしいと感じられるかもしれない。イエスは人類史上最大の高みに登った人間であり、フランクはつまらぬ犬死をした。だが待てよ。人類史上最大の高みに登ったイエスは死せるイエス、復活のイエスである。生けるイエスは失意のうちに息絶えたかもしれないではないか。若者が啜り泣きつつ医者に「君は僕を救助してくれる?」と嘆願するシーンが浮かぶ。ここの描写では若者に創傷熱が生じている様子はない。フランクは開戦後一ヶ月であっさり戦死している。彼に望めるのは救助即ち死後評価の莫大な高騰である。

ベーベル演説に戻る。党内対立の原因に南ドイツ人と北ドイツ人の気質の違いがある、とベーベルは言う。

わたしは公然と言おう、諸君、南ドイツ人は素晴らしき野郎たちだ、カプアにいてさえも(笑)。私も残りの人生をカプアで送るかもしれない(聞け! 聞け!)、しかしわたしはカプア人にはならない(活発な拍手)。諸君南ドイツ人は情感(Gemüt)を持ち過ぎる。諸君は柔らか(weich)過ぎる。諸君は簡単に捏ね上げられてしまう。

カプアは何のことを言っているのか私には分からない。ナポリに近い歴史の古い町カプアは紀元前一世紀にスパルタクス率いる奴隷反乱が発生した地であるが、それと関わりがあるのだろうか。バーデン政府の予算案に賛成したフランクたちは、裏切り者か。そうではない、とベーベルは言う。

極めて明瞭な幾度も復唱された党決議に反する行動を取った、というだけでは、まだその者を裏切り者と刻印しはしない。裏切り者とは、意図的に党を堕落させようとする者、もしくは利益を得ようと、例えば枢密顧問（Geheimrat）になろうと、望む者である（笑）

SPDは君主国では宮中に伺候しない原則を保持していた。例えば帝国議会開会に当たり、国会議員はベルリン王宮の白亜の間に集まり、皇帝が開会の辞を述べるのを聴くのだが、SPD議員はその場に出なかった。以下ではバーデン邦国議会終了後にカールスルーエの宮中で打ち上げパーティーのような催しがあり、SPD議員がこれに出席したことをベーベルは叱責している。

宮廷伺候（Hofgängerei）などということも党は禁じている（バーデン党員からのヤ

ジ、我々は出ていなかったぞ）。議会終了の祝いに行くなどまるで余計なことをしたのは、宮廷伺候（Hofgang）ではなかったのか？　カールスルーエ城ではそれを諸君への評価点としたのではないか？　しかしながら彼らとて浮気症の人間はやっぱり要らないのだ！　諸君は我々との仲も彼らとの仲も駄目にする（活発な賛同）。諸君は二つの椅子の間に座っている（活発な賛同——フランクの抗弁）。左様、フランク君！　諸君は諸君の聡明、諸君のステーツマン的悧巧さ、諸君の外交でもって、これ以上の不悧巧はあり得ないことを達成した（嵐のような賛同）。

枢密顧問の役職にあったドイツ人は無数にいたはずだが、ここでベーベルが用いる理由にヨハン・ヴォルフガング・フォン・ゲーテがある。ゲーテはフランクフルト市民の家に生まれ、ヴァイマル宮廷に宮仕えして貴族に列せられ、枢密顧問になった。フランクらバーデンSPDの幹部もゲーテのように成り上がりたいのではないか。ベーベルはゲーテに関わるバーデンSPDの不祥事に言及する。彼は大体こう言っている。バーデン大公国の首都カールスルーエで発行されているSPD新聞「人民の友」紙上に、ある協会、それは多分ゲーテ愛好会というような名称のグループであるが、その協会の催しに関する記事が載った。この協会のメンバーは「坊主ども（カトリック）、意気地なし連、国民自由党員、そして残念ながら社会民主党員も」から成る。SPD新聞がこんな協会のことを記事にしたのだ。ここで意気地なし連（Mucker）とは多分ブルジョア左派を指している。

宮廷はドイツ語Hofで、これは中庭をも意味する。カフカ作品の医者は自家のHof（中庭）からあっという間に若者がいる家のHof（中庭、宮廷）へと運ばれる。ベーベルが危惧していた通り、フランクはホーエンツォレルン朝ドイツ帝国の宮廷伺候者になっている。その忠勤のお陰で彼は既に死んでおり、小説の中で「復活」している！　フランクは四〇歳で死亡したが、カフカは彼をder Jungeとしている。これは本来「少年」で、英語のboyに該当する。話し言葉では「若者」であることはよくあり、私はそちらを充てたが、カフカの意を汲めば「少年」とするのもよい。フランクはベーベルにとってかつて「わたしのベンヤミン」であった、というのが「少年」の由来である。ベンヤミンは「末っ子、秘蔵っ子」であり、作中の言葉を借りれば「気遣う母親によってコーヒー漬かりにされている」坊やである。

ベーベルはゲーテに触れる直前にバーデンSPDの好ましくない傾向について、次の指摘をしている。

極めて遺憾な別のことが生じた。興奮した闘争が展開する中でバーデン党員はこう言った。我々の事案にプロイセン人、ザクセン人だけでなく、外国人ローザ・ルクセンブルクとアントーン・パネクークが介入している、と。これがつまりバーデン党員の国際的立場なのだ。もっともローザ・ルクセンブルクはアウアー（バイエルン党員）と同じくらいドイツ人で、パネクークは外国人だ。周知の通り彼は地位を奪われたのだ。さてここでプフォルツハイムの「自由新聞」紙が登場し、ブレーメンの党大会代議員四人の名前を挙げ、パネクークの名前を肉太にした（聞け！　聞け！）。こうして中傷が行われる。これはおぞましくみじめであり、あってはならない。コルプ（バーデンＳＰＤ幹部）も同じホルンを吹いた。彼も外国人反対なのだ。歌にこうあるのだから。

《大抵は外国人、異国人なのだ、

我々の中に反逆の

精神を植え付けるのは。

ありがたや、お国の子らであることは稀だ》

（笑）

ルクセンブルクはスイスからドイツに移住するにあたってあるドイツ人と偽装結婚していて、ドイツ国籍を有していた。パネクークはオランダの著名な社会主義者で、母国で活動を禁止され、ドイツに移っていた。プフォルツハイムはバーデン大公国の一都市。コルプはフランクの同僚であるが歌詞との関係について具体的なことは分からない。最終行にある「お国の子ら Landeskinder」に目が留まる。これは自国人、国の生え抜きの意味であるが、「子ら Kinder」であるがゆえに一種の情緒が纏わりつく。そして「子ら」はカフカ作品で歌を合唱する。最初に三行の歌詞を歌うのは「学校コーラス」である。しばらくして子供ら（Kinder）が二行歌詞を歌う。二行詩はこうである。

《喜べ、諸君患者たち、
医者は諸君のベッドの中に置かれた！
Freuet Euch, Ihr Patienten,
Der Arzt ist Euch ins Bett gelegt !》

ベーベル演説との共通点が二つある。第一にKinder（子ら）。第二にベーベルはフランクらバーデンSPDの人々に二人称複数の「諸君」で話し掛けるが、党大会議事録ではこの人称代名詞は主格Ihr、与格Euch、対格Euchと頭字を大書してあり、カフカでも同じである。ちなみにこの大書によってIhrは「諸君」のみならず「お前様方」という感じの敬語にもなり、それはすでに宮廷伺候者になっていて、そのうえ枢密顧問にまで出世したがっている気配もあるバーデンSPD面々に浴びせるベーベルの嘲笑である。おそらくこの大書はベーベルが印刷に際してそうするよう自ら指示を出したのだろう。ベーベルが意図した二重意味をカフカは敏感に受け止めた。これに則《のっと》って歌詞を訳し直すと、こうなる。

《お喜び下さい、お前様方患者様、
医者はお前様方のベッドの中に置かれました！》

歌詞の解釈は注解5・3（259頁参照）でも行うが、歌唱は「諸君フランクらよ、喜べ、フーゴ・ハーゼも諸君らの外国人敵視に同調するようになった」と嬌声を上げている。外国人の代表はローザ・ルクセンブルクである。医者ことハーゼはこの歌詞は誤りだ、と断を入れる。事実それまで特に協力関係にはなかったハーゼ系とルクセンブルク系は合同し、独立社会民主党と呼ばれることになる新党結成に向けて動き出しているところである。

ついでに『或る地域医者』で若者が医者に対し「ドクトル」と呼びかけるのもベーベルに由来するのを見ておこう。一九一一年一一月一一日の帝国議会演説「マティアス・エルツベルガーの英国に対する姿勢、モロッコ問題、戦時における大衆ストライキについて」を見よう。エルツベルガーについては本書に関わりがないので省略する。ドイツが戦艦パンター号をモロッコ沿岸に派遣して生じたモロッコ問題は、ドイツ・フランス・イギリス間の協議で一応の解決に達した。イギリスはこの協定を守るだろう、とベーベルは言う。

この際フランスがこの諸規定を忠実に適用するか否かは、わたしとしては未決定にしておく。正直に言って、この点でわたしは党友フランクと若干の違いがある。先ほど彼はフランスが必ずや忠実に行動するだろう、と言明することが許されると思った。

（ベーベル演説・著作選集8/2,78）

フランクは党内で親フランスの急先鋒だったのだ。さてこの箇所だけでなく私の見た限りではベーベルはフランクの名を挙げる時にはドクトルを付けない。フランクは博士であったから、ドイツ語の慣行に反する。おそらくベーベルにとってフランクはいつも「わたしの末っ子」だった。演説の後半でベーベルは、戦争事態において社会主義者は大衆ストライキ、兵士ストライキという対抗行動に打って出るという方針の可否を論じ、SPDは一八九二年から一九〇七年シュトゥトガルト社会主義インターナショナルに至るまで、このような提案に賛成しない、と言明し続けた、と述べる。シュトゥトガルトではイギリスとフランスを初め大多数の代表団がストライキを支持し、決議として通そうとした。

これに対してわたしは、党友たちの名において、かつ党友たちの一致した委託を受けて、言明した、この決議を我々は受け入れない、諸君が受け入れるなら、いいだろう、しかし我々はこれに抗議するだろう。返答はこうだった、諸君ドイツ人が最強国民の一つとして決議に反対するなら、我々は勿論これを提案できない、と。これを受けて委員会が作られ、長い協議の結果下部委員会が作られた。これは三人のドイツ人により構成された。議員フォルマル、前議員ドクトル・ハーゼ、それにわたしである。わたしたちは一つの決議を提案したが、その趣旨は、諸国の党は当該事態においてそれぞれにとって最も効果的と思える手段を以て戦争勃発反対を表明すべきである、というものだった。即ち、それぞれにとって最も効果的と思える手段を以て、である！（聞け！　聞け！

社会民主党員）

フォルマル（Vollmar）はバイエルンSPDの有力者で改良派であった。ハーゼは一九〇七年の総選挙で落選し、従って一九〇七年には前議員であったが、一九一二年選挙で返り咲いた。ベーベルはドクトルでないハーゼをドクトルと呼んでいる。『或る地域医者』で若者ことフランクがハーゼにドクトルと呼びかけるのは、このベーベル演説に由来する。ハーゼの党議長就任はベーベルの強い推輓によるものであった。ベーベルは単純にハーゼがドクトルではないと知らなかったとも考えられるが、フランクにドクトルを冠さないのを併せ考えると、ベーベルがこの両者に抱いている胸の内が覗くようでもある。法律家で弁護士で知識人のハーゼには敬意を抱くが、SPDの指導者としては何か物足りない。自分の後を継ぐ者として大いに期待をかけていたのは末っ子のフランクであったのだが。

＊6　ラム酒（Rum）

戦場の兵士にとって欠かせない飲物は、スープ、コーヒー、酒であり、いずれも短編中に出て来る。ただしドイツ語 Getränk（飲物）にはスープは含まれない。スープは食べ物に入る。ラム酒は戦場の兵士たちがよく飲んだ酒であるが、ドイツ語で Spirituosen といい、俗には Schnaps（シュナップス、火酒）ともいうアルコール度の高い酒や蒸留酒のうちからラムが選ばれているのは、理由があるに違いない。

医者が連れ込まれた宮廷（Hof）はホーエンツォレルン朝のプロイセン王国・ドイツ帝国国家である。宮廷である家の父親とはこの王朝の君主でもあるのではないか。カフカ作品では父親が君主となっている先例があり、それについては前二著で述べた。ハインリヒ・ハイネがプロイセン国王フリードリヒ・ヴィルヘルム四世を嘲笑した《城の伝説》は先に紹介した。これと一対の関係にある詩に《中国の皇帝 Der Kaiser von China》がある。成立時期は一八四三〜四四年で《城の伝説》とほぼ同時である。

1　わたしの父は無味乾燥なぶきっちょ者／しらふの意気地なし／わたしはしかしわたしのシュナップスを飲む／そして偉大な皇帝である
2　これは魔法の飲物／わたしは我が心の中で発見した／わたしがシュナップスを飲むとすぐ／全中国が花咲き乱れると
3　中華の帝国はそのとき／花野に変貌する／わたし自身はほとんど男になり／我が妻は妊る
4　どこもかしこも何もかも過剰／病人たちは快癒する／我が宮廷の世界賢者孔子は／この上なく明澄な思想を得る
5　兵士たちの黒パンは／アーモンド・クーヘンとなる――おお喜び！／そして我が国家のぼろくずたちは／ビロードと絹に包まれて逍遙する
6　マンダリンの騎士階級／病んで不毛の頭たちは／ふたたび青春を取り戻し／弁髪を

振る

7　信仰の象徴にして棲家たる／大仏塔が完成した／最後のユダヤ人たちがそこで洗礼を受け／飛龍騎士団を授かる

8　革命の精神は消え失せ／最も高貴な満州族は叫ぶ／我々は憲法を欲しない／我々は、棍棒を、笞を、欲する！

9　アスクレピオスの学徒たちは／わたしの飲酒を諌める／わたしはしかしわたしのシュナップスを飲む／我が国家の最善のため

10　シュナップスを更に一杯、シュナップスを更に一杯！／ただもうマナのようにうまい！／我が民は幸福である、気も触れている／そして歓声を挙げる「ホサナ！」と

ウルシュタイン社版『ハイネ全集』の編者クラウス・ブリークレープ（Kraus Briegleb）による注釈によって解説する。宮廷の世界賢者、孔子とは哲学者シェリングである。彼はヘーゲルの死後空位だったベルリン大学のポストに一八四一年就任した。このうえなく明澄な思想とは、明澄と無縁だったシェリングの文体を笑っている。大仏塔の完成はケルンの司教座大聖堂建設を指す。プロイセン王国がナポレオン失脚後に得たラインラント領にケルンが含まれ、中世以来未完であった聖堂の再建がフリードリヒ・ヴィルヘルム四世の時代に開始された。完成を見たわけではない。ユダヤ人の洗礼とは、ユダヤ人がこれ以上改宗キリスト教徒になることを禁じ、ユダヤ人をユダヤ人のままにしておく、という方針

を指す。飛龍騎士団とは一八四三年に国王が、キリスト教的生活態度と慈善の普及のため設けた白鳥騎士団のことである。最も高貴な満州族とは、国王を取り巻いていた廷臣たち、いわゆる君側の奸（Kamarilla）である。

ハイネの詩からカフカ作品を見よう。シュナップスを飲むと国王は性的能力を得た気持ちになる。事実と逆のことが事実となる。「病人たちは快癒する」もその伝である。カフカ作品ではラムを医者に勧めるのは父親（der Vater）ではなく親父（der Alte）である。後段でラムをくんくん嗅ぐのは父親である。親父と父親は身元が異なる。親父は私の今の読み筋ではプロイセン国王であり、戦争遂行中のドイツ国家であり、戦争に協力するＳＰＤである。彼がシュナップスの一種であるラム酒を医者即ちハーゼに勧めるのは、第四回戦争公債案以降城内平和に反対するようになったハーゼに、心を入れ換えなさい、と伝えているのである。

名詞の Rum を rum（ルム）と表記すれば接頭辞 herum の口語的短縮形である。小学館大独和辞典の herum... の項では第二語義に「向きを変えて、回転して、などを意味する」、とある。同辞書から三例を拾う。

herumkriegen（rumkriegen）：口説き落とす、説き伏せる、翻意させる
herumreißen（rumreißen）：ぐいと回す、（車・船・馬などを）急に方向転換させる
herumwerfen（rumwerfen）：すばやく回転させる、くるりと裏返す、急に向きを変え

る――

親父ことドイツ国家はハーゼに翻意を促す。「グラス一杯のラム酒がわたしのために準備される」という文もちょっと変だ。普通なら、父親はラム酒をグラスに注ぎとか、ラム酒を持って来るよう命じた、などとあるだろう。わざわざ受動態にして誰が準備したか不明にしている。これはbereitstellen（準備する）に注意せよとの合図にもなっている。小学館大独和辞典にはこの動詞の用例として、Truppen bereitstellen（部隊を召集、集結させる、部隊を戦闘配置につかせる）が載っている。

後段の「父親は手中のラムグラスの上をくんくん嗅ぎ」はどうか。くんくん嗅ぐ（schnuppernd）のは、酒の品定めであり、酒が満足のいく出来具合になっているか、の検査であろう。するとこの父親はユダヤ人である。東ヨーロッパ及び中部ヨーロッパには酒類の製造・販売並びに酒場経営に携わっていたユダヤ人が多数いた。有名人では作曲家グスタフ・マーラーの父親がそうだった。『或る地域医者』ではユダヤ人居住区を表すのにしばしば用いられたドルフ（Dorf村）、そのコミュニティの重役たちを指す長老たち（die Ältesten）の語もあり、ラム酒はこれらと連動している。

＊7　イエスの対極　革命的待機主義

『或る地域医者』と旧約・新約聖書との関わりは多岐にわたり、文献学的な照応の確認を超えて内実に踏み込むのはヨーロッパ人やユダヤ人でない者にはまこと困難である。それでも次第に浮かび上がるのは、この作品においてイエスの行跡が「為した、為し遂げた、為し遂げられた」と遂行・完了として捉えられ、これに対してSPDの人々は革命的待機主義即ち「いつか為しますよ、為すでありましょう」という未来への先延ばし、結果的に無履行として扱われているということである。

イエスの死後、脇腹に傷が創られたと記録している唯一のヨハネ福音書は、カフカ作品に精巧に組み込まれている。J＝ヨハネ福音書による十字架のイエス記録とK＝カフカ作品を比較しよう。

J　兵士たちはイエスを十字架につけてから、その服を取り、四つに分け、各自一つずつ渡るようにした。下着も取ってみたが、それには縫い目がなく、上から下まで一枚織りであった。

（ヨハネ福音書19,23）

K　ベッドの若者は全裸である。ローマ総督ピラトはイエスを指して「この人を見よ」と言い、イエスはその後に服を脱がされ処刑された。カフカ作品の若者は自分でいち早く全裸になり、「この人を見よ」と言ってもらえる条件を整えたつもりでいる。彼はうずうずしており、「僕は死ぬ、ほっといてくれ」と医者に性急に耳打ちせずにいられない。カフカは死に急いだ感のあるフランクにおいて「キリストに倣いて」のようなものを看取し、すこぶるばつの悪さを感じたようだ。

J　この後、イエスは、すべてのことが今や成し遂げられたのを知り、「渇く」と言われた（中略）人々は、このぶどう酒をいっぱい含ませた海綿をヒソプに付け、イエスの口もとに差し出した。

（ヨハネ福音書 19,28-29）

K　若者は健康である。少しばかり血行が悪く、気遣う母親によってコーヒー漬かりにされている、しかし……

十字架で血を流しているイエスにヒソプが差し出されるが、若者は健康そのものでヒソプならぬ母親によるコーヒー漬かりである。

J　イエスはぶどう酒を受けると、「成し遂げられた」と言い、頭を垂れて息を引き取られた。

（ヨハネ福音書 19,30）

K　医者は若者の母親が来い来いするので「わたしは従い……頭を若者の胸に当てる」。この瞬間一頭の馬が天井目掛けて声高く鳴く。来い来いに乗ったのが既に医者の譲歩、ドイツ政府もしくはドイツ人民の得点である。医者の髭が触って若者は身震いする。ここは若者が裸であるのに注意を促すパッセージでもある。イエスが頭を垂れるのは臨終を迎えたからだが、医者は頭を垂れて若者が健康そのものであることを発見する。

J　その日は準備の日で、翌日は特別の安息日であったので、ユダヤ人たちは、安息日に遺体を十字架に残しておかないために、足を折って取り下ろすように、ピラトに願い出た。（中略）イエスのところに来てみると、既に死んでおられたので、その足は折らなかった。しかし、兵士の一人が槍でイエスのわき腹（ルター訳 Seite）を刺した。すると、すぐ血と水とが流れ出た。（中略）これらのことが起こったには、「その骨は一つも砕かれない」という聖書の言葉が実現するためであった。

（ヨハネ福音書 19,31-36）

K　若者の傷の部位は初めに脇腹（Seite）とある。イエスの脇腹の傷は死後に抉られて生じた。若者即ちフランクは実はもう死んでいるのだが、カフカはまだ生きている如く描く。フランクは、何と！　健康そのものの自分にイエスの脇腹の聖痕が生じている、この苦しみの運命はすごい、自分はイエスに等しい偉人として崇め奉られてしかるべきではないか、と自分を押し出す。それが「君は僕を救助してくれる？」である。

＊8　雌豚（Säue）

中立的に豚というドイツ語は Schwein である。雄豚（Eber）というのは滅多に見掛けない。Sau（雌豚、複数 Säue）はよく使われる。Schwein、Sau ともに「きたねぇ。くそったれ」という罵倒語だが、現代ドイツ口語の用例を集めれば、Schwein は普通に「豚」というケースが多いのに対し、Sau は罵り言葉であるほうが多いのではなかろうか。カフカはそれゆえ Säue を持ち出したのだが、それだけではない。これはマタイ（8,28-34）、マルコ（5,1-20）、ルカ（8,26-38）の各福音書に記載されたゲラサもしくはガダラにおける悪霊に取り憑かれた男の話からくる。マタイにはこうある。

イエスが向こう岸のガダラ人の地方に着かれると、悪霊に取りつかれた人が二人、墓場から出てイエスのところにやって来た。二人は非常に凶暴で、だれもその辺りの道を通れないほどであった。突然、彼らは叫んだ。「神の子、かまわないでくれ。まだ、その時ではないのにここに来て、我々を苦しめるのか。」はるかかなたで多くの豚の群れがえさをあさっていた。そこで悪霊どもはイエスに、「我々を追い出すのなら、あの豚の中にやってくれ」と願った。イエスが「行け」と言われると、悪霊どもは二人から出て、豚の中に入った。すると、豚の群れはみな崖を下って湖になだれ込み、水の中で死んだ。豚飼いたちは逃げ出し、町に行って、悪霊に取りつかれた者のことなど一切を知らせた。すると、町中の者がイエスに会おうとやって来た。そして、イエスを見ると、その地方から出て行ってもらいたいと言った。

（新共同訳）

この中にある「豚」をルターは Säue と訳した。私が見た他のドイツ語訳の聖書ではみな Schwein である。すると Säue はルター、ルター訳聖書、ルター派教会などを指す単語である。

一九一一年七月ドイツはモロッコ沿岸アガディールに砲艦パンター号を派遣し、第二次モロッコ危機が生じた。同年一一月九日アウグスト・ベーベルは「ブルジョア世界の神々の黄昏」と題されることになる国会演説で、今の事態は危機一髪戦争を招く、と警鐘を鳴らした。戦争を煽る言論が跋扈していることに関し、次の部分がある。

退職宮廷説教師が同じような見解を表明した。我々は総じて最近数ヶ月、特にプロテスタント聖職者の一部が戦争煽動の先頭に立っているのを経験した。特に「福音教会新聞」は次の言葉で締め括られる記事を載せた、「何時我々は行進するのか？という問いに対する答えがあらゆるところで待ち望まれている」。（聞け！ 聞け！ 社会民主党議員）これらが、今回の事態で頭角を現したキリスト教的兄弟愛の鼓吹者である。

（ベーベル前掲書8/2,77）

福音教会はルター派教会である。これが『或る地域医者』のSäueであるとは、馬丁の「ホッラー、兄弟」という掛け声がベーベルの「兄弟愛」に符合することで裏打ちされる。カフカは福音教会に対する怒りをベーベルと共有している。また演説の表題にある「神々の黄昏Götterdämmerung」はリヒャルト・ヴァーグナーの楽劇に由来するが、カフカはこれを「こういうケースでは神々（Götter）が助けを出す。いない馬を送ってくれ、急ぎの用ゆえ二頭目まで加えてくれ、おまけに要りもしない馬丁を恵む――」という箇所で用いている。

＊9　医者と女中ローザの間柄

〝夜間ベルの装置がある建物は医院であろう。それはまた医者の自宅を兼ねている。彼には妻子はいない。同居者は女中のみ。看護婦について何も語られていないが、日中に通いで勤務しているのだろう〟

『或る地域医者』の読者は概ねこう了解するはずである。はっきり書いてあるのは、医者が自家（im meinem Hause）住まいである、女中と同居している、である。つまりそれだけが、作者が読者に提供するものとして重要なのだ。医者はこう言う。

「わたしの夜間ベルの助けを借りて全地域がわたしを苛む。しかしこの度はローザまで犠牲にしなければならない。長年にわたりわたしからはほとんど顧みられないままわたしの家で暮らしていたこの美しい娘を――この犠牲は大き過ぎる」

要点をまとめる。

1　ローザは美しい女性である。
2　ローザは長年医者と同居している。
3　とはいえ彼女はまだ娘（Mädchen）であり、二〇代前半か、せいぜい二五歳くらいであろう。

4　医者は彼女をほとんど顧みなかった。

ここから得られる結論は、医者はインポテントである、だ。医者を運んだ馬の一頭は、ハイネの詩によればインポテントであったプロイセン国王フリードリヒ・ヴィルヘルム四世である。もっと大物の不能者がいる。シュレージエン地方とポーランドの略取によってプロイセンをヨーロッパ五大国の一員にしたフリードリヒ二世である。この「大王」には女性嫌いが顕著に見られた。そのよって来たるところとして、史家の間で性的不能説と同性愛説に見解が分かれる。前者によれば彼は性病に罹り荒っぽい治療を受け、不能者になった。性病の種類、罹患した時期及び場所については、伝記著者の間で必ずしも意見が一致していない。フリードリヒ二世が肉体の喜びを享受し得ない人間になってしまったことが、彼を非情な他国略取者にした、という解釈はしばしばなされ、カフカもおそらく同じ考えだった。

余りに強力なプロイセン・ドイツ陸軍と、それが人間を隅々まで拘束するミリタリズムの前にハーゼは屈した。国王フリードリヒ二世のインポテントが生み出した強大な軍事国家の壁の前で、プロイセン人であり、プロイセン王国発祥の地、東プロイセン生まれのハーゼは為す術もなくインポテントになっている。ハーゼは今になってひとしおローザ・ルクセンブルクの大切さを思い知る。彼女なら自分にポテンツをもたらしてくれるのではないか。何故自分はこれまでルクセンブルクとの協力関係を築いて来なかったのだろう（これはカフカの切なる願いであっただろう）。

歴史的背景を見よう。一九一六年に入り、第一回戦争公債案に心ならずも賛成投票した少数派ＳＰＤは社会民主労働共同体、ルクセンブルクやリープクネヒトら最左翼はスパルタクス・グループという党内野党を形成した。後者は多数派ＳＰＤに激しく反対しただけでなく、前者をも生温いと批判していた。一九一七年一月九日にＳＰＤ党内野党諸派はベルリンで合同会議を開き、これには右の二グループも参加した。『或る地域医者』はこの会議の前後に書かれている。ハーゼは会議に出席したが、ルクセンブルクはプロイセン領ポーランドにあるヴロンケ（Wronke）刑務所に入っていた。作中の医者の台詞に「どうやって彼女を救う、どうやって彼女を馬丁の下から引っ張り出す？」とあるのは、ハーゼが今何としてもルクセンブルクとの共闘を必要としている、というハーゼの、というよりカフカの切実感である。多数派ＳＰＤはこの会議後に党内野党の排除に踏み出す。その結果、野党は四月に独立社会民主党を新たに立ち上げ、スパルタクス・グループもこれに加わり、ハーゼは新党議長になった。ハーゼらとルクセンブルク系はここで初めて共闘関係に入る。結党大会はかつてベーベルらが社会民主労働者党を立ち上げたアイゼナハで開かれた。

翻訳 4

わたしは彼のところに行き、彼はまるで例えば滋養強壮この上ないスープをわたしが持って来てあげたというふうにわたしに微笑みかける――おっ、今度は二頭の馬が嘶く。[*1] この騒音はおそらく、いと高きところより指示され、診察の負担を軽くするものだ――さて今やわたしは発見する。そう、若者は病気である。彼の右脇腹、腰の辺り（in der Hüftengegend）に、手の平大の傷[*2]（Wunde）が開いたのだ。[*3] Rosa（薄い薔薇色）で、様々な色合い（Schattierungen）を呈し、深いところは暗く、縁に向かって次第に明色になり、柔らかい粒状（zartkörnig）であり、不揃いに蓄積された血があり、露天鉱山のように開けっぴろげだ。距離を置いて見るとそうである。近づくと更にもう一つむずかしいものが現れる。誰がヒュッと口笛吹かずにこれを見つめられよう。虫たち[*4]（Würmer）、太さと長さはわたしの小指に等しく、それ自身からは明るい薔薇色[*5]（rosig）で、しかも血が跳ねかかっているのが、傷の中にしっかりしがみつき、白い小頭（Köpfchen）を持ち、多数の小脚を持って、明かりのほうへ、身をくねらせている。可哀相な若者、君は助け（helfen）ようがない。わたしは大きな傷を見つけ出した。君の脇腹のこの大きな花（Blume）ゆえに君は滅びる。家族は幸せ（glücklich）である、彼らはわたしが作動中（in Tätigkeit）なのを見る。妹は母親にそう言い、母親は父親に、父親は、爪先立ち両手を拡げてバランスを取りつつ開いているドアの月明りを通って入って来る数人の客たちに、そう言う。「君は僕を救助しくれる？」[*6・10]と若者は、自分の傷の中の生命に全く目眩んで、すすり泣きながら囁いた。わたしの居る辺り（in meiner Gegend）の人々はこうなのだ。いつも医者に不可能なことを求める。[*7]昔の信仰を彼らは失ってしまった。聖職者は自宅に座っていて、ミサ服を一着また一着と毟《むし》り割いている。ところが医者はその繊細な外科の手をもってあらゆることを成し遂げろというのだ。ま、御自由に。わたしは自分から名乗り出たわけではない。諸君がわたしを聖なる諸目的にこき使うなら、わたしはそれも為されるがままにする。それよりましな何をわたしは望もう、老いたる地域医者、自分の女中を奪われて！　すると彼らはやって来る、家族と村の長老たちが。そしてわたしの服を脱がせる。[*8・9]学校コーラス[*11]が教師を先頭に家の前に立ち、極度に単純なメロディーをこういうテクスト（Text 歌詞、聖書の章句）に合わせて歌う。

《こいつの着物を脱がせろ、そうすればこいつは癒すだろう、そして癒さないなら、こいつを殺せ！
こいつぁただの医者だ、こいつぁただの医者だ》[*13・14・15・16]
するとわたしは着物を脱がされており、わたしは指［複数］を鬚に当て、頭をかしげて平静に人々を見つめる。わたしはまこと沈着で、全員に対し優位にあり、優位であり続ける。それはわたしには何の助け（hilft。不定詞 helfen）にもならないのだが。というのも今や彼らは頭部と両脚でわたしをつかまえ、ベッドの中へ運ぶ。壁際へ（Zur Mauer）、傷の脇に、彼らはわたしを置く。[*12]それから全員が部屋から出て行く。ドアが閉じられる。歌唱が止む。雲が月の前に進む。寝具がわたしを暖かくくるんでいる。両馬の頭部が窓穴の中で揺らいでいる。

翻訳４の注解

＊１　窓を通して

翻訳３（101頁参照）に戻ると、ほとんど瞬時に馬車を病人の家の中庭まで牽いてきた二頭の馬は「どうにかして革帯を弛めていた。窓はどういうふうにしてだかわたしには分からないが、外側から突き開けられていた。各馬は頭をそれぞれ一つの窓を通して（durch ein Fenster）差し込み、家族の叫びには動じず、病人を観察している」。

医者の、どういうふうにしてだか分からない、との感想はもっともである。馬は窓ガラスを割った形跡はない。窓が内開きで、たまたま鍵が掛かっていなかったとすれば一応筋は通るであろうが、寒い冬に、窓は閉めてあるのに、鍵を掛けないのは不審である。この疑問への答えは「窓を通して durch ein Fenster」にある。ピーター・ネトル『ローザ・ルクセンブルク』に「窓を通して durch das Fenster」のいわばＳＰＤ的用法が載っている。一九一六年九月二一日から二三日までベルリンでＳＰＤ全国会議が開かれた。これには多数派ＳＰＤ、社会民主労働共同体という名の党内分派を結成していたハーゼら少数派、それにローザ・ルクセンブルクの属しているスパルタクス・グループからも代表が参加し、党の最右派から最左派までが出席する最後の全国集会になった。二一日には多数派の党議長フリードリヒ・エーベルトと国会議員団長フィリップ・シャイデマンが、翌日にはハーゼが演説した。二二日か二三日か不明だが、スパルタクス・グループの一員が登壇し、現在の戒厳状態と検閲の下で開かれるこの会議はそもそも多数派に極めて有利な条件に基づいている、と主張した。

スパルタクス・グループのもう一つの、もっと厳しい表現による声明は会議議長によって却下され、従って会議議事録には見えない。スパルタクスは、自分たちの演説や決議が派遣されて来た代議員の多数を勝ち取るとは期待できなかった。真の目的はプロパガンダだった。敵対派が多数を占める議会ですべての社会主義代表者がそうするように、二人のスパルタキストは——そう信じたのだ——屋外で注意深く聞き耳を立てている人たちに向けて、「窓を通して durch das Fenster」語りかけた。

（ネトル『ローザ・ルクセンブルク』P.453）

ある建物の中でSPDの様々に異なる主張を持つ人々が議論を闘わす。彼らが少数派で多数派に何か訴えても無駄だとしても彼らが熱弁を振るうのは、外で、外気の中で、聞き耳を立てているであろう人々の共感を獲得するためである。すると『或る地域医者』ではどういうことになっているか。ハーゼの読み上げた戦争公債案賛成声明には、外気の中で聞き耳を立てている人々、その中にカフカもいたのであるが、その人々に「窓を通して」何かを訴え、動かすような何物もなかった。逆であったとカフカは書く。窓は外側から内側へと開けられており、外気の中に立つ二頭のうち一頭が、その後に二頭が声を揃え、「窓を通して」屋外から室内のハーゼとフランクとを操る。これまで述べて来たように、二頭の馬はドイツ帝国政府とSPDであり、またSPD内の戦争公債案賛成派と反対派である。馬が二頭とも嘶くのは、党議拘束により反対派も賛成に回ったのを指す。医者はお陰で診察が容易になったと安堵する。ハーゼは離党してでも戦争公債案に反対あるいは棄権すべきかという難題に直面したが、二頭の馬の嘶き即ち党議拘束によって身が軽くなる。

ユダヤ人に関連して傷という語が使われるケースは数限りなくある。これからもあるであろう。この単語には他では代替が効かない何かがあるらしい。それはユダヤ人でありキリスト教ではキリストとなったイエスがユダヤ人たちの吊し上げにあって十字架刑に処された、と聖書にあることが一因だろう。

＊2 傷

医者が若者からやや距離をおいて見出した傷は、イエスの脇腹の傷と大地に穿たれた塹壕の合成である。医者による傷の発見に先立ち二頭の馬が声を合わせて嘶くのは、「いと高きところから指示され」たからとあるのは、戦争を始めた同盟国と三協商国がみなキリスト教国家であり、就中《なかんずく》ヴィルヘルム二世がドイツ国家の行動を神意に基づいていると強調し続けて来たことを諷している。傷が塹壕であることは、それを掘るのに用いられる鶴嘴（Hacke）が後段に出現するところから推定出来る。

イエスの脇腹の傷はヨハネ福音書のみに記載がある。脇腹が右か左かはそこでは不明だが、キリスト教の図像では稀な例外を除いて右であり、カフカでも同じである。

カフカ作品で傷という語が出てくる直前に、それのある身体部位がまず「右脇腹」、次いで「腰の辺り in der Hüftengegend」とある。Hüfte（腰）はウエストから臀部、太腿の付け根までをひっくるめていう。イエスの傷の開いた右脇腹と「腰の辺り」とでは少し部位がずれるのではないか。その通りである。Hüfte はほぼ同じ意味の Lende と同様、男の生殖能力の在り所を、それだけでなく男根そのものを意味し得るのだ。脇腹だけでなく「腰」にも深い傷が開いたのだ。

「**手の平大の傷 eine handtellergroße Wunde**」。これだとイエスの脇腹の傷より幅は広い。傷が塹壕をも兼ねているから、この程度が丁度良いということもあるだろう。またこの語句は幾分「手の平の傷 eine Wunde im Handteller 」を連想させる。即ちイエスの両の手の平が釘で十字架の横棒に打ち付けられた、という伝統的図像が浮かぶ。

「**腰 Hüfte**」。グリム独語辞典にルター訳旧約聖書から六例載っている。日本語訳ではそれらは「腿」か「腰」になっている。ここでは創世記（24,1-4）を見よう。

アブラハムは多くの日を重ね老人になり、主は何事においてもアブラハムに祝福をお与えになっていた。

アブラハムは家の全財産を任せている年寄りの僕に言った。

「手をわたしの腿（Hüfte）の間に入れ、天の神、地の神である主にかけて誓いなさい。あなたはわたしの息子の嫁をわたしが今住んでいるカナンの娘から取るのではなく、わたしの一族のいる故郷へ行って、嫁を息子イサクのために連れて来るように」

古代ユダヤ人の儀礼として目下の者が目上の者に誓いを立てる時、目上の者の大腿の下に手を差し入れて誓ったという。日本語訳の「腿」である。目下の者は手の平と指を上向きに開いて差し入れたであろう。Hüfte は股座であり性器である。一九五七年刊の浅野順一ら六人の日本人聖書学者編集による『旧約聖書略解』は、「手をもの下に入れ……」を注して、「生命を与える象徴としての生殖器〈割礼〉に触れることによって誓いをする厳かな儀式である」としている。すると傷が「手の平大」であるのは男根と睾丸を丁度覆うサイズである。イエスの磔刑はキリスト教徒によればユダヤ人の為せる悪業であった。アブラハムの故事から、イエス・キリストの痛苦の部位である手の平がアブラハムのHüfte と重なり合い、割礼を施されているユダヤ人の生殖器を覆い包む、という表象が生まれる。かくしてイエスの手の平の傷がユダヤ人の生殖器に転移する。アブラハムは僕に息子イサクの嫁を探させ、連れて来させた。かくして子孫は産まれるだろう。しかし今、ユダヤ人は十字架のイエスの「手の平」ゆえに生殖を断たれる。

「**様々な色合い Schattierungen**」。Schattierung（単数）は Schatten（影）に由来し、本来は陰影、明暗であるが、色合いともなる。ドイツでは各政党はしばしば色で呼ばれる。例えば現在のキリスト教同盟、かつての中央党はカトリック聖職者の服色にちなんで黒である。ＳＰＤは昔から赤である。複数の Schattierungen はそれゆえ様々な政治諸党派を指し得る。

南ドイツの諸邦国議会でＳＰＤ議員団が他党と組んで予算案を成立させる事態が生じ、一九一〇年のマクデブルク党大会に先立つ一九〇八年のニュルンベルク党大会でも激論が闘わされた。ベーベルは改良派を批判したが、その演説に見える Walde（森）という語をカフカは『或る地域医者』で Forst（御料林）に変えて引用している。これについては後述する。改良派の代表格はフランクであった。ニュルンベルク党大会における彼の演説に次のような部分がある。

我々はバーデンで、おそらくかなり稀にしか起こらない議会勢力地図を有している。一ブルジョア政党が過半数を越えてはいない。我々社会民主党議員一二人が議会秤で赤い小舌である（キャスティングボードを握っている）。我々がこの議会情勢を作り出したのは、先の一九〇五年邦国議会選挙の第二回投票でいわゆる大ブロックを形成したこと、協力態勢を、あらゆる色合い（Schattierungen）のリベラル派と、国家自由党とも、公然協力態勢を取ったことによる。（ヴァツィンガー『ルートヴィヒ・フランク』p.33）

フランクは続けて、もし連立を組まなければカトリック系の中央党を中心とする多数派が形成されたであろう、と言う。カフカがこのフランク演説を知っていたのは、訳出はしないが、verbessern（改良する）という動詞がフランクの演説にあり、短編では「わたしは社会改良家（Weltverbesserer）ではない」と名詞 Verbesserer があるので確認出来る。若者の傷の「様々な色合い」が示唆するのは、フランクが「あらゆる色合いのリベラル派、国家自由党とも」協力したことを胸を張って自賛した、その結果が彼の腰の辺りにある手の平大の傷だ、ということだ。

「zartkörnig 柔らかい穀粒／粒状の」

zart（か弱い、繊細な、華奢な、柔らかい）とKorn（種子粒、穀粒）の形容詞körnigが組み合わさった合成語。zart-および-körnigは多くの合成語を作るが、zartkörnigはグリム独語辞典には載っていない。しかしこの組み合わせはあり得るから、カフカの造語とまでは言えない。ドゥーデン六巻本独語辞典ではzartの語義の二番目に食物を修飾して「心地よく柔らか、ほろほろしている、もろい。嚙みやすく、口中で溶けたり崩れたりする」とある。これによって形容される食物に肉、野菜、クッキーなどが出ている。このzartが穀粒の性状を指しているわけだから、例えばわたしたちの食べる柔らかめに炊いた御飯粒はzartkörnigであろう。更にグリム独語辞典を見よう。Kornは転義的に粒状の物体、例えば砂、砂岩を構成する砂粒、そして砂岩それ自体を表す。また霰や塩粒、極めて小粒な金塊や鉄鉱石のなども表す。またネット検索で得られるzartkörnigの例に、オーストリア産フレッシュチーズの広告文で「オーストリアで一番人気の高いコテージチーズ。クリーミーで柔らかい粒状（zartkörnig）」というのがある。第一次大戦の激戦地では、大地が数知れぬ砲弾を浴びて原形を留めず、見渡す限り土は徹底的に砕かれてフレッシュチーズのごとくぼろぼろの細粒の堆積になってしまっていた。

「不揃いに蓄積された血がありmit unregelmäsig sich aufsammelndem Blut」

aufsammeln（クラウン独和辞典では、拾い集める）はあまり見掛けない動詞である。再帰動詞sich aufsammelnは、たまる、蓄積される、のような意味になる。カフカの語句は「蓄積された血」であろうが、何故こんな使用頻度の低い動詞を用いているのだろうか。

一九一六年西部戦線ではほぼ全年にわたってヴェルダン戦が続いた。これは敵兵をひたすら一人でも多く殺すための殺戮戦になっていった。前線全体で一様に、ではなく、不揃いに、即ち激戦地となった場所にとりわけ多く累々と列《つら》なる屍体の群、ということだろう。ドゥーデン六巻本独語辞典には der Groll hat sich in ihm aufgesammelt（怨恨が彼の中に蓄積していた）という文例が載っている。ヴェルダン戦はドイツとフランスの間で長年にわたって蓄積した怨恨の結実であった。

「露天鉱山 ein Bergwerk obertags」

obertags はグリム独語辞典に載っていない。ネット検索によると鉱業や地質学で用いられる専門用語、業界用語。意味は「地表の、地表に露出している」である。鉱山からは石炭や鉄鉱石が取れ、平炉（Herdofen）の縁語になる。鉄は砲弾に用いられる。これが無数に落ちた戦場では、大地は草木一本も見当たらないほど焼け果て、地表は「柔らかい粒状」のコテージチーズのようになる。傷が露天鉱山のようだとは、やはり塹壕戦の言い換えと考えられる。

＊3　フェルディナント・ラッサールの決闘死

若者の腰部即ち性器に傷が開いた。これはラッサールの死を想起させる。彼は一八六四年八月二八日早朝、二人の介添人と共にジュネーヴのホテルを馬車で発ち、決闘の場に向かった。決闘はピストルで行われ、開始の合図でまず相手が発射し、弾はラッサールの下腹部（Unterleib）に命中し、そこに大きな傷を開けた。彼は三日後に死亡する。これはヨーロッパ中の耳目を聳動《しょうどう》させた一大スキャンダルであった。（図８）

ラッサールは労働者運動発展のためドイツ西部各地を遊説して歩き、疲労困憊して休養地スイスに入った。そこで彼は一九歳年下で旧知の仲だったヘレーネ・フォン・デニゲス（図９）と熱い恋に落ちた。彼女の父親はバイエルン王国のスイス駐箚《ちゅうさつ》公使、母親はベルリンの富裕なユダヤ人商人の娘だった。ヘレーネはワラキア貴族ヤンコ・フォン・ラコヴィツァと婚約中であった。新しい恋人が世の秩序を転覆させようと行動する革命家であり、しかも彼が彼女の母親と同じくユダヤ人であることなどが微妙に絡み合い、彼女が両親からラッサールとの結婚の承諾を得るのは難しかった。八月三日、彼女は彼の住むホテルに赴き、ベッドに身を投げ、わたしはあなたのもの、いいようにしてと言った。そして駆け落ちしよう、と。しかるにラッサールは、今はその時ではない、自分は必ず正式の結婚を実現させるからそれまで待とう、と制し、それから中身は不明だが長々と彼女に話し続けた。ヘレーネは失望してその場を去り、ラコヴィツァと再び婚約する。ラッサールは彼女と再会すべくあれこれ手を尽くすが、彼女は応じない。ラッサールの次の手は彼らしいと言えようが、友人の有名な指揮者ハンス・フォン・ビューロウを介して作曲家リヒャルト・ヴァーグナーを動かし、ヴァーグナーを寵愛するバイエルン国王ルートヴィヒ二世に懇請し、王の臣下である父デニゲスに娘ヘレーネと自分との結婚を承諾させようという工作だった。彼女が両親によって監禁状態に置かれているから自分に会えないのだ、と信じていたラッサールは父親に果たし状を送り、父親に代わって婚約者が決闘相手になった。

カフカ作品との関係で注目すべき点が二つある。下腹部とは具体的にどの辺りだったか。それからラコヴィツァは初めからそこを狙って撃ったのか、である。第一の点に関しては、ネット上では大腿部の付け根とか、ずばり性器としている記述もあり、これで見当がつく。実際それはカフカによって腰部（Hüfte）即ち性器という言葉で受け継がれている。第二の点についてデニゲス家側の発表は、ラコヴィツァは射撃の経験がなく、ラッサールへの一発が生涯最初であった、というものである。決闘でラッサールの介添人を務めた二人のうちの一人、ヴィルヘルム・リュストウ（Wilhelm Rüstow）大佐の見解は異なる。リュストウはもともとプロイセン将校で一八四八年のドイツ革命では革命側に加わり、スイス

図8　フェルディナント・ラッサール

図9　ヘレーネ・フォン・デニゲス

に亡命し、そこでスイス軍人になった。一八六〇年のイタリア独立戦争でガリバルディ軍に加わり功績を挙げた。その後スイスに帰り、ヨーロッパ中に名を知られる軍事史家になった。

ラコヴィツァ氏が八月二七日午後、極めて入念に射撃訓練をしたことを考慮すると、ラコヴィツァ氏はこの一発を練習し身につけた、との考えが自ずから浮かぶ。
(イーナ・ブリチュギ－シマー『ラッサール最後の日々』p.283)

リュストウはこうも書いている。ヘレーネはすでに以前から婚約者ラコヴィツァに、ひとたびラッサールが自分の前に現れたら、わたしはあなたに貞節でいることはないだろう、と予告していた。リュストウは、ラコヴィツァは物理的に将来の妻の浮気を不可能にすべく、男の特定箇所を狙い撃ちしたのだ、と示唆する。事情は更に込み入っているようだ。ラッサールはユダヤ人として割礼を受けている。割礼という聖なるしるしが銃弾によって破壊されれば、彼を正義のための気宇壮大な革命家にしているユダヤ人という出自は、大打撃を蒙るだろう。また彼は梅毒罹患者であった。rororo伝記叢書の一冊、ゲスタ・フォン・ユクスキュル『ラッサール』にこうある。

ラッサールはカテゴリー、原理原則、友情なしに生きられなかった。しかし彼はまた女なしにも生きられなかった。既に一八四七年、多分二度目のパリ滞在時に、彼の周期的な、それだけ一層激しい女性渇望が彼をある娼婦の両腕へ導き、彼は梅毒に罹った。病気は初期には殆ど苦しい症状なしに推移し、第三期の一三年後に初めて深刻な結果を呈した。一八六〇年、彼はアーヘンでやや長期に亘る治療を余儀なくされ、「痛風」を「内的にも外的にも」押さえ込む硫黄及び水銀による治療を受けた。ラッサールは自分の病気を本当の病名で呼ぶことは決してしなかったが、しかし身体的にも精神的にもこれに悩んだ。病気は政治的失望と並んで、疑いもなく彼の生涯最後の数ヶ月における鬱病と脆弱な心持ちの原因になった。

（ユクスキュル『ラッサール』p.85）

デニゲス家側が彼の病気に気付いていたかどうか、知ることは出来ない。ユクスキュルの文章に「内的にも外的にも」とあるのは、症状が外見に現れるようになった、ということではなかろうか。

ラッサールとフランクにはいくつか共通点がある。ユダヤ人である、法律家である、SPDとその最初の母胎だった組織の政治家である、銃弾で斃れている、など。カフカが凝視しているのは二人ともホーエンツォレルン朝のプロイセン王国・ドイツ帝国に躓いた事実である。プロイセン人ラッサールの原則によれば、ドイツ統一はオーストリアの下ではなくプロイセンによって成し遂げられるべきである。プロイセンの支配者である土地貴族階層と労働者は共にブルジョア階級を敵にしている共通利害があり、これに基づいて双方は協力すべきである。一八六三年五月二三日、彼はライプツィヒで全ドイツ労働者協会を起ち上げ、自ら会長に就任するが、それ以前の五月一三日にもうプロイセン宰相ビスマルクと最初の会見を持っている。宰相は才気溢れるラッサールとの会談を楽しんだが、会った目的は何かと反抗的なブルジョアを上からと下から挟み打ちして抑えようというところにあった。翌六四年春、プロイセンはシュレスヴィヒ゠ホルシュタインの領土紛争によって起こった対デンマーク戦に勝利し、ブルジョアは熱狂してプロイセン政府支持に回った。これでビスマルクにはラッサールは用済みとなった。根っから闘争的人間である彼にとって、最早自力で労働者運動を昂揚させる以外に進む道はなかった。そして遊説で疲れ果てた。

フランクは、現状ではSPDはホーエンツォレルン朝のプロイセン王国・ドイツ帝国に全く歯が立たない、その国家が戦争に突入した今、全面的に協力することで内側から風穴を開けられよう、と急転回した。彼は肉体的には壮健であったが、政治的には空回りが重なってスランプに陥っていた。

ラッサールはフリードリヒ・エンゲルスとは反りが合わず、よそよそしい間柄だった。カール・マルクスは違っていた。彼はラッサールの思いがけない死を知らされ、ゾフィーエ・フォン・ハッツフェルト伯爵夫人に心のこもった哀悼の手紙を送った。

愛する伯爵夫人

ラッサール逝去の全く予想だにしない報知がわたしを驚かせ、狼狽させ、震撼させたことを、あなたはご理解下さいます。彼はわたしが大変重んじていた人物の一人でした。これはわたしにとり一段と不幸なことでした、わたしどもが最近もうつながりがなかっただけに。その理由は単に彼の沈黙——彼がこれを始めたので、わたしではありません——のみならず、わたしが数日前にやっと解放された一年余の病気のみでもありません。様々な理由が付け加わったのですが、あなたには口頭でご説明できるかもしれませんが書簡ではできません。

　彼が奪い去られたことにわたし以上深い痛みを感じられる人はいない、とご承知下さい。なによりわたしはあなたの痛みをそのまま感じるのです。一つだけお喜び下さい。彼は若くして死にました、凱旋勝利のうちに、アキレウスとして。　（後略）

（ドイツ語検索 Helmut Hirsch/Hans Pelger: EIN UNVERÖFFENTLICHER BRIEF VON KARL MARX AN SOPHIE VON HATZFELD カール・マルクスのゾフィーエ・フォン・ハッツフェルト宛て未発表書簡一通）

この書簡が公表されたのは第一次大戦後であり、カフカは読んでいない。ただマルクスがラッサールをアキレウスと讃えたのはハッツフェルト夫人から周辺の人々に伝えられ、カフカ時代には周知だった。

アキレウスはホメーロスの叙事詩『イーリアス』の主人公である最強の武将だが、クライストの戯曲『ペンテジレーア』の男性主人公でもある。この芝居の終わりでアマゾン族の女王ペンテジレーアは象と闘争犬を駆って無防備のアキレウスに襲いかかり、酷《むご》たらしく殺してしまう。その光景はアマゾン族の頭領の一人メローエからの報告として克明に伝えられる。極め付けの部分――

ところが彼女はもう叫ぶ、ティグリス！　かかれ、レエーネ！
かかれ、スフィンクス！　メランプス！　ディルケ！　かかれ、ヒュルカオン！
そして彼女は襲いかかる――全猟犬と一体になって、おお、ディアナ神よ！
彼の上に。そして引き裂く――兜の羽根飾りのところで彼を引き裂く、
まるで雌犬のように、雄犬どもに加わって、
一頭は彼の胸に食い入り、もう一頭はうなじに食い入り、
彼を引きずり倒し、大地はどうと振動する！
彼は己の血の深紅に塗れ転げつつ、
彼女の柔らかな頬に触れ、叫ぶ、
ペンテジレーア！　僕の花嫁！　君は何をする？
これが君の約束した薔薇祭なのか？
だが彼女は――雌獅子が腹をすかし、
獲物を求めて獰猛にうろつき、

荒涼たる雪野を咆哮しつつさまよう、
そんな雌獅子でも彼の言葉に耳傾けただろうに。
彼女は彼の体から甲冑を引き剝がし、
彼女は歯を男の白い胸に食い入らす、
彼女と犬ども、負けじと逸《はや》る犬ども、
オクススとスフィンクスが歯を彼の右の胸に、
彼女が彼の左の胸に。わたしが着いたとき、
彼女の口と両手から血が滴り落ちていた。

（詩行 2656-2674）

注解2・3（92頁参照）で述べたように一六歳のクライストはアイゼナハを通りかかり、「頰を嚙まれたフリードリヒ」ゆかりの城を見学している。ペンテジレーアはアキレウスの胸を嚙むが、狂おしい愛情のなせる業《わざ》という点でフリードリヒの母の所行と共通する。するとカフカ作品で馬丁（クネヒト）が女中ローザの頰を嚙むのは愛情の過剰ゆえか？そうではあるまい。この場面で嚙まれるローザはペンテジレーアに嚙まれるアキレウスに重ね合わせられる。マルクスはラッサールはアキレウスだったと惜しんだが、カフカは開戦時SPD指導者の中で唯一アキレウスと讃えうる人物はローザ・ルクセンブルクだったと言っている。彼女は作中でDienstmädchen（女中）である。この単語は直訳では「奉仕する娘」であり、実際雪降る中（戦争が目前に迫る中）、SPD本来の馬を見出そうと

奉仕する。彼女はSPD国会議員ではなかった。作中で奉仕を一切しない医者の仲間ではなかった。カフカはおそらく彼女が、クライストが恐るべき情景として活写したアキレウスの死のような無残な最後を遂げるだろうと予測しており（事実そうなった）、それをアキレウスであったラッサールの急所を射当てられた死に連なるものとして描いている。若者の「腰」の傷はRosa（薔薇色、ローザ）なのだから。

＊4　近くから見た傷

傷の中の虫はWürmerと複数であるが、単数のWurmについては私が第一著で紹介したオットー・フォン・ビスマルクの逸話を思い出していただきたい。彼の夫人ヨハナは色々な愛称で夫を呼び、中でも有名なのはオットーちゃんであるが、虫（Wurm）というのもあった。虫こと宰相ビスマルクは軍事国家プロイセンを率いて一八六四年対デンマーク戦、六六年対オーストリア戦、七〇年対フランス戦を起こし、いずれも勝利に導き、軍事国家ドイツ帝国を成立させた。

傷に湧くWurmとは普通に考えれば蛆虫である。虫の大きさが医者の小指ほどとなっているのは、虫は塹壕の中の兵士や軍人たちと重なっているからである。虫たちが傷の中にしっかりしがみついている、というのは腐肉の御馳走を食べるのに忙しいから当然であろうが、同時並行で多くの小脚でもって身をくねらせ、明かり（Licht 光）へと出る、とあって、辻褄が合わない感がある。Wurm（虫）は本来、脊椎が無く手足も無い虫をいう。

『変身』の主人公虫グレーゴル・ザムザはWurmではなくUngeziefer（害虫、虫けら）に変身し、その体は多数の脚（Bein）、小脚（Beinchen）を持つ。これはナポレオン陸軍部隊の脚並みで、グレーゴルはナポレオンであるが、彼の脚は軍・軍団・師団・連隊等の部隊である。今のケースでも同じである。この解釈に基づいて傷を見直すと、次のことが念頭に浮かぶ。

1 「それ自身からは明るい薔薇色」。小学館大独和辞典にはrosig（明るい薔薇色）の語義として比喩的に「薔薇色の、希望に満ちた、明るい、楽観的な」がある。虫たちは「それ自身」から、つまり本質的に薔薇色である。

2 虫たちは「傷の中にしっかりとどまって」いる。虫たちは腐肉に舌鼓を打つのに熱中している。彼らは薔薇色の時間を生きている。

3 この作品の執筆時期は、第一次大戦の戦闘の中でもとりわけ理不尽な犠牲者を限りなく出したヴェルダン戦終了後間もない頃である。

これによって若者の傷にたかる虫たちは、陸続と兵力を投入すればそのうち勝つという薔薇色の希望的観測に拘泥し、戦場に新たに兵士を後から後からどれほど送り出しても飽き足らなかったドイツ陸軍参謀総長ファルケンハインを筆頭とする戦争指導者たちである。彼らあるいは彼らの軍が光（Licht）へと進むのは、戦前に遡る。「陽の当たる場所Platz an der Sonne」というドイツ史上有名なフレーズがある。ドイツは一八九七年の第一次艦隊法案の成立以降、海軍増強に邁進するが、この法案に関連して外務次官（事実上の外務大臣）ベルンハルト・フォン・ビューロウが国会で行った演説でこの表現を用いた。中国で新教とカトリックのドイツ人聖職者二人が殺害された。ドイツは巡洋艦隊を膠州湾に派遣し、清国とドイツの緊張が高まり、列強はドイツに猜疑心を抱いた。ビューロウ演説から二箇所を訳出する。

ドイツ人が隣人の誰か一人に大地を委ね、また別の一人に海を委ね、自らには教義のみが君臨する天国を確保する時代（笑い——ブラヴォ）、そういう時代は終わった。まさしく東アジアにおいて我々の船舶航行と我々の貿易と我々の産業を奨励し養成する、これを我々は我々の最も高貴な任務の一つと考える。

最後に、我々は東アジアにおける他の諸大国の利害を進んで顧慮するつもりである。我々自身の利害が同様にそれに相応しい評価を受けると確信を持って予測するからである。（ブラヴォ）

一言で言えば、我々は何人をも影に置こうとは思わない。しかし我々はまた我々の陽の当たる場所を要求する。（ブラヴォ）

（ドイツ語検索 Bernhard von Bülow über Deutschlands "Platz an der Sonne" 1897）

「陽の当たる場所」はこれ以降、ドイツの海外進出意図を表す標語になった。

白い小頭を持つ虫たち Würmer…mit weißen Köpfchen

weißer Kopf（白い頭）は漠然としている。しかしこの二語を合成したWeißkopfという単語があり、グリム独語辞典によれば「髪の毛が白い、もしくは明るいブロンドの人間」である。戦傷者の腐肉をいくら貪っても飽き足らない白頭の蛆虫は、ドイツ帝国の指導者たちに他なるまい。ヴィルヘルム二世の頭髪は亡命年の一九一八年には白くなっていた。有名なカイゼル髭は依然真っ黒であったが、これは宮廷理容師がチンキで染めていたから。宰相ベートマン・ホルヴェークの頭髪は開戦時ではごま塩であったが、カフカがこの小説を書いている頃は、真っ白であった。軍艦を闇雲に建造してイギリスを敵に回した張本人アルフレート・フォン・ティルピッツ海軍大臣は禿頭で、逆三角形の真っ白な長い顎鬚を垂らしているので有名だった。ヴェルダン戦の責任者ファルケンハインの髪の毛にも白いものが目立つようになった。一九一六年八月にファルケンハインの後を襲ったパウル・フォン・ヒンデンブルクは六九歳。短髪がかなり白かった。カフカは毎日のように新聞で白頭の国家要人たち（必ずしもドイツ人に限るまい）を見掛け、怒りと嫌悪を覚えていたと思われる。

＊5　薔薇色（rosa、ローザ）の花

脇腹の傷は手の平大で、rosaだという。これは無変化形容詞で、文頭にあるためRosaと出てくる。大文字は目立つ。女中Rosa（ローザ）は人名であるから常に先頭文字は大書になる。二つのRosaの関わりについては注解4・3（169頁参照）で述べた。rosaは標準的には淡紅色、ピンク色であるが、グリム独語辞典の語義は単に「薔薇の色」である。傷は後で花（Blume）と言い換えられている。ではrosa Blume（薔薇色の花）とは何の花か。Rose（薔薇）であるはずだ。Roseという単語はここにはないが、作者は花はRoseだと読者が了解してくれると予測したうえで、これはRosaでもあると伝えたいのだ。グリム独語辞典（Rose語義6）はRoseが「赤色」を意味する例を集めている。6-dによればRoseは血（Blut）の「赤色」であり、また「血」それ自体であり、とりわけ「イエスの傷」を指すのに頻繁に使われた。イエスの両手両足、荊冠を被せられ、その上を葦の鞭で叩かれた頭部、死後に抉られた胸の傷である。クライスト『ペンテジレーア』からの用例が載っている。

　時はホメーロス『イーリアス』に歌われたトロイア戦争の最中。トロイアを包囲するアカイア軍に女だけのアマゾン族が攻めかかる。彼女らの目的は各人が戦闘で男一人を征服、捕獲し、郷里に連れ帰ることである。郷里のディアナ神殿に夥しい薔薇が布《し》かれ、そこが婚姻の場となる。劇の冒頭、アマゾン族の女王ペンテジレーアとアカイア軍最高の勇士アキレウスが顔を合わせ、互いに惹かれ合う。二人の一騎打ちがありアキレウスが勝つが、ペンテジレーアは失神してしまい、勝敗の帰趨を知らない。彼女を救い出したアマゾン族は彼女が勝ったのだ、と信じさせる。アキレウスは女王を自分の国に連れて行き、后にしようとアマゾン族の陣中を訪れる。この時二人の間に和やかで心の籠もった会話がある。

その最後にアキレウスは勝ったのは自分だと伝える。丁度その時アマゾン軍が、アカイア軍を制圧した、男たちを率いて故郷に帰る時が来た、と喊声を上げるのが聞こえる。アキレウスは戦友たちに救出される。その際アマゾン族の編んだ薔薇の冠を脱ぎ捨てる。ペンテジレーアは、戦いの掟によって敗れたのは自分だからアキレウスの捕虜となって彼の国に赴くべきではないか、と惑う。彼女はアキレウスに恋している。そこへアキレウスからの使者が来て、もう一度一騎打ちをして、勝者が相手を自分の国へ連れて行くことにしよう、との条件を出す。勝てないと判明したのに決闘の申し込みとは！　この瞬間ペンテジレーアは発狂し、大地は振動し、稲妻が走る。アキレウスの腹づもりは態《わざ》と負けてアマゾン族の国へ連れて行かれようというのであり、武装をほどいて暢気にやって来るが、ペンテジレーアは補助戦力である闘争犬と象を駆ってアキレウスに襲いかかる。この箇所は注解4・3（176頁参照）で一部紹介した。

正気づいたペンテジレーアはアキレウスの痛々しい死骸を発見してこう洩らす。

ああ、この血塗れの薔薇！
ああ、この人の頭を囲むこの傷の花冠！
ああ、花芽が墓のみずみずしい匂いを撒き散らしながら、
虫ども（Gewürme）の祝祭のために落ちるように！

引用一行目の薔薇は複数、二行目の傷も複数である。本来アキレウスの頭部を飾ってペンテジレーアとの婚姻を祝うべき薔薇冠は、イエスの頭を締め付ける荊の冠が滴らせた血の輪に喩えられ、それが血塗れの薔薇である。アキレウスの頭部傷はイエスの血の薔薇の形状を見事に形作っているがゆえに、犬ではなく狂えるペンテジレーアが、噛み切ったと考える他はない。Gewürme は Wurm（虫）の集合名詞で、クライストでは落下した花芽を食べる虫だが、カフカでは兵士の傷の腐肉に舌鼓打つ虫たち（Würmer）となって引用されている。

アキレウスは西洋古典古代の伝説的英雄であり、イエスと何か関係があるわけではない。クライストがイエスの受難を持ち込むのは悲壮感を高める効果はあるが、書法としてフェアでないような気がする。そうまでして読者はペンテジレーアの残酷さを悲劇性の範疇に納まるものとして受容すべきなのだろうか。これは第三章で再説する。

薔薇色の花（rosa Blume）は『ペンテジレーア』におけるアキレウスとイエスの重合を踏まえている。若者の傷は Rosa 即ちローザ・ルクセンブルクという傷である。しかし作中でフランクに傷が生じたと書いてあるのも事実である。ルクセンブルクがアキレウスであることは論じた。ではフランクは誰なのか。

＊6　君は僕を救助してくれる？

先ほど若者は医者の首にすがりつき、僕を死なせてくれ、と頼んだ。その時彼はまだ無傷であった。それが「君は僕を救助してくれる?」とがらりと変わるのは、致命傷を負って痛みに悶え、かつ命が惜しくなったからだと思わせる。ところが後段、裸にされた医者がベッドの中で若者と交わす会話を見れば、若者は傷の痛みを訴えはしないし死の恐怖に怯えてはいない。創傷熱はないと見られる。

「救助する」と訳した動詞は retten。救う、救出、救助する、である。医者の任務を指す上で至極当たり前の動詞らしく見える。ところが retten の主語が医者や医薬である用例は収集すればかなりあるであろうが、一般的とは言えない。グリム独語辞典の retten に載る例文で、主語が医者あるいは医療であるのは一つもない。医者は診察する(untersuchen)、治療する(behandeln)、治す、癒す(heilen)。heilen は後で学校コーラスの歌唱に登場する。retten は普通用いられない。ここでグリム独語辞典が参考になる。retten には旧・新訳聖書とその外典から四例が挙げてあり、中でサムエル記上(11,1-3)、古代イスラエル初代国王とされるサウルによる建国時の功業を語る章の冒頭が目を惹く。イスラエル一二支族の一つでヨルダン川東岸に住んでいたギレアド人の町ヤベシュでの出来事である。

さて、アンモン人のナハシュが攻め上って来て、ギレアドのヤベシュを包囲した。ヤベシュの全住民はナハシュに言った。「我々と契約を結んでください。我々はあなたに仕えます」。アンモン人のナハシュは答えた。「お前たちと契約を結ぼう。ただし、お前たち全員の右の目をえぐり出すのが条件だ。それをもって全イスラエルを侮辱しよう」。

ヤベシュの長老たち（die Ältesten）は彼に言った。「七日間の猶予を下さい。イスラエルの全土に使者を立てます。救助してくれる（retten）者がいなければ、我々はあなたのもとへ出て行きます」。使者はサウルのいるギブアに来て、事の次第を民に報告した。民の誰もが声を挙げて泣いた。（新共同訳）

retten、die Ältesten がカフカ作品と重なる。それにカフカ作品では若者が「自分の傷の中の生命に全く目眩んで」とあるが、そこでは目眩ます（blenden）の過去分詞 geblendet が使われている。blenden は「まぶしさで目を眩ませる」の他に小学館大独和辞典によれば「（刑罰として罪人などの）目をつぶす」意もある。これは後で若者が医者に、お前の目を掻き抜いてやる（auskratzen）というのに繋がり、また旧約聖書士師記16以下でサムソンの目をペリシテ人が抉り取る（ausstechen）のを想起させる。サムエル記では民が泣いたとあるが、カフカ作品では若者が同じようにすすり泣きながら救ってくれと懇願する。

retten が治療とは微妙に縁遠いことは、四福音書ドイツ語訳におけるイエスの数々の治療に用いられる動詞が参考になる。ルター訳の一九六三年版ではそれは概ね heilen（癒す）、gesund machen（健康にする）。病人の側からは gesund werden 健康になる）、helfen（助ける）で示され、retten は一例もない。更に『或る地域医者』では動詞 retten がもう一回使われ、名詞 Rettung（救助）が一回出てくる。前者は、初め若者が健康であると見て取った医者の焦慮として、「この時初めてローザのことが浮かぶ。わたしは何をする、どうやって彼女を救助する（wie rette ich sie）」とある。後者は、若者とのベッド内会話が終わり医者が「しかし今や自分の救助（Rettung）のことを考える時だ」という箇所にある。医者が逃げて行く一帯は今後ユダヤ人の苦難をカフカが予測し、恐れた地域であった。またハーゼはルクセンブルクらのスパルタクス・グループと合同する方向へ歩み出していた。こうしてretten は、一つにはユダヤ人の救出、他方では戦争によってばらばらになったSPDのユダヤ人政治家の救出に関わっている。

＊7　幸せ、わたしの居る辺り、聖職者、ミサ服

わたしの居る辺り（in meiner Gegend）の人々はこうなのだ。いつも医者に不可能なことを求める。

Gegend はありふれた単語で、標準的には「地域」である。この作品には似たような単語が他に三つ出ている。Land（国、陸、地方、田舎）、Bezirk（地区）、Dorf（村）である。この三語はいずれも政治的・行政的区域を指し得るが、Gegend にはそれはない。地境が確定しない漠然たる地域である。この単語は Hüftengegend（腰の辺り）で既に登場しており、それに合わせて Gegend の訳語を「の辺り」にした。「腰の辺り」にはカフカによる何とも不吉な予見が湛えられている。すると「わたしの居る辺り」も同じであろう。聖職者（Pfarrer）とミサ服（Meßgewänder）とは連続しており、その関係で「辺り」とは何処か。Pfarrer は新教では牧師、カトリックでは主任司祭である。ここでは後者であることは、ミサ服によって分かる。医者は、教区信徒は昔の信仰を失い、司祭はミサ服を毟り割いたりしている、と不満を漏らす。「毟り割く zerzupfen」はゲーテの詩《戦争の幸運》からの引用である。

1　戦争において、負傷しないことほど／呪わしいものを、わたしは知らない／人は泰然と勝利から勝利へ／危険に慣れて入っていく／荷を造り荷を積み／襲いかかって来るものといえばただ／行軍に齷齪《あくせく》すること／野営地で退屈することのみ

2　それから宿営が始まる／農夫には負担／貴族の誰しもに嫌がられ／市民には憎まれさえする／礼儀正しくしなさい　きみは良い待遇を受けない／不作法者にはかつかつにするから／そして主の家で人が勝手なことをすれば／営倉のパンを食う羽目になる

3　とうとう砲が轟き／小銃がパンパン鳴り／トランペット、馬の速歩、太鼓がざわつくと／なんとも陽気なことになる／戦闘の掟に従い／人は退却し、前進する――／今のところ十字勲章はもらえてない

4　遂にマスカット銃鉛弾がヒュッと来て／もしかしたらきみの脚に中《あた》る／するとあらゆる難儀は終わり／人は我々を直ちに小部屋へ引き摺っていく／そこは容赦なく襲い

かかって制圧した／勝者が防御している／最初恐怖にわなないていた女たちは／愛らしく従順である
5　心と地下貯蔵庫とがパッと開き／料理も停止しているわけにいかない／柔らかいベッドの羽毛布団の懐で／人は気持ちよくくつろぐことができる／翼ある小児（アーモル）がぴょんぴょん跳ねる／女主人は休憩をとらない／小さなシャツまで毟り割かれる（zerzupft）／これぞ包帯！　とわたしは名付ける
6　一人の女が今や／英雄に近づいて世話すれば／隣の女もじっとしていられず／一緒に男の世話を焼く／三人目もまめまめしくやって来／終いに一人たりと抜けていない／男は自分が全員集合の／真ん中にいるのを見出す
7　王様はしかるべき筋から／男が戦闘心に燃えていると聞く／すると早急に十字勲章とリボンが来／軍服と胸を飾る／戦士にとりこれ以上良いものがあるか／言ってごらん！／彼は涙に暮れ別れを告げる／表彰され、愛されて

この詩の成立は一八一四年二月。ドイツ軍は前年の解放戦争勝利で昂揚しており、勇んでフランスへ攻め入るところであった。一見したところゲーテはドイツ人を興奮させていたナポレオン及びフランス憎しの情念に向かって斜に構えているな、という感じだが、何度か読み返すと曰く言い難いものになっていく。

右に引用した詩節5で「小さなシャツ Hemdchen」と縮小詞があるのは、女主人の下

着シャツのことだろう。彼女は大事なもの、インティームなものを毟り割いて（zerzupfen。文中では過去分詞 zerzupft）包帯に充てる。カフカはこれを継承し、司祭が大事なミサ服を毟り割く、すなわちカトリック教会が戦争協力している、と遺憾の意を表明する。とはいえ、ルター派教会へは「雌豚ども」と激しい怒りを投げつけているのに比べると、カトリック教会に対しては非難を控え目にしている。カトリック教会への言及から、「わたしの居る辺り」にカトリック圏が含まれることになる。作中人物との関わりでみれば、ルートヴィヒ・フランクが戦死したのはカトリック国フランスの領土内であるし、ローザ・ルクセンブルクはロシア領ポーランドのザモシチ生まれ。ロシア領ポーランド人は大概カトリック教徒であったろう。

オーストリア・ハンガリー二重帝国の最北部はオーストリア領ガリーツィエンで、本来ポーランド南部である。オーストリアはカトリック教徒の優勢な国である。それを想起すると作品中の「家族は幸せ（glücklich）である、彼らはわたしが作動中（in Tätigkeit）なのを見る」の箇所で思い当たるものがある。この「幸せ」は変ではないか。妹はひどい血塗れのタオルを振っている、と少し前のところにあった。やれやれ医者がやっと若者の傷に気付いてくれた、だから「幸せ」？　それにここで医者は何も活動（Tätigkeit）らしきことはしていないではないか。第一著で述べたように、『幸せ』は『判決』、『変身』両作に登場し、オーストリアについて人口に膾炙《かいしゃ》していた「戦争は他のものに委《まか》せ、幸あるオーストリアよ（glückliches Österreich）、結婚せよ」というハープスブルク朝発展の秘訣を暗示し、カフカはオーストリアを指す標語に使う。ここでも同じである。医者の言う「わたしの居る辺り」はオーストリア帝国を包摂している。医者はドイツ陸軍兵士ルートヴィヒ・フランクの身体に致命傷を発見した。この傷はドイツがオーストリアとの同盟を守って参戦してくれたからこそ発生したわけで、だからオーストリアは「幸せ」である。

注解3・2（114頁参照）の箇所に戻る。医者が病人部屋に足を踏み入れたとき暖炉は煙を発していた。即ちジーメンス・マルタン炉は正常に稼働していなかった。軍需産業の要とも言うべき平炉は戦争遂行のためには最大限効率的に動かさなければならない。他方、戦争に反対する立場は稼働停止によって表されよう。医者はどちらを取るかひとまず決断を後回しにする。医者が家族の雰囲気に押されて若者の診察——それは Tätigkeit（活動）などと言えるようなものではなく見物でしかないが——をやり直すのは、彼が戦争遂行側に付いたのに該当する。というのも彼は in Tätigkeit であるから。Tätigkeit は「活動、行動」であるが、「（機械などの）働き、作動、活動」をも表す。小学館大独和辞典には Die Maschine ist in Tätigkeit（機械が作動している）の例文が載っている。彼は平炉稼働派になったとの示唆である。ハーゼが議長であるＳＰＤの戦争協力はオーストリアを幸せにする。

「わたしの居る辺り」の「わたし」がフーゴ・ハーゼである点からはどうか。彼はプロイセン王国発祥の地東プロイセン生まれ。東プロイセンはドイツ帝国の最北東部に位置し、ロシア並びにロシア領ポーランドと国境を接していた。ドイツとロシアとの間で戦争が始まればロシア軍が真先に侵入して来ると予想され、事実、侵入して来た地域である。東プロイセンでの戦闘はタネンベルク戦でのドイツ側の勝利をもって終わり、以後ロシア軍がドイツ領土に入って来ることはなかった。ハーゼの戦争公債案に対する身の処し方には煮え切らないところがあった。彼が東プロイセン出身であることがその一因であったのではないか。それに当時の常識としてはロシア人こそ恐るべきユダヤ人迫害者であった。

医者の言う「わたしの家」は「わたしの居る辺り」の中にあるだろう。豚小屋から二頭の馬が現れて、女中の口から「自分の家に（im eigenen Hause）にどんなものが蓄えられているか、知らないものですね」との寸感が漏れ出る。これによって「自分の家」がローザ・ルクセンブルクも所属するＳＰＤでもあると判明する。この党は全国政党だから、「わたしの居る辺り」にドイツ全土が含まれる。かくしてこの「辺り Gegend」は、後に夥しいホロコースト犠牲者を出すことになる幾多の地域を包含する。

＊8　衣類を脱がせる

「両親と村の長老たち」がやって来て、医者の衣類を脱がせる（entkleiden）。entkleiden は「衣類を脱がせる、裸にする」である。また「対格の人や物から属格の何かを奪う」という用法もあり、クラウン独和辞典には jemanden seines Amtes ～（人を解職する）の例が載っている。これはハーゼに当て嵌まる。彼は開戦時にＳＰＤの二人いる議長の一人、三人いる国会議員団長の一人であった。彼は一九一四年一二月に第二回戦争公債案に再び党を代表して賛成演説を述べた。翌年三月の第三回公債案にも賛成投票した。彼は彼の本意であり、党としても戦前主張して来た戦争公債案反対に三回背いたわけである。一五年八月の第四回案には、ハーゼらSPD少数派は投票前に議場を去った。同年一二月の第五回案にはハーゼら二〇人が反対投票をし、他に二二人が投票を欠席した。この結果ハーゼは党議員団長から退いた。一九一六年四月、多数派は彼に党議長を辞任するよう迫り、彼はこれに応じた。事実上の解任（entkleiden）であった。entkleiden（衣類を脱がせる、裸にする）ははっとする言葉である。その理由は二つある。ナチの強制収容所へ輸送された四人は、到着後直ぐ裸にされた。その証言は無数に残っている。もう一つ、十字架に架けられるに当たってイエスは衣服を脱がされた。このことは四福音書のいずれにも書かれているが、ここではマルコとヨハネ福音書を掲げる。

マルコ　没薬を混ぜたぶどう酒を飲ませようとしたが、イエスはお受けにならなかった。
　それから兵士たちはイエスを十字架につけて、
　その服を分け合った、
　だれが何を取るかをくじ引きで決めてから。
（マルコ福音書 15,23-24）

ヨハネ　兵士たちは、イエスを十字架につけてから、その服を取り、四つに分け、各自に一つずつ渡るようにした。下着も取ってみたが、それには縫い目がなく、上から下

まで一枚織りであった。そこで、「これは裂かないで、だれのものになるか、くじ引きで決めよう」と話し合った。それは、

「彼らはわたしの服を分け合い、
わたしの衣服のことでくじを引いた」

という聖書の言葉が実現するためであった。兵士たちはこのとおりにしたのである。

（ヨハネ福音書 19, 23-24）

新共同訳は、詩編 22,19「『さいなむ者が』わたしの着物を分け／衣を取ろうとしてくじを引く」からの引用である部分を一字下げにしている。さて十字架のイエスは画像では腰布をまとっている。これを見慣れている我々は実際にもそんなふうだったのだろうと気にしないが、事実は全裸であったろう。カフカ作品では、ベッドから上半身を起こした若者はシャツを着ていない。その後医者が「腰の辺り」つまり性器に大きな傷を発見するが、描写からしてそこは裸である。若者は最初から全裸でいた。ローマ帝国の刑罰では十字架刑を宣告された者は裸にされた（entkleidet）。キリスト教の図像でイエスが腰布を帯びているために二つのことが見えなくなる。イエスが普通に男性性器の持ち主であり性的能力を有していたこと、および割礼を施されていることである。

＊9　イエスの受難予告とペトロの三回の否認

作品の若者がイエスに重ね合わされていることは既に述べた。まず若者はイエスと同じ右脇腹に傷を呈する。次にルカ福音書によれば、皇帝アウグストゥスが住民登録の勅令を発し、ダビデの家系に属するヨセフは身ごもっている許嫁マリアを伴い、ダビデの町ベツレヘムに赴いた。

ところが、彼らがベツレヘムにいるうちに、マリアは月が満ちて、初めての子を産み、布にくるんで飼い葉桶に寝かせた。宿屋には彼らの泊まる場所がなかったからである。
（新共同訳 2,6-7）

その地方で夜通し羊の番をしていた羊飼いたちに天使が現れ、メシア誕生を告げた。

天使たちが離れて天に去ったとき、羊飼いたちは、「さあ、ベツレヘムへ行こう。主が知らせて下さったその出来事を見ようではないか」と話し合った。そして急いで行って、マリアとヨセフ、また飼い葉桶に寝かせてある乳飲み子を探し当てた。
（新共同訳 2,15-16）

キリスト教の図像ではよく家畜小屋に牡牛と驢馬がいて、嬰児イエスを温かく見つめている。カフカ作品の馬とは異なるが、家畜二頭と言い換えれば共通する。カフカは廏のイエスを示唆する単語をゲーテから引用している。医者が豚小屋のドアを蹴飛ばした箇所（73頁翻訳2参照）、中では曇った廏灯（Stallaterne）が一本の綱に揺れていた。

グリム独語辞典によれば廏（Stall）と組み合わさる灯火はLampe、Laterne、Leuchte、Lichtと四つある。どれでもいいのだからLaterneであって構わない。と同時に、他の三語を差し置いてLaterneにしているのは理由あってではないか、との疑問が浮かぶ。グリム独語辞典はStallaterneの項に、ゲーテが一七七五年から翌年にかけて――丁度彼がフランクフルトからヴァイマルに移る時期であるが――書いた美術論『ファルコネ以後、またファルコネについて』からの用例を載せている。ゲーテは、レンブラントは廏の聖母をオランダ農婦の姿で描いた。これは史実と違うし、この画題の伝統に合致しない、と非難する人々に次のように反論する。

レンブラントはどのようにこの画題を扱っているか。彼はわたしたちを暗い廏の中に移し入れる。止むない事情により、出産婦は赤ん坊を胸に抱いて、家畜と寝床を分かち合う。二人は頸まで藁と衣服に覆われている。父親（マリアの夫ヨセフ）を照らす一つの小灯を除いて、何もかも薄暗い。父親は小さい本を手にして座り、マリアのため幾つかの祈りを朗読しているように見える。この瞬間羊飼いたちが入って来る。先頭の、廏灯（Stallaterne）を持って先導する男が、帽子を脱いで藁の中を覗き込んでいる。この場所で、生まれたばかりのユダヤ人の王はおわしますか、という問いが、これ以上くっきり表現できたであろうか？

カフカ作品では廏灯は豚小屋に張り渡された一本の綱に揺れている。綱はサーカスの、廏灯はイエスの縁語である。

家畜二頭はまたイエスのエルサレム入城を連想させる。イエスはこの時、マタイ福音書では驢馬と仔驢馬とに乗っていた。マルコとルカでは仔驢馬一頭である。家畜二頭はマタイ福音書とカフカ作品で共通しており、これを踏まえると医者が病人宅に入るのはイエスのエルサレム入城に該当することにならないか。では医者もイエスに擬せられているのか。二頭の馬に曳かれた医者の馬車はHof（中庭・宮廷）に入る。福音書ではエルサレム最高法院の中庭が登場する。イエスがユダヤ人に最高法院まで連行され、その後を追って来たペトロの入る場所である。即ち医者は二頭の家畜に曳かれている限りではイエスに重なり、中庭に入る限りではペトロに該当する。はっと思いつくものがある。医者は初め若者が全く健康だと判断した。若者は医者の首に縋《すが》りついてこう頼み込む。

ドクトル、僕を死なせてくれ。

別訳――
ドクトル、僕は死ぬ、ほっといてくれ。

後者は、マタイ、マルコ、ルカ福音書に記されている「イエスの死の予言」を想起させる。予言は三度行われ、その内容は三福音書でほぼ同一である。最初に成立したマルコ福音書からその三回の予言を引用する。

第一回　それからイエスは、人の子は必ず多くの苦しみを受け、長老、祭司長、律法学者たちから排斥されて殺され、三日の後に復活することになっている、と弟子たちに教え始められた。しかも、そのことをはっきりとお話しになった。すると、ペトロはイエスをわきへお連れして、いさめ始めた。イエスは振り返って、弟子たちを見ながら、ペトロを叱って言われた。「サタン、引き下がれ。あなたは神のことを思わず、人間のことを思っている」
（マルコ福音書 8,31-33）

第二回　一行はそこを去って、ガリラヤを通って行った。しかし、イエスは人に気づかれるのを好まれなかった。それは弟子たちに、「人の子は、人々の手に引き渡され、殺される。殺されて三日の後に復活する」と言っておられたからである。弟子たちはこの言葉が分からなかったが、怖くて尋ねられなかった。
（同書 9,30-32）

第三回　一行がエルサレムへ上って行く途中、イエスは先頭に立って進んで行かれた。

それを見て、弟子たちは驚き、従う者たちは恐れた。イエスは再び一二人を呼び寄せて、自分の身に起ころうとしていることを話し始められた。「今、わたしたちはエルサレムに上って行く。人の子は祭司長たちや律法学者たちに引き渡される。彼らは死刑を宣告して異邦人に引き渡す。異邦人は人の子を侮辱し、唾をかけ、鞭打った上で殺す。そして、人の子は三日の後に復活する」（同書 10,32-34）

イエスが弟子たちに自分の受難を予言するだけなら、カフカがこれを継承する時、イエスに該当する若者は「僕は死ぬ」と言えばよい。ところがペトロが、具体的にはどう言ったかは知らないが、「いさめ始めた」。イエスはペトロを、サタンよ、引っ込め、と叱る。カフカはイエスとペトロのこの遣り取りを「僕は死ぬ、ほっといてくれ」にまとめている。若者がルートヴィヒ・フランクであるとの読み筋では、彼が志願兵になるに当たって、君にはもっと重要な任務があるはずだ、と諫めた人は幾人もいた。フランクはそれを撥ね退けた。いわば「ほっといてくれ」であった。こう言われる側の人物は聖書ではペトロであるから、若者にこう言われる医者即ちハーゼはペトロに該当することになる。ここで新約聖書中の有名な逸話、ペトロの三度の否認を読もう。同じくマルコ福音書から引用する。まず最後の晩餐の席である。

イエスは弟子たちに言われた。「あなたがたは皆わたしにつまずく。

『わたしは羊飼いを打つ。
するると、羊は散ってしまう』

と書いてあるからだ。しかし、わたしは復活した後、あなたがたより先にガリラヤへ行く。」するとペトロが、「たとえみんながつまずいても、わたしはつまずきません」と言った。イエスは言われた。「はっきり言っておくが、あなたは、今日、今夜、鶏が二度鳴く前に、三度わたしのことを知らないと言うだろう。」ペトロは力を込めて言い張った。「たとえ、御一緒に死なねばならなくなっても、あなたのことを知らないなどとは決して申しません。」皆の者も同じように言った。

（同書 14,27-31）

イエスは捕まって連行される。

人々は、イエスを大祭司のところへ連れて行った。祭司長、長老、律法学者たちが皆、集まって来た。ペトロは遠く離れてイエスに従い、大祭司の屋敷の中庭（Hof）まで入って、下役たちと一緒に座って、火にあたっていた。

（同書 14,53-54）

エルサレム最高法院は、イエスを死刑にすべきだ、と決議する。

ペトロが下の中庭にいたとき、大祭司に仕える女中の一人が来て、ペトロが火にあたっているのを目にすると、じっと見つめて言った。「あなたも、あのナザレのイエスと一緒にいた。」しかし、ペトロは打ち消して、「あなたが何のことを言っているのか、わたしには分からないし、見当もつかない」と言った。そして、出口の方へ出て行くと、鶏が鳴いた。女中はペトロを見て、周りの人々に、「この人は、あの人たちの仲間です」とまた言いだした。ペトロは、再び打ち消した。しばらくして、今度は、居合わせた人々がペトロに言った。「確かに、お前はあの連中の仲間だ。ガリラヤの者だから。」すると、ペトロは呪いの言葉さえ口にしながら、「あなたがたの言っているそんな人は知らない」と誓い始めた。するとすぐ、鶏が再び鳴いた。ペトロは、「鶏が二度鳴く前に、あなたは三度わたしを知らないと言うだろう」とイエスが言われた言葉を思い出して、いきなり泣き出した。

(同書 14,66-72)

『或る地域医者』との共通点を見よう。

1　医者は二頭の馬が曳く馬車で自家の中庭から病人のいる家の中庭に到着する。ペトロは大祭司の家の中庭に入る。

2　病人の部屋のレンジ暖炉がけぶっている。ペトロがあたっていたのは焚き火であるから、煙があがっている。

3　馬が二度嘶く。最初は一頭だけ、二回目は二頭でであるが。鶏は二度鳴く。

一九一五年三月の第三回戦争公債案までハーゼは、戦前に主張し続けてきたのと反対に、公債案に賛成した、その三回がペトロの三度の否認に一致する。作品の流れでは医者が二頭の馬（準イエス）によって中庭（準ペトロ）まで送り届けられた地点で、ハーゼはイエスでもペトロでもあり得た。病人部屋で「家族」から無言の圧力を感じ、ペトロに同化するコースに入る。カフカはハーゼが第一回戦争公債案賛成でイエスとなる決断を選ばずペトロと化したな、と歯がみした。カフカの鋭どさからして否認が何回になるだろうとすぐ興味を持ったろう。ハーゼ自身三回の賛成後、自分はペトロだった、と臍《ほぞ》を噛んだのではあるまいか。だから四回目はもうないのである。

＊10　わが神、わが神、なぜわたしをお見捨てになったのですか

マルコ福音書15とマタイ福音書27で伝えられた十字架上のこのイエスの叫びはルター訳ではこうである。

Mein Gott, mein Gott, warum hast du mich verlassen ?

『或る地域医者』の青年は医者にこう訊く。

君は僕を救助してくれる?

Wirst du mich retten ?

まるで似ていないようだが、しばらく眺めているうち後者は前者を継承していると気付く。両者の共通点は二つある。どちらも疑問文であること。文の主語が二人称親称単数 du であること。du である点を浮き上がらせて聖書を訳し直せばこうなる。

わが神、わが神、なぜ君は僕を見捨てたのか?

これによって聖書とカフカの距離は縮まる。両者の顕著な違いは、前者は現在完了文だが、後者は未来形であること。既述のようにイエスで遂行、完了である事柄はカフカの人物では未来に先送りされる。更にイエスがあの言葉を叫ぶ直前のシーンではこうある。十字架に架けられたイエスにつき、

そこを通りかかった人々は、頭を振りながらイエスをののしって言った。「おやおや、神殿を打ち倒し、三日で建てる者、十字架から降りて自分を救ってみろ。」同じように、祭司長たちも律法学者たちと一緒になって、代わる代わるイエスを侮辱して言った。「他人は救ったのに、自分は救えない。メシア、イスラエルの王、今すぐ十字架から降りるがいい。それを見たら、信じてやろう」

(マルコ 15,29-32)

ここに「救う」という動詞が三回登場する。ルターはこれをhelfen（助ける）で訳した。私の手元にある新エルサレム聖書でも同じhelfenであるが、チューリヒ聖書、エルバーフェルト聖書ではrettenであり、カフカの若者が発する言葉である。

福音書の描くところでは、イエスは救助される、即ち復活する。復活？　イエスが救われた？　カフカの若者の身元はルートヴィヒ・フランクである。若者は最初全く健康である。突如彼は致命傷を負っている。彼は医者に、僕を救助（retten）してくれる、と懇願する。フランクはもう死んでおり、死んで甦ったイエスの救助のようなものを懇願していると読める。長年ドイツとフランスの融和のために努力をして来たフランクが、対フランス戦に勇み立ち、たちまち戦死し、カフカ作品の短編で「復活」し、おそらくはヴェルダン戦の惨状に周章狼狽して何か救助はないか、と泣いてすがる。フランクの救助はたとえば戦争の結果次第でこんなふうに想像出来る。ドイツが勝てば彼は勝利のために命を捨てた愛国の英雄である。ドイツが破れてフランスが勝てば、彼は独仏戦争に絶望して自らフランス兵の弾に当たった殉教者であり、両国の戦争に命をもって抗議した信念の人である。どちらになるか、結果を待とう。つまりフランクが目論む救助も待機主義に委ねられる。

医者がハーゼで女中ローザはローザ・ルクセンブルクであるとは、作中で直接かつ間接に明かされている。それゆえフランクの名もどこかに潜んでいるはずなのだが、見当たらない。これは長年私を悩ませた疑問であるが、ここでその解答を提出しよう。frankは副詞で、英語frankly（率直に、あからさまに、腹蔵なく）と意味と語源ともに同じである。

この単語は今ではもっぱらfrank und freiという成句で使われる。おそらくカフカ時代にも大方はこの用法であった。成句の意味は英語frankly、openlyと同じであるが、直訳すれば「率直に、そして、自由に」である。カフカの若者が放つ二つの思いがけない台詞のうち、「僕は死ぬ、放っといてくれ」は、福音書でイエスが使徒たちに告げる受難預言をfrank（率直）に写している。これと対照的に「君は僕を救助してくれる?」は、十字架上のイエスの言葉「なぜあなたはわたしを見捨てたのか」をfrei（自由に）変えている。カフカは十字架上のイエスの最も重大な言葉を自由創作（frei erfunden）した。こうしてイエスの二つの言葉はまずfrankに、次いでfreiに、配置されている。

＊11　裸を曝す淫婦たち（エゼキエル記）

教師を先頭にした学校コーラスが家の前で歌う歌詞（Text）。

《こいつの着物を脱がせろ、そうすればこいつは癒すだろう、
そして癒さないなら、こいつを殺せ!
こいつぁただの医者だ、こいつぁただの医者だ》

コーラスは「歌詞に合わせてauf den Text」歌う。Textは歌詞であるが、「聖書の章句」の意味もある。コーラスの歌詞の出所が聖書に見出されるはずである。作者は、これ

はなかなか難しい作業になるので御用心、と助言している。というのも、歌は「極度に単純なメロディーに乗って」とあるのは、歌詞は「極度に複雑で難解」だという信号だから。まず「服を脱がせろ Entkleidet ihn」の出典を探ってみよう。新共同訳で「服を脱ぐ、脱がせる」、逆の「服を脱がない」を探すと、旧約聖書で二箇所着目したいところがある。ルター訳ではいずれも entkleiden ではなく、それとほぼ同じ意味の Kleider ausziehen（服を脱がせる）である。カフカが entkleiden を選ぶのは、ハーゼが党議長の座を追われた（解職）ことをも含み得る動詞だからで、この違いは無視していいだろう。一つはエゼキエル記にある。この預言者についてはシーセル・ロス『ユダヤ人の歴史』（長谷川真・安積鋭二訳）の簡潔な解説を借りる。

紀元前五九七年から五八六年とあい続く戦いで、バビロニア人により故国パレスティナから追われたユダヤ人は、あらゆる歴史的先例や期待に反して、その民族的特性を喪失しなかった。先見の明をもった人々は、この破局をはるか以前から、預言していた。それが、こうした災いというよりも、神の罰として実現した。彼らの父祖が発見した唯一神への信仰は、いっそう強くなり、異邦人による神の一時的な勝利にも消されることはなかった。捕囚の間も、雄弁な教師たちは（例えばメソポタミアのテル・アヴィヴに住みついたグループの一人、エゼキエルのように）、人々の中に預言者の伝統を存続させようと立ち上がって、熱弁をふるい、人々に自信と信仰を保つよう勧めた。このため移住者たちは、民族的、言語的、宗教的な独自性を保ってきた。

（ロス『ユダヤ人の歴史』p.44）

これから見るエゼキエルの預言は激しい。エルサレムのユダヤ人は異教の神々を崇拝し、全裸の淫婦となって神々の前に大股開きしている。娼婦ならばお代を受け取るが、ユダヤ人は淫行を重ねたうえ、報酬まで払っている。

それゆえ、姦淫の女よ、主の言葉を聞け。主なる神はこう言われる。お前が、愛を求める者と姦淫するために、欲情を注ぎ、裸をさらしたために、また、すべての忌まわしい偶像と、それにささげたお前の息子たちの血のゆえに、わたしは、お前がもてなしたすべての愛人たち、お前の好きだった者も嫌いだった者もすべて集める。わたしは彼らを至るところからお前のもとに集め、お前の裸を彼らにさらす。彼らはお前の裸をくまなく見る。（中略）彼らはお前の祭儀台を倒し、高い所を破壊し、お前の着物をはぎ取り（deine Kleider ausziehen）、美しい飾りを取り去ってお前を裸にする。彼らは群衆をを駆り立ててお前に向かわせ、石を投げさせ、剣で斬りつけさせる。彼らは火でお前の家を焼き、多くの女たちの見ている前でお前を裁く。こうして、わたしはお前に姦淫をやめさせる。

（エゼキエル記 16,35-41）

医者の服を脱がす人々は四通り考えられる。

1　ＳＰＤ多数派とすると、ハーゼが彼らによって服を脱がされるのは、彼が党議拘束（いわば唯一神）に反する淫行を始めたからである。

2　ドイツ人と見れば、インターナショナリストであるハーゼは外国に対するドイツの武装を解除し、外国人に全裸を見せびらかしてお出でお出でをしたがる淫婦である。

3　ユダヤ教徒と見れば、カントに傾倒する開明的なユダヤ人ハーゼはユダヤ人のヨーロッパにおける同化に楽観的で、ユダヤ教を固守するアシュケナージ・ユダヤ人の未来に鈍感である。

4　カトリック教徒の多いポーランド人と見れば、時局上ポーランド独立問題が重なる。独露戦はドイツ有利に展開し、全ポーランドがドイツ軍の占領するところとなり、ドイツはポーランドを独立させた。ローザ・ルクセンブルクは一貫してポーランド独立に反対であった。ハーゼは国民国家ポーランドの独立を劃然とは支持しなかったと思われる。彼はポーランド人から見ればルクセンブルクと同じく裸の淫婦であった。

エゼキエルは神の召命を受けた預言者である。その教えの柱は一神教を固く守ること、かつてのユダ王国の地への帰還を果たすことである。帰還はカフカの時代においては、シオニズムに該当する。ハーゼ、ルクセンブルク、カフカからインターナショナリストの希望はプロレタリアの国際的連帯による諸民族断裂の克服であった。彼らはエゼキエルからすれば、異教の神々を崇め奉っている、全裸でおおっぴらに恥部を剝き出し、諸国の神々をそこへと招き誘っている、エルサレム人淫婦である。ハーゼは党議拘束に従ったが本意は戦争公債案反対であり、お前はエルサレムの淫婦だ、と服を脱がされる。

＊12　ピンセットか投げ槍か（ネヘミア記）

為す術なくずるずる服を脱がされるハーゼと自分から服を脱いでいるフランクとを無言のうちに叱る先人はネヘミアである。紀元前五世紀の人ネヘミアはペルシャ王アルタクセルクセスの献酌官《けんしゃく》で王の信頼が厚かった。エルサレム荒廃の報に接してネヘミアはエルサレム総督の資格を王から与えられ、市の復興を指揮した。シーセル・ロスによれば、

エルサレムに到着して三日後、新総督は、少数の腹心の部下を従えて、月の光の中を、市の城壁の周りに馬を進めた。彼が以前耳にしていた話は、細部に至るまで、事実その通りであった。一世紀半昔の包囲の頃よりもおそらく後に動乱があった結果、砦は全く廃墟となり、城壁は崩れ落ち、門は灰の中に横たわっていたのである。エルサレムは事実上開放状態で、どのような襲撃にもさらされていた。翌日ネヘミアは、おもだった市民を集めると、自分に与えられた権威と、彼がこれからとろうとしている処置とを、彼らに知らせた。この知らせは、熱狂的な歓迎を受け、祭司と手工業同業組合とが先に立って、人々は、熱心に復興作業にとりかかり、さらにまた周辺の地方や町々からも労働者が流れこんできた。

（ロス前掲書 p.48）

カフカ作品で医者が病人の家に着く状況はネヘミアのエルサレム行に重なり合う。医者を引っぱって来た馬と馬車は塀（Mauer 城壁）や門に遮られはしなかった。病人の家の囲みは「事実上開放状態」であった。ネヘミアは馬上の人となってエルサレム城壁外を一周する。医者も馬車で行く。医者が病人宅に着いた途端、雪は止み、月光が照らす。ネヘミアの有名な城外からのエルサレム一巡視察は「月光の中で」行われた。シーセル・ロスを続ける。

サマリアの副総督サンバラテは事の成り行きを疑い深い目で見ていたが、復興事業を禁ずることができないので、ネヘミアを反逆罪で訴えることから、彼の暗殺を計るなど、さまざまな方策をこらして妨害を企てた。時にはエルサレムにいた敬虔な人々は、奇襲に備えて、武装して仕事にかからねばならぬこともあった。こういう有様であったが、さまざまな妨害にも拘わらず、再建作業は二ヶ月足らずで完成し、城壁は荘厳に奉献されたのである。

（同書 p.48）

ネヘミア記（4,15-17）にこうある。

このころわたしは戦闘員に言った。「各自、自分の部下と共にエルサレムの城壁内で夜を過ごしなさい。夜は警備に当たり、昼に仕事をしよう。」わたしも、兄弟も、部下の者も、わたしに従う警備の者も、わたしたちはだれも、服を脱がずにいて、各自投げ槍を右の手にしていた。

ネヘミアは廃墟であったエルサレム城壁の再建を果たす。建設中人々に服を脱がず右手に投げ槍を握ったまま壁際で眠らせた。カフカ作品の医者はどうか。

壁際へ（Zur Mauer）、傷の脇に、彼らはわたしを置く。

壁際とあるからには戦闘配置された格好であるが、その前に彼は服を脱がされ、同床のフランクと等しく裸になっている。ネヘミアは壁際で投げ槍を手にして眠った。医者のした唯一医者らしい仕草はピンセットを抓む、であった。投げ槍とピンセットの対比にカフカの嘲りがこもっている。

ちなみにピンセットは医者が携えて来た器具鞄（Instrumententasche）に入っていたはずである。作品の冒頭で主人公が医者であることは明白なので、この単語も読み飛ばすのだが、医者の往診用鞄にこの合成語が使われることはまずあるまい。ドイツ語ネット上で日本刀をKampfinstrument（闘争器具）と呼んでいるのが見つかる。だから投げ槍も器具である。医者の器具鞄にはないのだが。

＊13　コヘレトの言葉

学校コーラス歌詞の二行目は、旧約聖書の章句の中でも特に親しまれているコヘレトの言葉の第三章冒頭に由来する。

何事にも時があり
天の下の出来事にはすべて定められた時がある。
生まれる時、死ぬ時
植える時、植えたものを抜く時
殺す時、癒す時
破壊する時、建てる時
泣く時、笑う時
嘆く時、踊る時
石を放つ時、石を集める時
抱擁の時、抱擁を遠ざける時
求める時、失う時
保つ時、放つ時
裂く時、縫う時

黙する時、語る時
愛する時、憎む時
戦いの時、平和の時。

人が労苦してみたところで何になろう。
わたしは、神が人の子らにお与えになった務めを見極めた。神はすべてを時宜にかなうように造り、また、永遠を思う心を人に与えられる。それでもなお、神のなさる業を始めから終わりまで見極めることは許されていない。

わたしは知った
人間にとって最も幸福なのは
　喜び楽しんで一生を送ることだ、と
人だれもが飲み食いし
　その労苦によって満足するのは
神の賜物だ、と。
（コヘレト 3,1-13）

ここにある「殺す時　癒す時」のドイツ語訳は、ルター訳では würgen und heilen（絞め殺す時と癒す時）であるがその他の三種では töten（殺す）と heilen で、カフカ作品の学校コーラス二行目の二つの動詞はこれと同じである。

「嘆く時、踊る時」のルター訳は klagen und tanzen。他の三種もほぼこれに同じ。klagen には現在ではやや古くなっているが、死者を悼んで悶え、哀泣する、の意がある。ここはそれである。マタイ福音書（11,17）が思い出される。イエスが「今の時代」を、子供たちが広場で遊びたがっているのに遊びが成立しないことになぞらえる箇所である。新共同訳では、

『笛を吹いたのに、
踊ってくれなかった。
葬式の歌をうたったのに、
悲しんでくれなかった。』

「笛吹けど踊らず」は格言になっているが、聖書の原意はやや異なる。イエスの言葉はこう続く。

ヨハネが来て、食べも飲みもしないでいると、「あれは悪霊に取りつかれている」と言い、人の子が来て、飲み食いすると、「見ろ、大食漢で大酒飲みだ。徴税人や罪人の仲間だ」と言う。しかし知恵の正しさは、その働きによって証明される。

（マタイ福音書11,18-19）

マタイでは、さあ笛を吹くよ、みんなで婚礼の祝いごっこをして踊ろうよと催促する子供たちと、こちらは葬式ごっこをやっている、こっちに加わってよと誘いをかける子供たちに分かれてしまい、一緒に遊ぶ気分がしぼむ。カフカ作品の学校コーラス「こいつが癒さないなら、こいつを殺せ」とは似ていないようだが、ある程度の共通性はある。どちらも子供たちの発する声であること。また正反対のもの（踊りと葬式。カフカでは癒すと殺す）が衝突し、人間関係が気まずくなり、それが高じて抜き差しならぬ対立抗争まで発展すること。同一の宗教・政治・民族グループにおける分裂過程と内部闘争の激しさが、学校コーラスで暗示されている。

飲み食いは生きる喜びであるとのコヘレトの箴言はイエスの生き方に受け継がれた。洗礼者ヨハネはいなごと野蜜を食べて生き、酒食をふるまわれるのを好まなかった。イエスは好んだ。ヨハネとイエスの対照は、カフカ作品においてラム酒が医者に準備され、医者がこう反応する箇所につながる。

「親父がわたしの肩を叩く。大切なものをくれたことがこの馴れ馴れしさを正当化する。わたしはかぶりを振る。親父の狭い思考圏に入っては、わたしは気分が悪くなるだろう。ただこの理由だけから、わたしは飲むのを拒む」

医者は往診先で馳走に与るについては本来イエスと同じであり、普段なら応じる。しかし今のケースでは親父に取り込まれたくないから、洗礼者ヨハネの厳格主義に従う。「ただこの理由だけから」と医者は妙に力んでいる。イエスは自分を饗応してくれている人に厳しい苦言を呈するようなこともした。ハーゼは、イエスのそういうところはどうかと思う、自分においては饗応を初めから断るのだ、とイエスに倣わないことに後ろめたさの混じった矜持を示し、だからといって厳格者ヨハネの生き方を踏襲していると思われるのは困ると、くどくど言う。ハーゼはヨハネかイエスかどちらかになり切ることが出来ない。

＊14　預言者か故郷か

学校コーラスの歌詞三行目《こいつぁただの医者》は、「預言者故郷に容れられず」の諺で知られる新約聖書の一場面を縮約している。その話はヨハネを除く三福音書にある。マルコではこうである。

イエスはそこを去って故郷にお帰りになったが、弟子たちも従った。安息日になったので、イエスは会堂で教え始められた。多くの人々はそれを聞いて、驚いて言った。「この人は、このようなことをどこから得たのだろう。この人が授かった知恵と、その手で行われるこのような奇跡はいったい何か。この人は、大工ではないか。マリアの息子で、ヤコブ、ヨセ、ユダ、シモンの兄弟ではないか。姉妹たちは、ここで我々と一緒に住んでいるではないか。」このように、人々はイエスにつまずいた。イエスは、「預言者が敬われないのは、自分の故郷、親戚や家族の間だけである」と言われた。そこでは、ごくわずかの病人に手を置いていやされた（ルター訳 heilte）だけで、そのほかは何も奇跡を行うことがおできにならなかった。そして、人々の不信仰に驚かれた。

（マルコ福音書 6,1-6）

学校コーラス三行目の《こいつぁただの医者》は、イエスに向けられた「こいつぁただの大工」の言い換えである。イエスは故郷で預言者であると名乗った、あるいは自分を預言者になぞらえた。ナザレの人々はそれを聞き、「おい、大工のイエスが預言者だとよ」と呆気にとられ、笑った。これを下敷きにするとカフカ作品のコーラス《こいつぁただの医者》は、「こいつぁ預言者などではない」という嘲笑を含む。

イエス以前に遡って、古代ユダヤ教は預言者の宗教と言われる。しかしマクス・ヴェーバー『古代ユダヤ教』によれば、バビロン捕囚からの帰還後エルサレムではエズラやネヘミアのような祭司階級の勢力が強まり、預言者の威信が薄れ、遂にはゼカリア書（13,1-6）にあるように、預言者呼ばわりされた当人が慌てて打ち消す形勢へと変わった。

その日が来る、と万軍の主は言われる。わたしは数々の偶像の名をこの地から取り除く。その名が再び唱えられることはない。また預言者たちをも、汚れた霊をも、わたしはこの地から追い払う。それでもなお預言する者がいれば、彼はその生みの親である父からも母からも、「主の御名において偽りを告げたのだから、お前は生きていてはならない」と言われ、その預言のゆえに生みの親である父と母によって刺し貫かれる。その日、預言者たちは皆、預言をしても自分の幻ゆえに恥を受け、欺くための毛皮の外套を着るのをやめ、「わたしは預言者ではない、土を耕す者だ。わたしは若いときから土地を所有している」と言う。また「あなたの胸にあるこの傷はどうしたのか」と問われると、「それは友人の家で受けたものだ」と答えるであろう。

（ゼカリア書 13,2-6）

ここは私の読解に与えるインパクトが大きく、『或る地域医者』を読み返すよう促す。学校コーラスはひとまず措き、医者が病人部屋に入った場面あたりからおさらいしてみよう。もとより預言者はユダヤ人でしかあり得ないことは前提になっている。戦争に抵抗するグループとして期待されていたＳＰＤにユダヤ人国会議員は一二人おり、そのうちで預言者の候補に上るのは能力的に見てフーゴ・ハーゼかルートヴィヒ・フランクである。それゆえゼカリアの預言者と比定され得る人物も、カフカ作品においてこの二人となる。

ここではゼカリア書の「毛皮の外套」とカフカ作品の「毛皮」の対応を見よう。医者は雪中の往診のため Pelz（毛皮、毛皮外套）を着ている。古代ユダヤの預言者は毛皮外套をまとった。洗礼者ヨハネは身体を苛むべく駱駝の毛衣を裸身の上に着、腰を革の帯で締めていた。ゼカリア書の「毛皮の外套」はルター、エルバーフェルト、新エルサレム訳では härener Mantel、チューリヒ訳は Fellmantel である。カフカの用いている Pelz は普通、皮革製品を指す場合が多いが、小学館大独和辞典の語義の第一は「衣類などに利用される柔毛のある毛皮」である。だからPelzは生皮をも表す。この単語は『或る地域医者』で六回使われ、二回目では妹が医者の毛皮を脱がす（abnimmt、不定詞abnehmen）。小学館大独和辞典で見るとabnehmenには、「誰かの負担を引き受けてやる、免除してあげる」の語義がある。毛皮を脱がしたことで妹は、医者を預言者的使命から免除してあげる。医者はこれを「我慢する」。

＊15　開戦前後に起きたこと

ゼカリアでは預言者になる男は父親と母親によって刺し貫かれる。これを頭の片隅に置いて『或る地域医者』を振り返ると、若者の父親と母親について釈然としない空気が漂っていたのが腑に落ちる。順序通りに読み返そう。翻訳3に戻り、医者が毛皮を脱がされるのを我慢する続きを再見しよう。

ラム酒がわたしのために用意される。親父（der Alte）がわたしの肩を叩く。

医者はピンセットを抓んだとて所在なく、そのうえ毛皮を脱がされてしまったが、まだ彼にはかろうじて預言者の燠火《おきび》が残っている。彼はラム酒を断るのだから。

母親はベッド脇に立ち、わたしを来い来いと招く。

ゼカリアの預言者は生みの父親と母親によって刺し貫かれる。カフカの立てた筋書は、両親は息子を刺し殺すのではなく息子が刺し貫かれていると医者に発見してほしい、である。母親はベッド脇に立ち、発見を待っている。彼女にとってそれは大事なことなので、来い来いと招く（hinlocken）。まるで夫の不在をいいことに若者の寝ているベッドで医者とみそかごとをしたがっているようだ。えっ、父親は不在？ そうである。作品のここまで両親（Eltern）はあるが父親（der Vater）はない。あるのは親父（der Alte おとっつぁん、老人、御老体）である。読者は誰しもこれは父親だと読み飛ばすだろうが、作者はそれを計算してもいるが、この単語そのものにその意味があるのではなく、文脈によってはそうなることがあるという程度である。母親の誘惑の心は、作品の後段で判明するところによれば、医者よ、若者と同じく裸になって若者と共寝せよ、である。ＳＰＤの仲間たちは兄弟であり、同志（Genosse）である。Bettgenosse という単語がある。共寝する男女を表すが、直訳では「ベッドの同志」である。「ハーゼよ、フランクとベッドの同志になりなさい」というのが母親の誘いである。フランクのように断固たる戦争公債案賛成者になるべきだ。

ゼカリア書の「刺し貫く」がカフカ作品において実現するためには、若者が刺し貫かれていると判明する時点で父親と母親が揃っていなければならないだろう。作中でそうなるのはどこか。Pelz（毛皮）が三回目に登場をする箇所。

しかしわたしがわたしの手提げ鞄を閉め、わたしの毛皮を持って来てと合図し、家族はまとまって立っている、父親（der Vater）は手中のラムグラスの上をクンクン嗅ぎ、母親（die Mutter）は、多分わたしに失望して――そう、一体この人々（Volk 国民、人民、民族）は何を待ち設けているのか――（中略）わたしは若者がもしかしたらやっぱり病気である、と事情によっては認めてもいい、何かしらそういう気になった。

ここで父親と母親とが揃う。カフカは父親と母親とが Volk を構成している、と明かしている。「人々」と訳したが、国民・人民・民族である。彼らは戦争を受け容れている、待ち設けている。彼らの期待通り若者に傷が発生した。医者はそれを「認めてもいい」。「認める zugeben」は、小学館大独和辞典によれば「（罪・失敗など不利なことをやむをえず）認める、白状する」である。医者は、戦争はまだ始まっておらず、ゆえに若者は健康であり、彼が重病人であるとの夜間ベルによる触れ込みはまるで間違いで、それに調子を合わせなければならない理由は全くない、との自分の所見に踏み留まるべきだろう。彼はしかし「事情によっては」若者が病気である、即ち戦争は止むを得ない、と認める気になる。「事情によっては」とはどういうことか。これは少し戸惑う疑問だが、現にそこで書かれていることを指しているのだろう。ざっと四点にまとめる。

1　戦争をVolk（国民・人民・民族）が望んでいる。

2　攻撃者はロシアだ。当時の常識ではロシアこそポグロムの荒れ狂う国であった。ラム酒を嗅ぐ父親つまりヨーロッパ中部・東部のユダヤ人は、ドイツがロシアの脅威から自分たちを守ってくれることを期待している。宰相ベートマン・ホルヴェークは、ロシアが先制攻撃者であるとの順序を作り出し、SPDを籠絡した。

3　右の引用の後続部分はこうある。「わたしは彼のところに行き、彼はまるで例えば滋養強壮この上ないスープをわたしが持って来てあげたというふうにわたしに微笑みかける」。フランクはハーゼが戦争公債案に賛成してくれたら嬉しい、と魅力たっぷりな微笑みを投げる。多数派が圧倒的に優勢であるケースでは、彼らが繰り出す愛想は少数派には圧力となろう。

4　「ああ、今や両方の馬が嘶く。この騒音はおそらく、高きところから指示され、診察を容易にするものだ」

ドイツ国家は開戦を決め、長年の敵対者SPDは戦争公債案賛成を決めた。二頭の馬の嘶きである。SPD内では少数派は多数派に従い、馬は仲良く一緒に嘶く。「高きところ」は皇帝ヴィルヘルム二世であり、宰相ベートマン・ホルヴェークを筆頭にドイツ政府であろう。彼らはSPDの協力を得るべく有効な手を打った。SPD議員の中には政府高官が自分を一人前の人間扱いして声を掛けてくれた、というだけで感激した人もいたのだ。戦争は勃発した。

――そして今やわたしは見出す、そう、若者は病気である。

日本語の「病気」は外傷には普通使わないが、ドイツ語 krank は使う。フランクは戦場で即死したのだが、若者は致命傷が発見された後も当面生きている。ゼカリアの自称農夫は父母によって胸を刺し貫かれている。彼はもう死んでいると見るのが妥当ではないか。それなのに彼は、傷は友人の家で受けた、などと口さえきく。カフカは若者とルートヴィヒ・フランクの扱い方をゼカリアに倣っているのかもしれない。

＊16　コーラス歌詞　まとめ

《こいつの着物を脱がせろ、そうすれば彼は癒すだろう、
そして癒さないなら、こいつを殺せ！
こいつぁただの医者だ、こいつぁただの医者だ》
Entkleidet ihn, dann wird er heilen,
Und heilt er nicht, so tötet ihn !
'Sist nur ein Arzt, 'sist nur ein Arzt.

heilen（癒す、治す。治る）はありふれた動詞であるが、この歌詞は少しまごつかされる。既述のように医者は診察する（untersuchen）、治療する（behandeln）、癒す（heilen）。behandeln と heilen の差異は何か。後者は治療が奏功して病人が健康になる、という結果を無言のうちに含む。heilen の用法に他動詞「治す」と自動詞「治る」が共存するのは自然と言える。heilen は結果を内包するゆえ「そしたら彼は癒すだろう dann wird er heilen」という一行目の未来形はやや宙ぶらりんな感じがする。他動詞 heilen が未来形で用いられるのはおそらく稀である。だからこの未来形文は「そしたら彼は治るだろう」と自動詞 heilen で読みたくなってしまうが、それでは間違うことになる。

歌詞一行目の医者の扱いは、イエスの行跡と順序が逆になっている。イエスは heilen（癒す）した。その成果によって彼に帰依する人々が生まれ、やがて彼はエルサレム往きを決意する。エルサレムでの彼の行動、それは病めるユダヤ教を癒すという目的を含んでいたであろうが、その結果として彼は服を脱がされ、裸にされ、十字架に架けられた。これに対して学校コーラスは歌う、「こいつの服を脱がせろ、そうすれば彼は癒すだろう」。短編中に現れる台詞三つを並べよう。

僕は死ぬ、ほっといてくれ。
君は僕を救ってくれる？
そしたら彼は癒すだろう。

第一は現在形の命令文だが、事柄としては未来である。第二、第三は未来形である。これを十字架上のイエスの七つの言葉のうちの二つと比較しよう。

わが神、わが神、なぜわたしをお見捨てになったのですか　（マタイ福音書27,46）

成し遂げられた　（ヨハネ福音書19,30）

どちらも完了形である。イエスの活動は癒すことから始まって、裸にされて完了した。ハーゼは作中で何もせず、裸にされる。

歌詞二行目は、前半で「もしこいつが癒したら」、つまりドイツ国の病にメスを入れる治療を施し始めたら、こいつはいてもらっては困る迷惑人物であるから殺せ、とあってもよかっただろう。だが彼に掛けられた期待は徒《いたずら》に終わってしまった。「イエスは癒した。それゆえイエスは殺された」。これを順接・完了というならハーゼは「こいつが癒さないなら、こいつは殺せ」という逆接・未来である。後段にあるように「一度夜間ベルの誤鐘に従うと、二度と取り返しはつかない」のだ。未来に向けた仮定として「もし彼が癒したら」は成り立ちようがなくなっており、「癒さないなら」しか予測できない。そのどうしようもなさと、預言者になれなかったハーゼであるが、着物を脱がされた以上イエスと同じく死を待つ身だから殺せ、が二行目である。

ハーゼは「新しき預言者」にならずに何になったのか。カフカはこれを別の短編で書いた。『新しき弁護士』である。この短編で馬面をした弁護士とは、馬面であったわけではないハーゼである。弁護士ブケファロス（Bucephalus。作品中では実は英語であり、適切な表記はビューセファラス。セに強勢がある）は昔はアレクサンドロス大王の愛馬であった。大王はインド征服を目指した。インドはカフカの時代にイギリス植民地であり、それゆえ帝国主義の換喩となる。インド征服即ち帝国主義打倒を目指した大王、それはベーベルに他ならない。彼は「労働者の皇帝 Arbeiterkaiser」と称され、それにぴったり似合うローマ皇帝アウグストゥス由来のアウグストという名前であった。ベーベルは死んでおり、愛馬であったビューセファラスことハーゼは「新しき弁護士」になっている。ハーゼはもとから弁護士なのであるが、その彼が「新しき」弁護士になっているというのは、「新しき預言者」になれなかったということであり、カフカは抑えかねる無念さをユーモラスな短編に昇華させた。ついでに触れるとカフカの掌編『皇帝のメッセージ』で死の床に就いている皇帝の身元は二人あり、うち一人はベーベルである。皇帝ベーベルが今わの際に厳かに托す遺言は戦争公債案賛成であったか反対であったか。反対であったと伝えてもらいたい、とカフカはメッセージが届くのを毎夕窓辺に座り夢見ている。

コーラスの歌詞三行目は、《こいつぁただの医者だ》のリフレインになっている。同じ言葉の繰り返しはカフカの場合何かのヒントであることが多い。ルカ福音書を見るのがよいようだ。ルカは「預言者故郷に容れられず」をマタイ、マルコと異なる物語にし、医者を預言者の別名のように扱っている。イエスは洗礼者ヨハネにより洗礼を受けてから荒野で悪魔の誘惑に遭い、これを終えてガリラヤの生地ナザレに戻り、会堂に入った。手渡された預言者イザヤの巻物から彼はある箇所を朗読した。主は貧しい人に福音を告げ知らせるためイザヤに油を注いだ、と書いてある箇所である。

イエスは巻物を巻き、係の者に返して席に座られた。会堂にいるすべての人の目がイエスに注がれていた。そこでイエスは、「この聖書の言葉は、今日、あなたがたが耳にしたとき、実現した」と話し始められた。皆はイエスをほめ、その口から出る恵み深い言葉に驚いて言った。「この人はヨセフの子ではないか。」イエスは言われた。「きっとあなたがたは、『医者よ、自分自身を治せ』ということわざを引いて、『カファルナウムでいろいろなことをしたと聞いたが、郷里のここでもしてくれ』と言うにちがいない。」そして、言われた。「はっきり言っておく。預言者は、故郷では歓迎されないものだ」

（ルカ福音書 4.20-4）

イエスは例を挙げる。預言者エリアはイスラエルに大飢饉があって多くのやもめがいた時、その誰にも人を遣わさず、別地方のやもめに遣わした。同じくエリシャの時代にイスラエルには重い皮膚病にかかった人が多くいたが、シリア人一人以外は清くしなかった。

これを聞いた会堂内の人々は皆憤慨し、総立ちになって、イエスを町の外へ追い出し、町が建っている山の崖まで連れて行き、突き落とそうとした。しかし、イエスは人々の間を通り抜けて立ち去られた。

（同書 4,28-30）

故郷SPDにいてはハーゼは癒せない。ならば第一回戦争公債案という岐路で何故彼はきっぱり党を「立ち去る」を敢えてしなかったのか。

ルカにはまた預言者を医者にたとえる有名な箇所がある。徴税人らと共にいるイエスを見てパリサイ派の人々は「なぜ、あなたたちは、徴税人や罪人などと一緒に飲んだり食べたりするのか」と問うた。イエスは答えた。

医者を必要とするのは、健康な人ではなく病人である。わたしが来たのは、正しい人を招くためではなく、罪人を招いて悔い改めさせるためである。

（同書 5,31-32）

カフカ作品では医者は若者を一見し、「若者は健康である」、癒すべき病気はない、と知る。不審なことに、小説の冒頭には一人の重病人が医者を待っている、とある。読者は訝るが、若者は後で致命傷を負っていると急変するから何となく納得させられた気になる。さりとて「若者は健康である」の一文はどうしてくれるのか。ここでルカを当て嵌めると、医者が癒すべき若者の重病とは、身体の健康如何ではなく、彼が「罪人」であることだ、との理解が生まれる。若者は医者の首にすがりつき、囁く、「僕は死ぬ、ほっといてくれ」。そうだ、この「罪」、この戦争熱、戦争が生み出す死の狂躁こそ医者が癒すべき重病である。医者は若者を見てすぐさま「熱はない」と所見を確定する。医者は若者が「罪人」である、戦争「熱」に取り憑かれている、と気付かない。それとも気付かないふりをしているのか。

《こいつぁただの医者》は、ハーゼが読み上げた党声明でSPDが医療の陣地に立て籠もったことへの罵倒である。もう一回の繰り返しは、ハーゼがルカ福音書でイエスが譬えた意味での医者ではなく「ただの医者」である、ということだろう。ただの医者は病人や戦傷者が出るのを待つ。傷病が重くて癒せないなら、何もすることがない。まして死者のことは考えなくていい。

学校コーラスを教師が先導している。これは怖い。政治著述家セバスチャン・ハフナーは、ヒトラー・ナチに惹かれ戦争にのめり込んでいく奔流を成したのは、第一次大戦の兵士であった人々ではなく、兵役年齢に達しなかった、それだけ心情において素朴に戦争に傾倒していた若者や子供たちであったと回顧している。カフカはその「三つ児の魂」を、勝ち誇る学校コーラスにして歌わせている。

翻訳　5

「いいかね」とわたしの耳元で言うのが聞こえる。「僕の君に対する信頼は極めて僅かだ。君は実際やはりどこかで（irgendwo）揺すぶり落とされただけだ[*1・i]、自分の足で来てはいない。助けて（helfen）くれる代わりに、君は僕の死の床を狭めている。君の両目をこそげとられたら僕には一番いいのに」。「そのとおり」とわたしは言う、「これは恥辱[*1・ii]（eine Schmach）だ。だがわたしは医者だ。どうしろというのか。信じてくれ、わたしにも易しくなることはない」。「そういう弁解で僕に満足しろというのかね？　ああ、そうなのだろうな。いつも僕は満足しなければならない。一つの美しい傷[*1・iii]を持って僕はこの世に来た。それが僕の全装備だった」。「若い友よ」とわたしは言う、「君の弱点は、君には全体の見通し（Überblick）[*1・iv]がないことだ。わたしはすでに四方八方すべての病人部屋にいた、そのわたしから君に言う。君の傷はそんなにひどいものではない。鶴嘴《つるはし》（Hacke）[*1・v]の二打ちで鋭角に創られている。多くの者が自分の脇腹を差し出し、御料林（Forst）にいて鶴嘴をほとんど聞くことがない。ましていわんやそれが自分たちに近づいていることも」。「ほんとにそうなのか。それとも熱を出している僕を欺いているのか[*1・vi]」。「ほんとにそうだ。公務医者（Amtsarzt）の名誉にかけた言明（Ehrenwort）を受け入れて彼方《あちら》へ行け」。彼は受け入れて静かになった。だが今やわたしの救助（Rettung）を考える時だった。まだ馬は忠実にもとの位置に立っていた。着物、毛皮、鞄が手早くからげられた。着るのにぐずぐず手間取るつもりはなかった。馬が往路と同じように急いでくれれば、わたしはいわばこのベッドからわたしのベッドに跳んでいる。忠順にも一頭の馬が窓から退いた。わたしは丸め束ねたもの（Ballen梱）を馬車に投げ入れた。[*2]毛皮は遠く飛び過ぎた。それは一方の袖でだけ、ある鉤《かぎ》につかまった。それで十分。わたしはひらり馬に乗った。革帯（複数）を弛く引き摺って馬の一頭はもう一頭と殆ど繋がっていないまま、馬車はふらふらその後に続き、しんがりには雪に包まれた毛皮。「はいはい！」とわたしは言ったが、はいはいとは行かないのであった。老いたる男たち（alte Männer昔の男たち）のようにわたしたちは雪の荒野を進んだ。長いことわたしたちの背後で、子供たちの新しい、しかし間違った歌が響いた。

《喜べ、君ら患者たちよ、
医者は君らのベッドの中に置かれている！》

これではわたしが家に着くことは決してない。わたしの栄えている医院（Praxis 弁護士事務所）は失われた。ある後継者がわたしから盗み取っている。が、それは無駄なことだ。彼にわたしの代わりは務まらない。わたしの家ではおぞましい馬丁がやりたい放題にしている。ローザが彼の犠牲だ。わたしはそれを考え詰めたくない。裸で、不幸極まりないこの時代の厳寒に曝され、この世の馬車、この世のものならぬ馬で老人のわたしがうろうろしている。わたしの毛皮は馬車の後部に引っ掛かっているが、わたしはそれに手が届かない。患者たちの[*3]、動きやすいならず者ども[*5・6]〈dem beweglichen Gesindel der Patienten〉の中から、だれ一人指一本動かさない。だまされた！　だまされた！（Betrogen！　Betrogen！）[*4]　夜間ベルの誤鐘に一度従うと——二度と取り返しはつかない。

翻訳5の注解

＊1　ベッドの若者と医者

i　揺すぶり落とす（abschütteln）

この動詞の最も標準的な用法は「林檎を木から揺すぶって落とす」、また、木を目的語として「木を揺すぶって（林檎を）落とす」である。ベッドの中に置かれた医者に若者がかける言葉は、第一回戦争公債案の賛否に直接言及している。フランクはハーゼに、君が僕ら賛成派に加わったからといって君を信用はできない。君は、君が居続けたかった戦争反対の高みから、あえなく揺すぶり落とされただけだ、医者は「どこかで」揺すぶり落とされたのだ、と言う。「どこか」とはどこか。旧約聖書である。そこに abschütteln（揺すぶり落とす）によく似た動詞 ausschütteln があり、カフカはこれを読者に想起して欲しいのだ。小学館大独和辞典によれば、

ausschütteln（ちりなどを）振って払う、振り清める
die Kleider（den Staub aus den Kleidern）〜衣服のちりを払い落とす

ausschütteln はネヘミア記において城壁再建を記録した第四章に続く第五章「民の不正の解消」に出て来る。ネヘミアのところに困窮した人々から次々訴えが寄せられる。食物がなく食うや食わずである。家や畑を抵当に入れなければならない。息子や娘を奴隷に売らなければならない。ある娘はもう奴隷になっている。畑とぶどう園が他人の手に渡った、など。ネヘミアは怒りを発してユダの人々を集め、率先して自分が貸している金や穀物を帳消しにすると告げ、皆もこれに倣えと説諭し、人々はこれに応じた。ネヘミアは祭司を呼んでこれを誓わせた。

わたし（ネヘミア）はまた衣の折り重ねたところを振るいながら言った。「この約束を守らない者は誰でも、このように神によってその家と財産から離され、振るい落とされるように。このように振るい落とされて無一物となるように。」会衆は皆で、「アーメン」と答え、神を賛美した。民はその言葉通り行った。

（ネヘミア記5,13）

振るいながら、振るい落とされる、の三箇所はausschüttelnである。SPDは従来、労働者はドイツ国家の軍備と戦争のために鐚《びた》一文たりと払うべきではない、と予算案に反対して来た。これは困窮者の債務免除を説いたネヘミアに重なる。ハーゼは党内議論で揺すぶり落とされ、戦争公債案に賛成し、無一物に、裸一貫にされた。ausschüttelnはハーゼのようなユダヤ人にとって気味の悪い言葉であろうが、しかし彼らをもっと胸苦しくさせるこの動詞の用例が使徒言行録にある。時は紀元五〇年頃、パウロのコリントにおける初めての布教時にあった出来事である。

シラスとテモテがマケドニア州からやって来ると、パウロは御言葉を語ることに専念し、ユダヤ人に対してメシアはイエスであると力強く証しした。しかし彼らが反抗し、口汚くののしったので、パウロは服の塵を振り払って（ausschütteln）言った。「あなたたちの血は、あなたたちの頭に降りかかれ。わたしには責任がない。わたしは異邦人の方へ行く。」パウロはそこを去り、神をあがめるティティオ・ユストという人の家に移った。

（使徒言行録18,5-7）

「振り払う」は私の手元にある四種の聖書のドイツ語訳のうち三種ではausschüttelnである。残りの一種はこれにhinaus-（外へ）と強調を加えたhinausschüttelnであり、同じことである。パウロがユダヤ教徒に浴びせた呪い「あなたたちの血はあなたたちの頭（ルター、チューリヒ、新エルサレムではHaupt、エルバーフェルトではKopf）に降りかかれ」は、カフカ作品では妹がひどく血塗れになった布を振るところに隠れている。作中で病人の傷の部位は右脇腹にあったり腰部にあったりと変動することは既に見た通りである。だから小説の叙述の順序で最初に大きな傷を暗示している「妹はひどく（schwer）血塗れになった布を振っている（schwenkend）」では、それらとは違う箇所の血であって構わない。大体ここのところは変である。schwerは本来「重い」という意味で、布はたっぷり血を吸い取って持ち重りする。しかも室内での出来事である。そういう布を人は振り回すであろうか。血が滴り落ちないように、まして飛散しないよう細心に素早く片付けるはずである。この謎を解く鍵は動詞にある。クラウン独和辞典を引くと動詞schwenken（振る）の用例で真っ先に出て来るのは、den Hut ～（帽子を振る）である。帽子は頭に被るものだ。開戦時多くの若者たちが帽子を振って歓呼の声を挙げ、町を練り歩いたことが思い出される。

フランクはパウロの呪いそのままに頭部に被弾し、振り落とされた。若者は医者に言う、「君は実際やはり（auch）どこかで揺すぶり落とされただけだ、自分の足で来てはいない」。「君はやはり」は「君もまた」とも訳せる。若者は自分も振り落とされたのだと打ち明けている。私が漠と了解しているところではルターのキリスト教信仰の根幹にパウロ神学がある。ルター派キリスト教を国教並みに掲げているドイツ帝国に忠勤を励んで、ユダヤ人フランクの頭は血に塗れ、パウロの呪いは実を結んだ。

ii　恥辱（eine Schmach）

医者は若者に、君は振り落とされただけだと指摘され、「これは恥辱だ」と認める。Schmach は、ドゥーデン六巻本独語辞典によれば「侮辱、汚辱、軽視、屈辱と感じられるもの」の意であり、文法用語でいう雅語（gehoben）で、感情の籠もる語である。この単語は、カフカ作品ではいつもそうであるように何となく読み飛ばせばそれだけのことだが、医者にとって何がどうして恥辱か見極めようとすると曖昧模糊となる。グリム独語辞典が手掛かりを与えてくれる。Schmach の項にゲーテから三つの例が載っており、そのうち戯曲『トルクヴァート・タッソ』第二幕第一場のものが注目に値する。一六世紀イタリアの大詩人タッソは代表作『解放されたエルサレム』をフェラーラ公爵アルフォンス・デステの庇護下で完成したが、多くの匡正《きょうせい》すべき箇所があるのではないか、と自信を持てずにいる。同戯曲の第二幕第二場で彼は、公爵の妹で彼が仄《ほの》かに慕っているレオノーレに、詩人の持分について根本的な悩みを語る。武人の名誉は戦場での勝利にあるが、詩人はただ言葉でその武勲を褒めそやすだけである、というのもその一つだ。自分が少年時代にフェラーラで目撃した馬上試合の思い出をタッソはこう語る。

この上なく美しい貴婦人方がここにひしめき、
第一級の男性方がひしめいて座っていました。
視線はこの高貴な人々を驚きつつ眺め回しました。
これらの人々を、唯一の、狭い、海に囲まれた祖国が
ここへ送り出した、との声が行き交いました。
これらの人々が合わさって、名誉、功績、美徳に関する決定を下す
未だかつてない光輝極まりなき法廷が築かれている、と。
個々の人の間を歩くと、隣りの人に劣ると
恥じる必要のある人はいませんでした！ ——
すると柵が開きました。
馬が足踏みし、兜と楯が光り
小姓たちがわっと集まり
トランペットの音が高々と響き渡り
槍が火花を散らしてぶつかり合い
打ち落とされた兜と楯は轟音を立て

一瞬のうち土埃がつむじ風となって
勝者の名誉（Ehre）、敗者の恥辱（Schmach）を
包み隠しました。
おお、わたしにはあまりに見事すぎるこの芝居すべてを覆う幕を
わたしに引かせて下さい。
この美しい瞬間にわたしの無価値が
わたしに余りにも激しく感じられないように、と。

（詩行 821-841）

カフカ作品においても名誉（Ehre）と恥辱（Schmach）とが近接して登場する。馬（複数）もここにある。これ以外にカフカが『タッソ』から取ったと見られる単語は幾つかあるが、この三語で十分であろう。これによって二つのことが浮かび上がる。一九一四年八月三日のSPD国会議員団が行った戦争公債案事前投票でハーゼは敗者となった。「敗者の恥辱」である。それ以上にカフカが示唆するのはこうだろう。かつてフェラーラにはイタリア全土から国の代表者とも目される名士たちが集まった。その人たちの面前で繰り広げられる馬上の騎士たちの槍試合は、言葉しか持ち合わせないタッソにとって眩しすぎる。一九一四年七月二九日から翌日にかけて、ヨーロッパを代表する、当時においては綺羅星の如く輝いていた社会主義指導者がブリュッセルで一堂に会した。彼らは声明を発したが、それは「ただの言葉」であった。ここはハーゼの恥辱が語られているが、カフ

カのことも含まれているかもしれない。小説家カフカは社会主義の指導者たちが繰り広げていた「ただの言葉」にだまされた（betrogen）。ただの言葉しか持ち合わせない小説家の引け目に、ただの言葉に踊らされた社会主義者カフカの恥辱が追い打ちをかけたのではないか。

Schmach はもう一つ引用系列が考えられる。グリム独語辞典が旧約聖書から引いているSchmach の用例のうち、ネヘミア記の初めのほうに出てくる二例が眼を射る。というのもそれらは Mauern（城壁 Mauer の複数）と一体だからであり、カフカ作品の「壁際へ Zur Mauer」という難解句の理解に役立つから。ネヘミア記の冒頭はこうである。

第二〇年のキスレウの月、わたしが首都スサにいたときのことである。兄弟の一人ハナニが幾人かの人と連れだってユダから来たので、わたしは捕囚を免れて残っているユダの人々について、またエルサレムについて彼らに尋ねた。彼らはこう答えた。「捕囚の生き残りで、この州に残っている人々は、大きな不幸の中にあって、恥辱（Schmach）を受けています。エルサレムの城壁（Mauern）は打ち破られ、城門は焼け落ちたままです」

（ネヘミア記 1,1-3）

アケメネス朝ペルシャの首都スサでのことである。ネヘミアはユダの地とエルサレムとが荒れ果てていると聞き知って再興を決意し、王の許可を得る。彼はエルサレム到着の三日後、夜間に馬にまたがり城壁の外側を一巡する。ユダの人々に彼はこう告げる。

御覧のとおり、わたしたちは不幸の中であえいでいる。エルサレムは荒廃し、城門は焼け落ちたままだ。エルサレムの城壁（Mauern）を建て直そうではないか。そうすれば、もう恥ずかしいことはない（nicht mehr eine Schmach）。（同記 2,17）

Schmach は辞書で見ると不定冠詞付きでも無冠詞でもよい。ルター訳は不定冠詞付きで eine Schmach としており、カフカはその通り引用している。ネヘミアが成し遂げたエルサレム復興はカフカの世代にとってはシオニズムに該当する。カフカはこれに強く難色を示し、ヨーロッパのユダヤ人は未来の道を社会主義によって開くべきだ、という立場であった。第一回戦争公債案へのＳＰＤ賛成投票により、カフカはシオニズムに対し敗者になった。「これは恥辱だ」とはカフカの肉声でもあるだろう。

iii　一つの美しい傷

ベッドで並ぶ二人の会話の流れを追おう。フランクはハーゼが公債案に賛成しただけでは物足りない。「君の眼を刳り抜けたらいいのに」とは獰猛な不満である。私が第一著で引用したように、これは旧約聖書士師記でサムソンという士師即ちユダヤ人の守護者が眼を刳られる話に由来する。フランクは医者に向かい、出来ればサムソンと同じ目に遭わせてやりたいと、きつい意地悪を言う。ハーゼは「その通り」と答えて恥辱を認める。フランクは君は駄目な士師だと当てこすったのだが、わたしは医者なのだというハーゼの弁解は中性的で、士師の使命が頭の片隅にちょっとでもあるか不明である。仕方なくフランクは自分におけるユダヤ人の刻印「一つの美しい傷」を持ち出す。彼は戦争公債案賛成で党をとりまとめるのに奔走しただけでなく、志願して戦場へ発った。では何が彼をそのような行動へ促したのか。ヴァツィンガー『ルートヴィヒ・フランク』は幾つかの動機を推定しているが、その一部を訳出する。

戦争前の数年間の度重なる甚だしい幻滅と友人ジョレス（フランス社会党指導者）暗殺とによって深い打撃を受け、全国民の陶酔状態が彼をも圧倒した。その際彼は社民党員として、しかしまた――おそらく無意識に――多くのユダヤ人同様、自分もまた他のドイツ人たちと等しく祖国を愛している、と示したかった。怠惰な平和、変わることの出来ない階級社会、動きのない党からの逃走が彼を無意味な戦争へと駆り立て、彼はじきにその犠牲者になった。

（ヴァツィンガー前掲書 p.88）

カフカ作品では若者はこう言う。

一つの美しい傷を持って僕はこの世に来た。それが僕の全装備だった。

美しい傷とは「ユダヤ人であること」である。ユダヤ人に関して傷という語が用いられる例は枚挙に暇がない。その場合、ユダヤ人イエスと受難によるその身体傷の影が随伴していると見られるケースが多い。またこういうことがある。たしかオランダのユダヤ人作家レオン・デ・ウィンター（Leon de Winter 1954-）が書いていたと記憶するが、ユダヤ人男性は少年期に自分はメシアだ、とはたと覚醒する時があるという。フランクは自分は救い主だとの責任感と情熱を大人になってからも抱き続けた人間であったろう。フランス戦線で起きたフランクの落命はゼカリア書が酷評したようなユダヤ人偽預言者の死であるのか。カフカは、フランクである若者は死後にイエス・キリストの如く祀られるよう初めから全裸になって待っている、というふうに書いている。

「一つの美しい傷」はその通り戦場でフランクを葬った傷になった。これはヴァッィンガーの指摘するフランスの社会主義指導者ジャン・ジョレス暗殺と見比べるのがよい。彼は七月三〇日午後、即ちブリュッセルのロワイヤル・サーカスで大集会が開かれた翌日パリに帰り、翌三一日ロシアが総動員しドイツが戦争危機状態を宣告したのを知り、朝から戦争勃発を防ぐため奔走した。夜九時四〇分、仲間たちとレストランで食事しているのを暗殺者に発見された。暗殺者はそのレストランがジョレスの行きつけの店であることを前もって調べてあり、彼は銃弾二発を発射した。注目すべき点を挙げよう。ジョレスについてはフランス語検索「ジャン・ジョレスの暗殺 Assasinat de Jean Jaurès」に基づく。

1　レストランの窓は開いていた。窓の下半分を隠すカーテンがあり、犯人はこれに隠れて近づくことが出来た。カフカ作品では病人部屋の二つの窓が、戦争公債を発行し承認する二つの勢力、ドイツ国家とSPDという二頭の馬によって開けられた。三行歌詞コーラスの少し後の所で、「馬の頭部（複数）が窓穴（複数）の中で影のように揺れていた」とある。窓穴と訳したFensterlochは小学館大独和辞典には「窓開口部」とある。壁面を区切って開け、窓が設けられている箇所である。頭部と窓が双方複数形ではあるが近接して用いられており、ジョレス暗殺を連想させる。というのも、

2　暗殺者の放った一発目はジョレスの頭部に命中した。二発目は逸れた。最初の銃弾による脳出血がジョレスの死亡原因で、フランクと同じ頭部銃創だった。二人の致命傷部位が同じであるのはもしかしたら偶然ではないのかもしれない、と両人の頭部銃創に衝撃を受けた人々は疑問を思い浮かべたのではないか。ジョレスは社会主義新聞「ユマニテ」の創刊者である。同紙九月一七日付は簡潔なフランク追悼文を掲げた。

我々はリュネヴィル近傍で起こった帝国議会社会主義議員ルートヴィヒ・フランクの死を知った。フランクは対フランス戦争で斃れたのであるが、彼の死が我々の心を深く動かし、戦争の恐怖を我々に呪わしめるのを我々は隠そうとは思わない。フランクはフランス文化に胸襟を開いていた。彼はドイツ社会主義の希望と称せられ得る人物であった。これを言うことが彼の追憶のため我々に課せられている。

（ヴァツィンガー同書p.188-189）

フランクの被弾部位がジョレスそっくりであったのを「ユマニテ」が知っていたか否かでこの追悼記事の読み方は少し変わる。知っていたら、フランクはジョレスに殉死したかのようだ、との感慨も湧いたであろう。キリスト教世界に生きるユダヤ人社会主義者たちの間には、イエスは社会主義者だったという考えがしばしば見られた。故に社会主義者ジョレスとユダヤ人イエスの死が重なり、ジョレスを尊敬するフランクの「美しい傷」となる。カフカは辛辣である。フランクである若者は最前「君は僕を救ってくれる?」と涙を湛え、自分の死をこの二人と同じに顕彰してくれないか、と医者に頼み込んでいた。

3　エルネスト・ハンブルガー『ドイツの公職におけるユダヤ人』という書物にこうある。

ヴィルヘルム・カイルは回想録の中で、一九一四年七月三一日にジョレスを刺し貫いた(durchbohrte)銃弾がフランクにも命中したのだ、と書いている。もしかしたら彼は自分のために定められた銃弾を待っていたのではないか、と。カイルの見方は当たらない。フランクに個人的にも政治的にも近かった最も真率な平和の友、ヨーロッパの最も人気ある社会主義者の暗殺に対するぞっとする思いは、勿論彼を特別にうちのめしたであろう。しかし彼は多血質でオプティミストで、最悪の打撃によってさえ押しつぶされることはなかった。現在は彼にとって異様に偉大で、未来は約束に満ち、彼を待っている課題はものすごいものだった。祖国愛が他の全ての感情や考量を覆して氾濫した。

（ハンブルガー『ドイツの公職におけるユダヤ人』p.454）

カイルは南ドイツの改良主義者の一人である。ここにある durchbohren（刺し貫く）が目を射る。多くのドイツ語訳ゼカリア書で（偽）預言者を父親と母親が殺すのに使われている動詞である。カイルはゼカリア書のこの動詞を記憶していたからこれを用いたのではないか。偶然の一致であるにしてもこれは参考になる。ヨーロッパ大戦争がどれほどの災厄をもたらすか熱心に説いて、それゆえ父親と母親即ち民族同胞に殺されたジョレスは「最も真率な」預言者であった。カフカ作品の若者が言う「美しい傷」はジョレスとイエスのそれに重なるが、遡ればゼカリア書の（偽）預言者が父親と母親に刺し貫かれる傷でもある。ユダヤ人フランクはそれが自分の持って生まれた「全装備」だと言っている。いつ刺し貫かれても不思議はない粛然たる装備である。フランクは戦死を遂げ、刺し貫かれるという預言者の条件は満たした。しかし預言者が本物か偽物かは結果で判断される。フランクの場合、ドイツの戦争目的は何なのかを熟慮するよりはＳＰＤと党員である自分に切迫した利害に気を奪われ、また戦争はさして長引くまいと楽観していたようである。「一つの美しい傷」は悲愴で美しい言葉だが、現実に若者に生じた傷は Rosa（薔薇色）であるゆえ、むしろローザ・ルクセンブルクが負うもの、負っているものと暗示されてい

る。ふと興味が湧く。「美しい傷」の「schön 美しい」は作中何回登場するだろう。答えは三回である。順に、

美しい組馬

美しい娘

美しい傷

組馬即ち二頭の馬は一つにはドイツ国家とSPDである。もう一つにはSPD多数派と少数派である。「美しい組馬」は八月四日より前のSPDである。「美しい娘」は少数派のルクセンブルクである。「美しい傷」は多数派に属したフランクに生得のものであるとともに彼の体に生じたものである。作中で初め「美しい組馬」であったSPDは、一方では馬丁に襲われる美しい娘、他方では若者、かつてベーベルにとりベンヤミン、最愛の末子であった若者に見出される美しい傷とに分かれ、痛々しい罅《ひび》割れを呈し、荒れている。

iv　Überblick（全体の見通し）

美しい組馬と美しい娘は医者の言であるのに対し、一つの美しい傷は若者の自己申告である。医者は答える、「一つの美しい傷」などと自己憐憫に耽ったところで何にもならない、大事なのは「全体の見通しÜberblick」であると。この単語理解のため四つの単語をクラウン独和辞典から掲げる。

Überblick：概観（的）知識、見通し

überblicken：見晴らす、概観する、見通す
Übersicht：（全体を）見通す力、洞察力
übersehen：見渡す、概観する、見通す

一九一一年一〇月一七日、アウグスト・ベーベルは帝国議会で演説を行った。「ブルジョア世界の神々の黄昏」である。この年七月、ドイツ政府はモロッコ沿岸に砲艦パンター号を派遣し、モロッコを植民地化しつつあるフランスを脅かした。イギリスが仲立ちしてことは納まったが、結果はドイツのショービニストには甚だ面白くないものであった。

しかしながらわたしの恐れるに、フランスでは平和の真っ最中に一つの契約によりこの規模の植民地領一片が巻き上げられたことを忘れないであろう。ドイツのショービニストは忘れないであろう、モロッコで期待した獲物が彼らの手を滑り抜けたことを。我々が聞いた如く、彼らはそれをイギリスのせいにするだろう。こうしてありとあらゆる側が軍備を増強し、また増強し、遂には一方が他方にこう言うまで増強するだろう。終わりなき恐怖より恐怖に終わりを付けるのがましだと（まさしくその通り、社会民主党議員）。
日本とロシアの間で起きたようなことも起こるかもしれない。いつか一方が言うだろう。この調子で続けるわけにはいかないと。またこうも言うかもしれない。これ以上待

ったら我々には不利になる。我々は強者ではなく弱者になると。するとカタストロフがやって来る。するとヨーロッパでは緊急警報が打ち鳴らされ、これに応じて一六〇〇万から一八〇〇万の男たち、様々なる国民の花盛りの者たち（die Männerblüte）が、最高の殺人道具で武装して、互いに敵となって前線に向かうだろう。

（ベーベル演説・著作選集 8/2, 77）

歴史の歩みはベーベル演説の通りになったのを知る我々は驚かないが、この当時の人々には誇大に聞こえたかもしれない。パンター号事件にロシアは関与しなかったのでロシアは直接名を挙げられてはいないが、日露戦争への言及は意味深長である。ドイツ政府の要人たち、例えば宰相ベートマン・ホルヴェークは「これ以上待ったらロシアが強者、ドイツは弱者」と恐れた。ベーベルにとっては独露戦の予感は胸苦しかった。SPDの立場が極めて困難になる。続いてベーベルは、この大いなる全員集合の後に大いなる「ぐわらぐわらどすん」が待っている、との持論を述べ、会議場では笑いが起こった。右翼議員から野次があり、ベーベルはこう応酬した。

あなたがたはその味を噛みしめることになる。あなたがたは植えたものを刈り取る。ブルジョア世界の神々の黄昏が近づいている（笑）。信じてあれ、黄昏は近づいている。あなたがたは今日、あなたがた自身の国家と社会秩序を掘り崩し、あなたがた自身の国家と社会に弔鐘（Totenglöcklein）を鳴らす地点に立っている。その結果は何であろうか。この戦争のうしろに待ち構えるのは大衆の破産、大衆の悲惨、大衆の失業、大いなる飢餓である。（右翼からの反論）――これを否認するのですか？（右翼からのヤジ、いつも戦後はもっと良くなる！）――わたしは勿論個人的議論に踏む込むつもりはない。物事を客観的に見通す（übersieht）人はみな、わたしがここで論じたことの正しさから逃れられないであろう。今夏の些細なモロッコ問題が何を惹き起こしたか。周知の通り貯蓄口座への殺到、あらゆる有価証券の暴落、銀行における大混乱である。これはほんのささやかな始まりである。現実に比べて何事でもない（まことに然り、社会民主党議員）。本式のことが来たら、その時こそどうなるであろうか？　その時生じる事態は、あなたがたの望まないものであるが、しかし必然的にやって来る――繰り返し言おう、我々の罪によってではなく、あなたがたの罪によって、来る。Discite moniti!（諸君、警告を受けた人たちよ、学べ！）

（同書 p.576～577）

弔鐘（Totenglöcklein）はカフカ作品ではNachtglocke（夜間ベル、夜の鐘）となっている。ハーゼ声明の冒頭にある、ＳＰＤは戦争勃発に責任はない、との確認は、ベーベル演説を復唱している。übersieht であるが、übersehen（見通す）の三人称現在形で、医者の言う Überblick（全体の見通し）はこれを受けている。ハーゼはフランクに、ベーベルの国会演説は君も一緒に聞いたのだ。君と違ってわたしは「警告を受けた人よ、学べ」

を記憶に刻んだ。君だってもっとベーベルに学ぶべきだった、と言うのだが、「わたしは医者なのだ」はベーベルに学んだのか否か。

v Hacke（鶴嘴）、Forst（御料林）

Hacke は小学館大独和辞典には「くわ、根掘りぐわ、つるはし」とある。図解も載っており、かなり様々な形態がある。作品が書かれた時機に照らせば、この単語は何よりまず塹壕掘りの道具である。鶴嘴→塹壕掘り→塹壕（戦）という換喩である。そうすると「鶴嘴の二打ちで鋭角に創られた」とは、断面図からすれば縦長の長方形に掘られている塹壕が、戦闘が重なるうちに底は土で埋まり、上の開放部分を底辺とする二等辺三角形のようになる。その二辺が、鶴嘴の二打ちで創られた、と形容される。二辺が作る鋭角、即ち塹壕の底に、屍体が折り重なるように横たわっている写真はよく見掛ける。

鶴嘴はまた、アンリ・デュナン『ソルフェリーノの思い出』の引用である。ソルフェリーノ戦は一八五九年六月二四日の未明に始まり、夕刻に決着がついた。個人的な請願のためナポレオン三世を追って来たデュナンは、その日の夕刻ソルフェリーノ近傍のカスティリオーネに到着し、次々に運ばれる負傷兵の救護に当たることになった。町最大の教会キエザ・マジョーレに運ばれていたオーストリア軍の一兵士についてこうある。

教会の入口に一人のハンガリー人がいて、ひっきりなしに叫び、イタリア語で甲高く医者を求めていた。彼の腰部（Lenden）は散弾によって、まるで鉄の鶴嘴（Hacken 複数）で掘ったかのようにずたずたになっていた。痙攣する赤い肉がその中から盛り上がり、それ以外の身体部分は膨張し、鉛色であった。身体を横たえるべきか腰を下ろすべきか、彼には分からなかった。わたしは幾片かの包帯を水に浸し、それでもって彼のために寝床のようなものをこしらえようと試みたのだが、疑いもなく壊疽《えそ》は彼の命を奪い去ったことだろう。（デュナン『ソルフェリーノの思い出』p.59）

鶴嘴という奇妙な単語の出所はこれである。ここにあるLenden（腰部）はHüfte（腰部）とほぼ同義の単語である。確認は出来ないが、フランクの頭部銃創は「まるで鉄の鶴嘴で掘ったかのようにずたずた」であった可能性がある。

医者は続けて若者に言う。

多くの者が自分の脇腹を差し出し、御料林にいて鶴嘴をほとんど聞くことがない。いわんやそれが自分たちに近づいていることも。

「脇腹を差し出す」云々は、イエス受難の聖痕を自分の体に持ちたいという人間は多いが、彼らはその自傷願望が戦争を起こしたい人々によって着々取り込まれつつあるのに気付いていない、ということだろう。ここではForst（御料林）が変である。ドイツ語で森は普通はWaldである。これとForstの相異は曖昧だが、一つだけはっきりしている。Forst

は営林が行われている森で、だから原生林には使われない。王侯貴族が狩猟場としている森はForstである。現代ではForstの最も標準的な用い方は、ein staatlicher Forst（国有林）である。

フランクはWald（森）に、シュヴァルツヴァルト（Schwarzwald黒い森）最南西部に生まれ育った。それゆえ医者の言うForstはWaldの置き換えであるが、べーベルがフランクらを宮廷伺候者と揶揄したのを継承してハーゼは、フランクは自分はそんじょそこらの森の出ではない、御料林育ちと言ってもらいたいのだ、と冷やかしている。べーベルはまたフランクらに、「諸君、南ドイツ人は柔らかすぎる」と注意した。プロイセン・ドイツ陸軍が構えている鶴嘴こと戦争の接近を感知する鋭さに欠けるのだ。フランクは一九一三年と一九一四年に独仏国会議員相互理解会議を実現させたが、べーベルは前者に出席するのを渋った。健康状態が良くなかったか、そういう会議が戦争阻止に貢献出来ると信じなかったのだろう。

vi それとも熱を出している僕を欺いているのか

若者は医者に言う、君はさっき僕に熱はないと決めつけたようだが、今僕はこうして創傷熱で苦しんでいる。その僕に慰めの言葉をかけるどころか、君はべーベル面して説教までする。君自身は「全体の見通し」をずっと持ち合わせていたように言うが、僕を欺いているのではないか。——これは一応の解釈であるが、これだけでは手応えに乏しく、他に手掛かりを探す必要がある。

Wunde（傷）、Hacke（鶴嘴）、Fieber（熱）の畳みかけは『ソルフェリーノの思い出』に基づく。すると医者が、自分はあらゆる病人部屋にいた、というのも同書に印象強く綴られたデュナンの精力的な救護活動を指している。鶴嘴という単語を含むここでの医者の台詞はハーゼの自前というより、ベーベルとデュナンの混成である。

täuschen（欺く）というきつい語があるのは、ベーベル継承者であるかのようなハーゼの出方を若者が素直に受け容れられないからだ。グリム独語辞典はこの動詞で旧約聖書から四例を載せており、中でもエレミア記の例が注目される。新共同訳を引くが、この部分は原文に問題があるらしく、諸訳に異同がある。必要箇所でルター訳を添える。


人はその隣人を警戒せよ。

兄弟（Bruder）ですら信用してはならない。

兄弟（Bruder）といっても、

　「押しのける者（ヤコブ）」であり
隣人（Freund 友人）はことごとく中傷して歩く。

人はその隣人を惑わし（täuscht）、まことを語らない（kein wahres Wort）。

舌に偽りを語る（betrüge）ことを教え
疲れるまで悪事を働く。


（エレミア記 9,3-4）

『或る地域医者』に登場する言葉は täuschen（欺く）、betrügen（偽りを語る）、Bruder（兄弟）、エレミアの kein wahres Wort（まことの言葉はない）に対してカフカの Ehrenwort（名誉にかけた言明）である。それゆえフランクが「兄弟」であるハーゼに問う「君は僕を欺いているのか」は、このエレミア記の引用である。医者ことハーゼはフランクの疑惑に、公務医者の Ehrenwort（名誉にかけた言明）を受け取れ、と答える。これは右のルター訳の wahres Wort（まこと）を一応は承《う》けた単語である。グリム独語辞典は Ehrenwort の語義を「宣誓、誓約」と「発言に丁重の趣きを添える念押し」の二つとし、後者の用例を多く載せ、前者に関しては意外なほど否定的な説明を施す。それによれば Ehrenwort は言明の信憑性や信頼性を必ずしも保証しない。それどころか次の二例は格言にさえなっている。

ehrenworte binden nicht.：名誉にかけた言明は拘束力を持たない
ehrenwort ist drum kein wahr wort.：名誉にかけた言明は、だからといってまことの言葉であるわけではない

ハーゼは Überblick（全体の見通し）云々でフランクに、自分はベーベルの警告を肝に銘じていたからドイツ政府が戦争になだれ込む危険をしかと見据えていた、と告げている。するとと作品の前段における彼との整合性が問われる。二頭の馬が豚小屋から姿を現し、女

中は「自分の家にどんなものが蓄えてあるか知らないものですね」と言い、医者と二人で笑った、とあった。普通に読めばハーゼはルクセンブルクと同様、戦争事態を予測しなかったとなる。するとこの場面での彼は「全体の見通し」など持ち合わせていなかったように映る。彼はフランクとの会話に決まりを付けたいかのように自分の Ehrenwort（名誉にかけた言明）を受け取れ、と答える。若者がこれで大人しくなったところを見ると、この単語には若者を承伏させる力があるのか。それともハーゼと同じ弁護士フランクは、「名誉にかけた言明」などを切り札として持ち出したハーゼとこれ以上議論しても始まらないと諦めたか。ハーゼの誠実な人柄は知られていたものの、開戦前一〇日間ほどの彼の態度には党内の信頼を集めるに適さない何かがあったらしい。ベッド上の医者と若者の会話には先のエレミア記にある兄弟や隣人関係の色彩が漂う。二人は真面目な会話を交わしているのだが、それでいて täuschen（欺く）の霞がかかる。

フーゴ・ハーゼの発言はしばしば抽象的に聞こえ、党員や労働者の腹に響く力に乏しかった。福音書はイエスには「権威」があった、と記すが、ハーゼはそういう権威を感じさせなかった。「熱を出している僕」と言うとき若者は、自分は創傷熱を発している、君がそれを見ようとしないのはひどいと医者に抗議しているとも取れるが、多分カフカは別のことを暗示している。「熱」は、知性的で冷静で、しかし組織能力や人を引っぱっていく力に難点のある、人を熱気に巻き込めないハーゼへの当てこすりである。本項表題「それとも熱を出している僕を欺いているのか」の原文はこうである。

oder täuschest du mich im Fieber?

私は「熱を出している im Fieder」を「僕 mich」に掛かっているとしたし、そう取るのが自然だろうが、文法的には「君 du」に掛かるとしても可である。するとこの文は、「君は熱を出して僕を欺いているのか?」となり、自分と反対に冷静さが売り物だった君が熱を出すとはね、そういう時は「欺す」しか出来まいよ、とフランクが突き放した格好になる。かくして熱を発しているのがフランクであれハーゼであれ、「熱」はハーゼを揺さぶる。未練たっぷりに居残って来たSPDからの逃亡を彼が自分の「救助」と名付けるのは、いよいよ自分は「熱」を発しなければならない、と腹を固めたということだろう。カフカはスパルタクス団との協力に踏み出したハーゼをまるっきり突き放すことは出来ない。

*2 イエスの「終わり」予言

逃げる医者は自分の持ち物を全部引っ括《くく》って Ballen（束、梱）にする。この単語は作品の状況だけからは少し大袈裟である。Ballen のありふれたイメージは、戦乱や迫害に見舞われて避難する人々が家財道具をまとめ、荷車に載せてとぼとぼ進む、その荷物である。この光景は作品成立時ヨーロッパの至る所で見られたであろう。しかしカフカがこれを強調するのは、なんと言ってもユダヤ人迫害を予測しているからだ。そう言えば作品の前のほうで女中が馬丁から身を守るため大急ぎでやる、玄関の錠をしめる、ドアチェーンを掛ける、家中の明かりを消す、などはポグロムが始まった時、ユダヤ人の誰もがする防御策で、これによって助かる人もいるだろうが、襲ってくる者が多勢で凶暴である（馬丁はそういう集団）なら役に立たない。

『或る地域医者』の終結部は新約聖書に記されたイエスの「終わり」予言に重なる。ここで逃げるのに大わらわの医者の口からPelz（毛皮、毛皮外套）が立て続けに三度漏れ出るが、この頻用は預言者の毛皮だけでは説明がつかない。マルコ福音書13で新共同訳が「大きな苦難を予告する」という小見出しを付している部分の前半はこうである。

憎むべき破壊者が立ってはならない所に立つのを見たら――読者は悟れ――そのとき、ユダヤにいる人々は山に逃げなさい。屋上にいる者は下に降りてはならない。家にある物を何か取り出そうとして中に入ってはならない。畑にいる者は、上着（ルター訳Mantel）を取りに帰ってはならない。

（マルコ福音書13,14-16）

カフカの作品中にMantelは見当たらず、もっぱらPelzが毛皮外套の意味で出ているが、ドイツ語では毛皮外套はPelzmantelとするケースが多いだろう。カフカは徹底的にMantelを封じる。何故か。イエスは「終わり」の時に上着（Mantel外套）を惜しんで家に戻ったりするなと警告を与えた。ならば「終わり」の時に人はMantelなど思い出さなければ一等いいのだ。カフカはイエスの助言を徹底すべくMantel自体を消し去る。いわばカフカのイエス・ジョーク。

更に「終わり」の時に同じベッドに二人の男が横たわっているとどうなるかをイエスは予言している。ルカ福音書17で小見出し「神の国が来る」の箇所は、まだイエスがエルサレムに入城する前に語り聞かせた話になっている。

ノアの時代にあったようなことが、人の子が現れるときにも起こるだろう。ノアが箱船に入るその日まで、人々は食べたり飲んだり、めとったり嫁いだりしていたが、洪水が襲って来て、一人残らず滅ぼしてしまった。(中略)人の子が現れる日にも、同じことが起こる。その日には、屋上にいる者は、家の中に家財道具があっても、それを取り出そうとして下に降りてはならない。同じように、畑にいる者も帰ってはならない。(中略)言っておくが、その夜一つの寝室に(auf einem Bette)二人の男が寝ていれば、一人は連れて行かれ、他の一人は残される。二人の女が一緒に臼をひいていれば、一人は連れて行かれ、他の一人は残される。

(ルカ福音書17,26-35)

一つベッドに入っている二人の男の話はルカ福音書にだけ出ている。新共同訳が「寝室」としている単語は、ルター訳だけでなく私の手持ちのドイツ語聖書ですべてベッドになっている。英語訳でも同じだ。「連れて行かれる」とは天国・神の国へ、であり、残されるは滅ぼされるである。カフカ作品の医者は、連れて行かれるのも残されるのも御免だ、往路はなすところなく受け身だったが、帰路、それはベーベルのＳＰＤへ帰ることであり、自分の救助であるが、これは自分の意志で頑張ろう、とにかくベッドを抜け出さなくては、と慌ただしく動く。

＊3　患者たち (die Patienten)

作品の終わりに「患者たち Patienten」が二度登場する。読者は作中で既に「病人」という単語を何回か目にしており、患者たちと複数になっていてもさして気にかけず読み飛ばすだろう。作中この系列で用いられている単語を順序を追って拾っていこう。初めに「一人の重病人」。病人部屋に入ってから「病人」が四回続く。その後この単語は登場しない。それに代わるのは「若者」で、七回続く。最後に「病人」でも「若者」でもない、複数形の「患者たち」が二回となる。病人と若者は同一人物で、単数である。では複数の患者たちとは誰か。

病人と患者は意味上は近いが、同じではない。病人は医者にかかっているとは限らないが、患者は医者の治療を受ける人間で、医者と対になる。作品の医者の身元はＳＰＤ議長・国会議員団長であったフーゴ・ハーゼであるから、医者にとっての患者たちとはハーゼにとってのＳＰＤ党員たち、また党の支持層である労働者たちではあるまいか、との推定が生まれる。この解釈を支える言葉は作中にある。「患者たちの、動きやすいならず者ども」という奇妙ではなはだ荒っぽい言葉がそれである。この表現についての検討は後回しにして、まだ他に手掛かりはないであろうか。グリム独語辞典によれば、Patient は一六世紀にフランス語 patient がドイツ語に入った。フランス語 patient、イタリア語 patiente の由来はラテン語形容詞 patiens である。ポンス羅独辞典ではこの形容詞の語義を四項目に分けている。その第一項目に載っている三つのドイツ語とクラウン独和辞典の訳語を掲げる。

erduldend：耐え忍ぶ、我慢する
ertragend：耐える、我慢する、こらえる
ausharrend：（じっと困難に耐えて）最後まで頑張り抜く

patiens に該当する単語がイエスの「終わり」に関する訓《おし》えにある。マルコ福音書13でイエスはこう語る。

人に惑わされないように気をつけなさい。わたしの名を名乗る者が大勢現れ、「わたしがそれだ」と言って、多くの人を惑わすだろう。戦争の騒ぎや戦争のうわさを聞いても、慌ててはいけない。そういうことは起こるに決まっているが、まだ世の終わりでは

ない。民は民に、国は国に敵対して立ち上がり、方々に地震があり、飢饉が起こる。これらは産みの苦しみのはじまりである。（中略）兄弟は兄弟を、父は子を死に追いやり、子は親に反抗して殺すだろう。また、わたしの名のために、あなたがたはすべての人に憎まれる。しかし最後まで耐え忍ぶ（beharret）者は救われる。（マルコ福音書 13,5-13）

ルター訳では「耐え忍ぶ」に beharren が用いられているが、この動詞は現代ドイツ語では「固執する」という意味になることが多い。代わって用いられるのが ausharren で、ポンス羅独辞典で patiens の対応ドイツ語として出ているものである。エルバーフェルト聖書は実際この ausharren を使っている。こうしてカフカの「患者たち」とは、戦争が起ころうが、地震に襲われようが、飢饉で人がばたばた斃《たお》れようが、この世のことには価値を置かない、ひたすら忍び耐えて「終わり」を待つ、を実践している人間たちとなる。ルター教会がドイツ人にこうした習性を育ててきた、とは第二次大戦後ドイツ人史家も指摘するようになった。子供たちの合唱は、ハーゼは患者たち即ち「ひたすら我慢するだけ」の人々の一員になった、多数派ＳＰＤと一体化したのだ、これは喜ばしい、と歌っている。史実の上からは、この作品の成立時点でハーゼはようやく多数派から分離しなければならない、と覚悟を固めつつあるところだ。だから医者は、この歌は間違っている、というのである。

＊4　だまされた！　だまされた！（Betrogen！ Betrogen！だまされた！　だました！）

betrogen は他動詞 betrügen（だます、欺く）の過去分詞で、意味は「だまされた」、「欺かれた」と受動であり、特に気にすることはないように見える。ドイツ政府は開戦に当たり、戦争を始めたのはロシアだ、という形になるよう腐心した。それは何よりSPDの協力を取り付けるためであった。ハーゼはその詐術を身に沁みて悟り、「だまされた！」と二度地団駄を踏む。ハーゼの息子エルンストによる編著『フーゴ・ハーゼ　その生涯と活動』（一九二九年）にこうある。

その瞬間には彼は自分の仕えている大義に役立っていると信じた。事実はしかし声明読み上げは、彼が後日後悔した唯一の行為であった。内心の信念より規律を上位に置いて――しかも混沌に直面して明快と堅固が是非必要な時点で――彼は自分の最も固有な本性に反する行動をし、彼にとって重要だった人間たち、国内外にいた原則に忠実な社会主義者、平和の友たちの誤解に身をさらしてしまった。

（エルンスト『フーゴ・ハーゼ　その生涯と活動』P.28）

明快と堅固が求められる瞬間にハーゼはふらふらする。彼は単に、だまされた、で済むだろうか。余人はともあれハーゼだけは戦争公債案に反対するだろうと予測、期待した人は多かったのではないか。カフカもその一人だったのではないか。するとハーゼはだまされたのみならずだましたのではないか。それを表現するためにbetrogenが役に嵌る。ヘルマン・パウル独語辞典は何故か他動詞betrügenを見出し語に採用せず無視し去っている。ところがその過去分詞betrogenは載せている。近世ドイツ語ではこの単語は形容詞として、別の形容詞trügerisch（虚偽、欺瞞の、いつわりの、人を惑わす、見せかけだけの）と同じ意味に使われた。他動詞の過去分詞でありながら能動的意味を有していた。ヘルマン・パウル独語辞典はルター訳からのものとしてein betrogener Prophet（だます預言者）という一例のみを挙げている。これを活かすなら、カフカ作品中の二回のbetrogenのうち、片方は「だまされた」で、もう片方は「だました」ではあるまいか、という推定が可能になる。訳し直せば、

だまされた！　だました！

パウル独語辞典の用例はルター訳旧約聖書エゼキエル記（14,9）からである。betrogenを検討する前にエゼキエル記との関連箇所を一読する。第一四章は偶像を崇拝して多神教から脱却出来ないイスラエルの民に発せられた、神による絶滅予告である。前半では預言者に質問する人間と質問を受ける預言者とを共に滅ぼすという、預言者の一人であるに違いないエゼキエルの口から発せられる神の威嚇を、後半では神がイスラエルに剣、飢饉、悪い獣、疫病を送って民を滅ぼすという恫喝を、記録している。

六節　それゆえ、あなたはイスラエルの家に言いなさい。主なる神はこう言われる。悔い改めて、お前たちの偶像から離れ、すべての忌まわしい物から顔を背けよ。
七節　イスラエルの家の者と、イスラエルに寄留している外国人のうち、わたしから離れて偶像を心に抱き、つまずかせる罪を目の前に置いていながら、わたしに尋ねようと預言者のもとに来る者には、だれに対しても、主なるわたし自身が答えよう。
八節　わたしはその者に向かって顔を向け、彼をしるしとし、ことわざとして、我が民の中から断つ。そのときお前たちは、わたしが主であることを知るようになる。
九節　もし、預言者が惑わされて言葉を語ることがあるなら、主なるわたし自身がその預言者を惑わしたのである。わたしは彼の上に手を伸べ、わが民イスラエルの中から絶ち滅ぼす。
一〇節　彼らは共に自分の罪を負う。尋ねる者の罪は、預言者の罪と同じである。
一一節　それは、イスラエルの家がもはやわたしから迷い出ず、あるゆる背きによって二度と自分を汚さないためである。こうして、彼らはわたしの民となり、わたしは彼らの神となると主なる神は言われる。

（エゼキエル記 14,6-9）

右に引用した第一四章の六節から八節では何が告げられているのだろうか。偶像を崇拝し、あるいは偶像崇拝を心に抱いている者が、ユダヤ教の正しい信仰に生きる預言者のもとを訪れ、何らかの質問をするケースと読める。神は質問者を滅ぼして「しるし、ことわざ」に、つまりは見せしめの記憶に変える。預言者は懲罰を蒙ることはない。同九節から一一節は預言者が間違いを犯すケース、彼自身が偶像崇拝者であるか、もしくは偶像崇拝に理解を示す人物ということであろうか。この場合、実は神が預言者を誤らせているのであり、それでいて神は質問者と預言者双方を滅ぼす、という。同九節のルター訳の一五三四年版ではこうである。

しかし偽りの預言者（ein falscher Prophet）が違うことを説教したら、主なるわたしは違反させておき、わたしの手を彼の上に伸べ、彼を我が民イスラエルの中から滅ぼす。

ここにある falsch（偽りの）は、同じルター訳聖書で betrogen となっている版もあった（ein betrogener Prophet だます預言者）。そう指摘しているのは一九世紀末刊行のモーリッツ・ハイネ（Moriz Heyne）独語辞典である。近世ドイツ語で betrogen は能動でしばしば使われ、グリム独語辞典に多くの例が載っている。現代ドイツ語訳では第一四章九節の預言者は能動的な「だます」ではなく受動的な「誑《たぶら》かされる」（ルター一九六三年）、「唆される」（エルバーフェルト、新エルサレム）、「口説き落とされる」（チューリヒ）立場になっている。

では偽預言者、だます預言者とは具体的にどういう人たちであろうか。エゼキエル13に幾つかのケースが載っている。三例を簡約にまとめる。

神は何も言っていないのに、神の言葉が自分に臨んだ、と言い、神が自分の預言を実現してくれるのを待っている例。これはSPDの革命的待機主義に該当する。

人々が城壁を築き、それは罅割れだらけで脆いのに、上塗りを施して堅固に仕上がっているように見せかけ、自らも城壁は盤石だと安心している例。そのうち天変地異が襲えば壁はひとたまりもなく崩れるだろう。これはユダヤ人はそれぞれの住む国々で同化しつつあり、この同化は今後更に完全なものになるであろう、と予期する、ルートヴィヒ・フランクもその一人だったろう楽観論者を思わせる。

平和がないのに平和だ、と語る例。これは『或る地域医者』で女中が、「家の中にどんなものが蓄えてあるか知らないものですね」と言い、医者と二人で笑った、とある箇所を連想させる。ローザ・ルクセンブルクですらドイツ政府が開戦を決断している、とは気付いていなかった。

＊5　ならず者ども（Gesindel）

「患者たちの、動きやすいならず者ども」という不思議な表現で私がならず者と訳したのはGesindelである。これは本来Gesinde（農家の下男下女、奉公人）の縮小詞で、小学館大独和辞典には「（集合的に）ならず者、無頼の徒、アウトロー」とある。カフカがこれを用いるのは、ドイツ史におけるある出来事に関わって特有のニュアンスを伴う単語だからである。

一八四八年三月一八日はベルリンで市民の暴動が発生した日である。翌一九日にかけ武装市民とプロイセン陸軍との間で激しい銃撃戦があった。その一九日にプロイセン国王フリードリヒ・ヴィルヘルム四世は布告を発した。

十九日以後の彼［国王］の行動は彼の以上のような交錯した心情をよく示している。この日早朝「わが愛するベルリン市民に告ぐ An meine lieben Berliner」という布告が出されたが、これはベルリン市民が王の勅令により忠誠心に満ちていたところに一群の平和攪乱者 Ruhestörer が現れて扇動し、主として外国人から成る悪人ども Bösewicht が我が愛する市民の中に誤った復讐心を起こさせたというような独善的な言葉を連ねた後に、市民が直ちにバリケードを撤去して代表を送るならば王も軍隊を撤退させるであろうと述べたものである。（林健太郎『ドイツ革命史―― 1848-49年』第二章）

反乱者を罵倒する言葉がここに二つ見えるが他にも様々な単語があり、Gesindel はその一つである。その意味は右の引用に見える「主として外国人から成る悪人ども」と同じであった。ドイツ三月革命五〇周年記念に当たる一八九八年三月一八日のドイツ帝国議会で、軍と市民とに戦闘事態が生じた時、軍側に適用される刑事訴訟法案が内務大臣から提出され、諸党派の発言があり、その中で三月革命の反乱者がGesindelであった、との主張が持ち出された。これに対しＳＰＤ議長アウグスト・ベーベルは念を入れて反論した。そのうち三箇所を訳出する。

皆さん、もし何かが真実であるとするなら、それは次のことである。本日発行のある新聞、それは社会民主党系紙ではないが、三月革命の最良の記念碑はドイツ帝国議会議事堂である、と論じているのである（右側では笑いと大騒ぎ。左側では活発な賛同）。議事堂は、一八四八年、ちょうど五〇年前、この時間に、いわゆる「ならず者どもGesindel」がベルリンのバリケード上で勝ち取った思想と理念の実現として立っている。（社会民主党から嵐のような賛同）。「ならず者ども」は皆さんにお返しすることがある。我々は皆さんに対しそれを忘れることはないであろう。当時命を賭して理想のために闘った男たちをこのような形で罵倒するのは、この上ない中傷である。

皆さんは、あれは「ならず者ども」だったと言う。当時、三月一七日から一八日にかけて狼藉する軍によって殺戮された男たちのリストをお読みになったことがおありか。この男たちの名前をお読みになったことがおありか。彼らはここに立っている、ここ、わたしの手中にリストがある。あの夜ベルリンの舗道を、何百人の戦傷者ともども血で赤く染めた一八五人の死者のうちに、外国人の名前はただ一人としてない（左側から嵐のような拍手。右側から激しい妨害）。外国人は一人もいない、フランス人はおらず、いわゆるポーランド人はいない（右側で騒音）。

皆さん、一度で良いから一八四八年のこの「ならず者ども」の仲間であったすべての男たちのリストを御覧いただきたい。その中には今日なお存命で、皆さんのうち最良の人々に数えられる方たちがいはしまいか。この時代の赤色共産主義者、共和派にして無神論者、農民反乱のオーガナイザーとは、皆さんの篤く崇敬する大臣ヨハネス・フォン・ミーケル氏を措いて他に誰あろうか（左側の大はしゃぎと「まことにしかり」、右側の大騒ぎと野次。議長鐘を鳴らす）。

（ベーベル『我が生涯から』5,59）

ミーケル（Johannes Franz von Miquel　1828-1901）はベーベルが紹介しているような政治的変遷を経て、一八六六年プロイセン王国に編入されたフランクフルト・アム・マイン市の市長に一八八〇年就任、一八九〇年以降、プロイセン王国財務大臣を務めて税制改革に手腕を振るった。

ベーベルは Gesindel と侮蔑された三月革命の人々の名誉回復を半世紀後の国会で行った。カフカは一八四八年革命の継承者でありながら城内平和を保ち続けているＳＰＤはミーケルのような Gesindel であると吐き捨てている。ベーベル演説を記憶している人たちならこの単語 Gesindel で作者が何を訴えたかったかぴんと来るであろう、という期待をこめて。

＊6　御老体ヴィルヘルム・リープクネヒトのユダヤ人嫌がらせ妄言を商売に利用する根性曲りのユダヤ人カール・クラウス

カール・クラウス（Karl Kraus1874-1936）はベーメンの富裕な紙・ウルトラマリン製造業者兼商人の子で、一家は一八七七年ヴィーンに移る。彼の作家的二大業績は、雑誌「炬火 Die Fackel」の編集と記事執筆、第一次大戦後に発表した戯曲「人類最後の日々」である。「炬火」第一号は一八九九年四月刊。月三回の刊行であった。丁度その九九年七月にフランス陸軍元大尉アルフレッド・ドレフュスが流刑地の悪魔島からフランス・ブルターニュの都市レンヌに移送され、間もなく上告審が始まった。彼は再び有罪となったが、刑期は当初の終身流刑から禁固一〇年に減った。クラウスはSPD長老ヴィルヘルム・リープクネヒト（図10）がドレフュス有罪を確信しているとどういうふうにか嗅ぎつけ、本人にそれを書かせ、「炬火」第一八号即ち九月末出版号にまんまと載せることに成功した。これはネット上で見ることが出来る（ヴィルヘルム・リープクネヒト　ドレフュス事件について Wilhelm Liebknecht Über die Dreyfus-Affäre　Die Fackel NR.18）。クラウスは冒頭にものものしい、それゆえ冷やかし気味ともとれるコメントを付している。

高年となってもかつての若い頃と同じく真実と正義のため、真剣極まりない戦いの中で争い、苦しんで来たドイツ社会民主党指導者ヴィルヘルム・リープクネヒトが、彼特有の仮借ない闊達さをもってドレフュス事件についてわたしの新聞で見解を公表する、という喜びをわたしにもたらしてくれた。

リープクネヒトは端的に言う。

初めにわたしが読者との間で真実を愛する関係に置かれるだろう告白を一つ。わたしはフランス大尉ドレフュスの無実を信じない。

このすぐ後に Gesindel（ならず者）という語を含む部分が来る。

図10　ヴィルヘルム・リープクネヒト

レンヌでの訴訟終結前にわたしが何故控え目にしていたか、お分かりいただけるだろう。まともな人間なら誰しも、強いられない限り、有罪であるか疑問が持たれている被告の不利になる証言を発しようとはしないだろう。フランス国の内外で「このユダヤ人」の有罪宣告を渇望するならず者ども（Gesindel）に、わたしは勝利の支度をしてやるつもりはなかった。とは言え、反対側にはただ清浄な、純潔な人々がいた、と言うつもりもなかった。

Gesindel はここでは反ドレフュス派、そして反ユダヤ主義者である。この単語をリープクネヒトは少し置いて再び用いている。

フランス参謀本部のスパイ課が参謀本部全体と、いや全陸軍組織と一緒くたにされたのは、初めから全く不当なことであった。それはタウシュ（Tausch）訴訟のならず者ども（Gesindel）をプロイセン政府、帝国政府、総じてドイツの諸々の政府筋と同一視するのと同じである。

タウシュ訴訟は未詳である。Gesindel はこの二例のみである。何故リープクネヒトはドレフュス有罪を信じるのか。分かり難いところがかなりあるが、推定を交えてまとめるとこうである。

フランス参謀本部が無実と知りつつユダヤ人であるという理由だけでドレフュスをスパイに仕立て上げた、とは考えられない。

ドイツ政府高官が最近、我々はこの件に何の関わりも持たない、と表明した。これを耳にして、被告は無実だ、と喜んだドレフュス支持者がいるが、それは逆である。このコメントは自国の放ったスパイが暴かれた時に当該政府が発する常套句である。もう一つ国際的慣行として、ある人物がある他国のためスパイを働いていたとして有罪刑に処せられた場合、その他国政府はその人物がスパイではなかったと分かっていれば、非公式の形で彼は無罪だと一言発するのであり、それを受けて被告は釈放される。今回ドイツ政府は何らそういうメッセージを発していない。

更に、リープクネヒトがちらと匂わせていること。文芸評論家ベルナール・ラザールが『司法の誤り　ドレフュス事件の真実』を著わし、ドレフュス派の論拠を強化したが、彼はユダヤ人のアナーキストである。なるたけ表に立たないようにはしているが、ドレフュス派を動かしている陰の人物の一人が共和派の代議士ジョゼフ・レナックである。彼はパナマ事件でスキャンダルにまみれた挙句にピストル自殺を遂げた銀行家ジャック・ドゥ・レナック男爵の甥であり娘婿である。パナマ事件で面目を潰したユダヤ・マネーが、ドレフュスの無罪を勝ち取ることで仇を取ろうとしている。

普仏戦争の時、ドイツの新聞はフランス攻撃一色に染まった。自分とベーベルはフランスを利する者として集中砲火を浴びた。これを今回に当て嵌めよう。ドイツの新聞は一斉に声を合わせ、ドレフュスを有罪にしたフランス政権を罵倒することに熱中している。それだけで、ことの有りようは明々白々ではないか。

まだ色々あるのだが、カフカに特に関わって来るのは次の箇所である。

誰もわたしに反ユダヤ主義者への共感という嫌疑を掛けることはないだろう。しかしながら、たとえわたしがリーバーマン・フォン・ゾネンベルク（Liebermann v.Sonnenberg）氏、ベッケル（Böckel）氏、アールヴァルト（Ahlwardt）氏とその同志たちのユダヤ人憎悪に関してどんな高い評価を抱こうと、彼らが判事席に座って一人のユダヤ人を単にユダヤ人であるがゆえに死罪に値する犯罪で有罪とし、「乾いたギロチン」上に送るであろうとは、わたしは彼らのよくするところだとは信じない。

「乾いたギロチン」は海外流刑地である。ドレフュスは南米の悪魔島に流された。ここに三人の人物の名前が挙がっている。一八七八年頃から、あたかも社会主義者取締法の発効と入れ違いになるかのように、ベルリンを中心にドイツで反ユダヤ主義が数年間にわたって荒れ狂った。これはベルリン運動（Berliner Bewegung）と呼ばれる。運動を主導した人物は多いが、中でも宮廷説教師アードルフ・シュテッカーが有名であった。その後、世紀末に再びこの運動は勢力を強め、リープクネヒトが挙げている三人は中でも有力者であった。ベルリン運動に際してはベルリンの労働者の間にこれに対抗する人たちがいて、ユダヤ人は彼らに感謝を抱いていたと思われる。リープクネヒトが、名指しした三人に関し悠揚迫らず「高い評価」などと書くのは反語のつもりなのだが、終いまでの文脈では反語の効果は生じない。リープクネヒトはこの記事の中で、反ユダヤ主義はフランスよりドイツで一層猖獗《しょうけつ》を極めている、と指摘しており、傍らその代表的人物三人の名を挙げた上で、彼らは究極的には紳士だ、と訳知り顔に庇っている。この記事を書いたリープクネヒトは、彼自身の言う「ならず者 Gesindel」の一員である。

ベルンシュタインの「わたしにとって最終目標は無である。動き（Bewegung 運動）が全てである」はベーベルを、だからまたカフカを傷つけた。最終目標はないのであれば、「運動」の舵取りに原則がなくなる。リープクネヒトはベルリン「運動」系の人々を庇う。Bewegung の形容詞が beweglich である。リープクネヒトは高齢だからだろうが、混乱した放言を書き散らし、「動きやすい beweglich」ところを発揮した。こう取れば beweglich の語感がいま一つ具体的に把握出来るように思われる。ＳＰＤは反ユダヤ主義への防波堤であったが、他方、反ユダヤ主義は没落の恐怖に喘ぐ小市民層に広がる、彼らは事実没落を免れないのだからいずれＳＰＤ支持に回るだろう、との楽観的な見方が党内に根強くあった。

リープクネヒトをおだて上げて随想を書かせたのはユダヤ人カール・クラウスである。カフカの友人マクス・ブロートはイスラエル人になっていた一九六〇年『闘い歩む人生』という自伝をドイツで出版した。その中で彼はクラウスの「ユダヤ人自己憎悪」に言及しており、その一部を訳す。

余り知られていないがカール・クラウスはドレフュス事件中に間違った側に立ち、不当にも告訴され、悪魔島に追放されていたフランスユダヤ人将校ドレフュスの無実を擁護した人々を背後から襲撃した。当時フランスにおいて、いやあらゆる国々で、精神の責任を負っていた全陣営に亀裂が走り、ドレフュス派と反ドレフュス派とに分裂し、真実と嘘との間に決定が下された。ドイツ語圏ではクラウスがセンセーションを捲き起こすのを好都合と考えた（自分ではあらゆるセンセーション的小細工と渡り合うような振りを常にしていた彼が）。彼は政治家ヴィルヘルム・リープクネヒトをして、当時はまだ創刊されたばかりで余り知られていなかった「炬火」でドレフュスを攻撃させ、中傷され非人道的扱いを受けていたこの将校の名誉と救助を擁護していた人々を嘲笑させた。人々はこんなことがあったと信じない。忘れてしまったのだ。だがこれは真実である！

（ブロート『闘い歩む人生』p.94-95）

Krausという姓は形容詞krausに由来する。「髪が縮れている、巻き毛になった、ぐしゃぐしゃになった」という意味だが、これは人間の思考や性格にも適用され、「おつむが混乱した、ぐしゃぐしゃになった。思考が落ち着かない、我がままで強情な」などのニュアンスを帯びる。「炬火」の記事ではリープクネヒトと使嗾《しそう》者クラウスは文字通りkraus（根性曲がり）で、だからこそ二人して御機嫌すこぶる麗しい。『或る地域医者』の馬丁（クネヒト）は、これまた何と終始喜悦を漲らせていることか。リープクネヒトの随想は、自分が大物であると確信している老人の逸脱文章である。老リープクネヒトをけしかけて締まりのない暴走をさせたクラウスを、ブロートともどもカフカは忘れていなかった。この一事は betrogen が、ユダヤ人とSPDに関して、だまされる、だますの二重性を有する背景になっている。カフカは『或る地域医者』でハーゼ、フランクだけでなくカール・クラウスをも加え、ユダヤ人に忍び寄る危険に鈍感なユダヤ人に筆誅を加えた。

第三章　ペンテジレーア！　僕の花嫁！　君は何をする？　これが君の約束した薔薇祭なのか？

「ドイツがロシアに宣戦した」。カフカの日記一九一四年八月二日は緊張感を湛えている。ドイツ政府は戦争関連法案採決のため八月四日に国会を召集していた。ＳＰＤは戦争公債案にどう投票するか。カフカはあらゆるケースを想定したであろうが、それでも議員団全員一致による賛成は不意打ちであり、彼自ら窮地に陥ったと感じたに違いない。日記八月五日分として翌六日に追加記入した簡単な文言がある。

僕は自分の中にみみっちさと、決心がつけられない、という以外の何物も発見しない。戦っている人たちへの妬み（Neid）と嫌悪。僕は彼らにありとあらゆる災いのあらんことを激しく望む。

これは前日開かれたドイツ帝国議会の結果と就中《なかんずく》ハーゼが読み上げたＳＰＤ声明を新聞で

知った直後の感想である。もともとドイツ政府は四日、公債法案を含む戦争関連法案を一括上程して説明し、SPDが前日三日に賛成を決めていたので、討論や審議なしにしゃんしゃんと通過させるつもりであった。SPDだけは党声明を読み上げたいと申し入れ、政府は許可した。カフカの言う戦っている人たち（Die Kämpfenden）とは法案を承認した帝国議会全出席議員であり、とりわけドイツの国策に添って新参の戦う人たちになったSPD議員である。

SPDはプロレタリア国際連帯より祖国防衛を選んだ。祖国を持つ人々がカフカには妬ましかった。これは変ではない。少しケースは違うが例えばこういうことがある。マルクスとエンゲルスはプロイセン人である。一八七〇年の普仏戦争で、彼らは例によってプロイセンとフランスをこき下ろしたが、正規軍の決戦でプロイセンが完勝すると満更悪い気がしなかった。というより誇らしく感じた。これはこれ、それはそれである。非暴力平和主義者、レフ・トルストイは日露戦争の勃発を嘆いたが、戦さが始まってしまえばロシアに負けてほしくなかった。カフカに祖国があるとすれば何処だろう。八月六日の日記にこうある。

愛国行進。市長演説。それから消え失せる。それから現れ出て、そしてドイツ語の叫び《我らが愛する君主万歳。万歳》、僕は僕の険悪な目付きでそこに立っている。こうした行進は戦争の最も唾棄すべき随伴現象の一つである。ユダヤ人商人の主催で、ある時はチェコ語、ある時はドイツ語である。彼らはユダヤ人であることをおずおず打ち出しているが、今ほどそれを声高に呼号することが許されるのは二度とない。勿論彼らは幾ばくかの人々を熱狂に巻き込む。良く組織化されていた。毎晩繰り返されるとのことで、明日日曜日は二回ある。

消え失せる、現れ出る、というのは何人かの人たちが入れ替わり立ち替わり登壇して演説した、ということだろう。この言い方はユーモラスであると共に、プラハで秀れた伝統のある人形芝居に演説者の動きを擬《なぞら》えているようでもあるが、やはり彼の覚える胸糞悪さが抑制的に伝わる。オーストリア皇帝はベーメン国王である。行進者は皇帝、国王のいずれにもせず君主（Monarch）とした。カフカはこの行進に参加していた。単に一緒に歩いたというのではなく、皆と一緒に気勢を上げて練り歩いた。彼は『判決』でドイツとオーストリアは敗北し、帝政は崩壊し、ユダヤ人にその責めが帰せられる、と予告していた。カフカ文学の誕生は、一切の迷いを排除したこの揺るぎない断定をプロセスとして描くことによって可能になった。しかし、ユダヤ人カフカにとっては現実がこの予告を覆してくれたら喜ばしかった。戦中には彼は、対ロシア戦がオーストリアに有利に展開していると報道されると嬉しさを隠さなかった。では、八月六日のデモ参加は彼が前々から決めていた行動であったか、八月四日という機が促したのか。ここに捩じれがある。オーストリア単独の勝利というのはない。ドイツが勝利すればオーストリアも勝ったことになる。するとプラハのユダヤ人愛国行進に参加した人間カフカの立場はＳＰＤと同じだということにならないか。

ＳＰＤと一緒に戦う者をもって自ら任じていたカフカは、ＳＰＤが敵の陣営で戦う人々になったので、取り残された。ではＳＰＤにきっぱり見切りをつけようか、ユダヤ人はパレスティナに祖国を築かなければならないという彼が拒んできたシオニズムを受け容れるか。いや将来的にユダヤ人の運命に関してＳＰＤ以外の政党には何一つ期待出来ないのだから、今見切りを付けるのは時期尚早か、決心がつかない。ユダヤ人にとっては独墺同盟の勝利が望ましいと分かっていても、文学者としては独墺同盟の敗北とユダヤ人の民族としての抹殺という予見は一歩も譲らない。そういう彼はどういう境涯にあるのか。

ピーター・ネトルの『ローザ・ルクセンブルク』には彼女が八月四日の報に接して咄嗟に自殺を考えた、という間接証言が紹介されている（ネトル前掲書 p.419）。それが事実か否か確認は出来ないが、自殺を考えた人はドイツ、オーストリアではおそらくかなりいた。経営論の大家ピーター・ドラッカーは生まれはオーストリア人ペーター・ドルッカーで、その自伝『傍観者の時代』（風間禎三郎訳）が詳しく伝えているヴィーン人トラウン-トラウネック伯爵の例がカフカ文学の参考資料としても最良であるが、引用は控える。カフカはといえば八月四日以後ではなく、七月二九日に死ぬこと（sterben）に言及している。

旅に関するメモを別のノートに記入。失敗していた仕事を始めた。僕はしかし不眠、頭痛、全体的無能はあっても引き下がらない。これは自分の中で集まった最後の生命力だ。僕はこう観察した、自分が人間たちを避けて通るのは、静かに生きることが出来るためではなく、静かに死ぬことが出来るため、であると。しかし今や僕は抗うだろう。シェフ不在の一ヶ月、僕には時間がある。

七月一二日彼はベルリンのホテルで婚約者フェリーツェ・バウアーその他三人と会談し、フェリーツェから厳しい糾問を受け、婚約は解消となった。「旅」はその記録である。この出来事もあって彼は自分の人生が緩慢な「死に行くこと sterben」になるだろうと自覚したけれども、戦争勃発が確実になり「死に行くこと」に抗う決意が生まれた。抗うとは小説を書くことである。更に前出の日記、八月五日の直ぐ前に書き置かれている六日の記入のうちその前半。

堀を渡って行進する砲兵隊、花々、ハイル（ドイツ語万歳）、ナズダ（チェコ語万歳）の叫び。攣《ひきつ》って静かな、驚いている、注意を凝らした、黒い、黒眼の、顔。——僕は元気を回復する代わりにめちゃめちゃになっている。空っぽの容器で、まだ全くかつ既に、破片［複数］中にいる、あるいは破片であってしかもまだ全体中にいる。嘘、嫌悪、妬みに満ちている。無能、愚鈍、飲み込みの悪さに満ちている。怠惰、虚弱、無防備に満ちている。三一歳。

様々な思いが籠もって三一歳と態々《わざわざ》書いたのだろうが、おそらくイエスとハインリヒ・フォン・クライストが脳裏をよぎった。イエスの生没年について荒井献『イエスとその時代』はこう述べる。

イエスはおそらくヘロデ王治世（前三七―四年）の末期に、ガリラヤの町ナザレに生まれ、紀元後三〇年頃ユダヤの都エルサレムにおいて、ローマのユダヤ総督ポンティウス・ピラトゥスにより十字架に処せられたものと思われる。

（荒井献『イエスとその時代』p.25）

定説があるわけではないが、イエスは三四歳で没したという推定は多分古くからあった。クライストは三四歳でピストルを口中に差し込み引き金を引いた。イエスの享年は本人が意図して選んだ数字ではないだろうが、クライストは自分で享年をイエスと同じにしたのではあるまいか。カフカの三一歳は、イエスとクライストの享年まで残すところ三年という意識を伴っている。私は『或る地域医者』にクライストからの引用が多い、イエスが濃い影を投げ掛けている、と読解してきたが、イエスとクライストを結ぶ、延《ひ》いてはそこへカフカが繋がれる紐帯は、クライストの有名なカント危機にある。二三歳のクライストは遊学中のベルリンからフランクフルト・アン・デア・オーダーにいる婚約者ヴィルヘルミーネ・フォン・ツェンゲ（図11）宛に一八〇一年三月二二日付の長い手紙を書き、外面的生活だけでなく内面も教えて欲しいという彼女の要望に応えた。カント危機に関わる箇所から引用する。中略部分は点線とする。

僕はもう少年の頃から……完成に近づくことが天地創造の目的であるとの考えを身につけていた。僕は信じていた、我々はいつか死後に我々がこの星で到達した（erreichten）完成への近づき段階から出発して他の星で歩み続けるだろう、そして我々はこの星で集めた真理（複数）の宝を彼の所でもいつか使うことが出来るだろうと。こうした考えから徐々に独自の宗教が形作られ、此岸で一瞬たりともじっとしてはいない、絶えず休みなくより高度な人間形成に向かって歩むという努力が、やがて僕の活動の唯一の原理となった。人間形成（Bildung）が僕にはただ一つの目標、努力の目標で、真理（Wahrheit）は所有に値するただ一つの富のように思われた。……

図11　ヴィルヘルミーネ・フォン・ツェンゲ

最近僕は近来の所謂カント哲学と知り合った――今君にそこから一つの考えを伝えなければならない、それが君を僕と同じくらいひどく深く、ひどく痛々しく震撼させるだろうと恐れなくてよいのだから。それに君は全体を充分に知っているわけではないから、その意味するところを全部理解することは出来ない。僕は可能な限り明瞭に話す。

全ての人間が目の代わりに緑色ガラスを持っているなら、彼らがそれを通して視る対象は緑色である、と判定せざるを得ないだろう――そして彼らは決して決定できないだろう、彼らの目が事物をあるがまま彼らに示しているのか、それとも目は、事物にではなく目に属している何かを事物に付け加えているのではないかどうかを。悟性についても同じだ。我々は決定できない、我々が真理と名付けるものがまこと真理であるか、それとも我々にそう見えるだけか。後者ならば我々が此岸で集める真理は、死後にはもはや真理ではない――そして墓の中まで我々に従いて来る富を獲得しようとするあらゆる努力は、無駄だ――

ああ、ヴィルヘルミーネ、この考えの切っ先が君の胸に命中しないなら、この考えによって自分の最も神聖な内面で深く傷ついたと感じている他人のことを笑わないで欲しい。僕の唯一の、僕の最高の目標は沈んだ。そして僕はもう何の目標も持っていない――

最も神聖なものから見放された彼はどうなったか。我が友イエスを発見した。その証しが『ペンテジレーア』にある。その前にヨハネ福音書におけるローマ総督ピラトのイエス尋問を見ておこう。

そこで、ピラトはもう一度官邸に入り、イエスを呼び出して、「お前がユダヤ人の王なのか」と言った。イエスはお答えになった。「あなたは自分の考えで、そう言うのですか。それとも、ほかの者がわたしについて、あなたにそう言ったのですか。」ピラトは言い返した。「わたしはユダヤ人なのか。お前の同胞や祭司長たちが、お前をわたしに引き渡したのだ。いったい何をしたのか。」イエスはお答えになった。「わたしの国は、この世には属していない。もし、わたしがこの世に属していれば、わたしがユダヤ人に引き渡されないように、部下が戦ったことだろう。しかし、実際、わたしの国はこの世には属していない。」そこでピラトが、「それでは、やはり王なのか」と言うと、イエスはお答えになった。「わたしが王だとは、あなたが言っていることです。わたしは真理について証しをするために生まれ、そのためにこの世に来た。真理に属するひとは皆、わたしの声を聞く。」ピラトは言った。「真理とは何か。」

（ヨハネ福音書 18,33-38）

ヨハネ福音書のイエスは、自分は真理について証しするためこの世に来た、と尋問に答える。それゆえにと言うべきか、ヨハネ福音書にはマタイ、マルコに記されている十字架上のイエスのあの叫びがない。

わが神、わが神、なぜわたしをお見捨てになったのですか。

『ペンテジレーア』でアキレウスは、己の血にまみれ転げつつ、ペンテジレーアの頰を撫で、こう問う。

ペンテジレーア！ 僕の花嫁！ 君は何をする？

これが君の約束した薔薇祭なのか？

極度に残酷な瞬間におけるこの無限の柔和さはクライストの真骨頂と言える。それにはまた当然な理由もある。これは十字架上のイエスの言葉のヴァリエーションである。この点は見間違いようがない。注解４・５（181頁参照）で見たように、狂えるペンテジレーアはアキレウスの胸に歯を喰い込ませただけでなく、頭部をぐるりと回し噛みしてイエスの荊冠傷、「薔薇」を創る。彼女は余りに熾烈な愛ゆえに愛する人を滅ぼす。イスカリオテのユダがイエスを裏切ったのは、彼が他の誰よりイエスを尊敬し、愛し、信じていたからだ、という考えはキリスト教史の早い頃からある。正気づいたペンテジレーアはアキレウスの屍体を見て「接吻 Küsse（キュセ）と咬傷 Bisse（ビセ）、これは韻が合う」（詩行 2981-2982）と洩らす。福音書に描かれたイエス訴訟はユダのイエス接吻で幕を開け、荊冠傷を含むイエスの受難で幕を閉じる。『或る地域医者』でカフカがクライストにこだわる一番の理由がここにある。ＳＰＤによる戦争公債案賛成を知った瞬間彼の心身を電撃のように走った無数の動きの中に、十字架のイエスとクライストがあったであろう。

補足的に二点指摘したい。注解１・２（42頁参照）で述べたように、トーニが己の血に塗れながら必死に伸ばす手はグスタフに届く（erreichen）ことはなかった。この動詞はヴィルヘルミーネ宛の手紙には、この地上で到達（erreichten）した、完成への近づき、という表現の中にあったものだ。片や『聖ドミンゴ島の婚約』『ペンテジレーア』、こなた総じてカフカ文学は erreichen（届く、到達する）があと一歩のところで成就しない、で終わる特性を持つ。

もう一つ。『或る地域医者』にはヴィルヘルミーネ宛書簡からの引用がある。医者は若者をちょっと見てこう言う。

痩せていて、熱はなく、冷たくなく（nicht kalt）、温かくない（nicht warm）。

クライストは自分の墜落を告白することになる手紙の前半で、自分の愛を信じてくれたままえという願いと、婚約者の生き方へのちょっとしたお説教とを書いている。その一部――

そしてもし君が毎晩明るく過ごした一日ののち、君の日記に君の行いの総計を出し、差し引き良い行いの残高があり、静かで甘やかで強大にして脹らむ感情が、君が昨日より一段高く登ったと告げる時、その時――君の臥所に安らかに身を横たえ、信頼を籠めて、もしかしたら同じ瞬間に同じ信頼を籠めて君のことを思っている僕のことを思って下さい。そして――熱すぎることなく（nicht zu heiß）、しかしまた冷たすぎることなく（nicht zu kalt）――過去の最高の瞬間より良い瞬間を――もっと良い瞬間を待ち望んで下さい？

命令文なのに疑問符を打ったのはクライストである。人生の目標を失ったと白状する手紙の前段でお説教じみたことを書いてしまった、と足踏みしたか。「君の臥所 Dein Lager」が心を揺すぶったか。失意のどん底にある彼はどんなにヴィルヘルミーネを求めただろう。カフカは『或る地域医者』理解のためクライストのヴィルヘルミーネ宛書簡を想起してほしいと伝えていたわけである。この書簡は大変に有名で、それというのも身に覚えのあることをここに発見する人が次々に出たからである。

イエスと『ペンテジレーア』のアキレウスとカフカの若者つまりルートヴィヒ・フランクとを横並びにしよう。

わが神、わが神、何故君は僕を見捨てたのか?
ペンテジレーア! 僕の花嫁! 君は何をする?
君は僕を救助してくれる?

英語 impossible はドイツ語で unmöglich(ウンメークリヒ)である。フランクにあてがわれた台詞はウンメークリヒである。小学館大独和辞典では「とんでもない、非常識な、ひどくとっぴな、どうにも我慢のならない、ひどい、だめな」である。フランクに呆気にとられ、失望したカフカの怒りはフランクの口から放たれる懇願に変換される。後で若者は「一つの美しい傷」を告白する。ユダヤ人としては取って置きの言葉を与えてもらい辛うじて救いの手が差し伸べられているが、その傷が彼の「全装備」であるとは、他に何も持ち合わせていなかったということだ。フランクには嘗てベーベルが期待したものはなかった。私は第二著で『変身』のグレーゴル・ザムザにはゲーテ―ナポレオン―カフカの三位一体が潜む、それはドイツとフランスの融和の悲願を訴えるものだと解した。これは困難な課題であり、強固な信念に立った粘り強い努力あるのみである。この路線で勢力的に動いたフランクは、その舌の根も乾かぬうちにドイツ兵としてフランス軍に突撃した。彼はメシア意識に翻弄されるユダヤ型粗忽者であった、とカフカは評している。

●本書関連年表

	ドイツならびに周辺諸国の動き	本書関連事項
1740	12月16日＊オーストリア継承戦争勃発	
1750	オーストリアがロシアと同盟締結	
1756	5月1日＊オーストリアがフランスと同盟締結 8月29日＊プロイセンがザクセンに侵入、七年戦争が始まる	
1757	12月5日＊プロイセン国王フリードリヒ・ヴィルヘルム2世がオーストリアに侵攻、プラハを包囲	
1763	2月15日＊七年戦争終結	
1773		ゴットフリート・アウグスト・ビュルガーの物語詩「レノーレ」成立
1778	7月3日＊バイエルン継承戦争始まる（1779年終結）	
1789	フランス革命	
1791	8月27日＊オーストリアとプロイセンがフランス革命に対しピルニッツ宣言	
1792	4月20日＊フランスがオーストリアに宣戦布告	
1793	2月＊オーストリア・プロイセン連合軍にイギリスが加わって第一次対仏大同盟	3月＊ハインリヒ・フォン・クライストが対フランス戦に従軍
1794	10月＊フランス軍がライン左岸を占領	
1795	4月＊プロイセンがフランスと単独講和	
1799	ブリュメールのクーデターにより、ナポレオン・ボナパルトがフランス統領政府の第一統領に就任	
1801	ナポレオンがフランス領サン＝ドマングの奪還を図る	
1803	11月18日＊サン＝ドマングのヴェルティエールの戦いでフランス軍が大敗	
1804	1月1日＊サン＝ドマングがハイチ共和国として独立（ハイチ革命） 12月＊ナポレオンが皇帝に即位する（フランス第一帝政）	
1805	3月9日＊ナポレンのイギリス侵攻に対抗してイギリスがオーストリア、ロシアと第三次対仏大同盟を結成	
1806	8月6日＊皇帝フランツ2世が退位し、神聖ローマ帝国消滅。オーストリア帝国成立／10月9日＊プロイセンがフランス	

に宣戦布告／10月14日、イェーナ・アウエルシュテットの戦いで惨敗、領土が半減／11月＊ナポレオンがベルリンを占領、大陸封鎖令発令／プロイセン国王フリードリヒ・ヴィルヘルム3世が東プロイセンに逃亡

1807　クライストがフランスのジュウ要塞に収容される

1809　3月＊オーストリアがフランスと開戦／ヴァグラムの戦いでオーストリアがフランスに敗北

1810　ロシアが対イギリス大陸封鎖令離脱

1811　フランス領サン－ドマングを舞台にしたクライスト「聖ドミンゴ島の婚約」が雑誌掲載される

1812　6月＊ナポレオンがロシア遠征

1813　3月16日＊プロイセンがロシアと同盟してフランスに宣戦し、解放戦争が始まる／8月11日＊オーストリアが対フランス戦に参戦

1814　2月＊ゲーテが詩「戦争の幸運」を書く

1815　エルベ島を脱出したナポレオンがワーテルローの戦いでイギリス・プロイセン軍に敗れ、セントヘレナ島に流刑される（フランス第一帝政の崩壊／王政復古）

1830　7月27日＊パリ七月革命。パリ七月革命がドイツに波及、共鳴したルートヴィヒ・ベルネがパリに来る

1833　フランスの文豪バルザックが小説「田舎医者」を発表

1840　6月7日＊プロイセン国王フリードリヒ・ヴィルヘルム3世が死去、フリードリヒ・ヴィルヘルム4世即位

1847　ハインリヒ・ハイネが詩「城の伝説」発表

1848　2月22日＊パリ二月革命始まる／3月＊ベルリンで市街戦が起こり三月革命勃発／5月＊ヴィーンで五月革命、皇帝が憲法制定帝国議会開催を承認／11月12日＊ベルリンに戒厳令、反対派新聞の発行を禁止／12月27日＊国民議会が憲法草案を公布

1849　3月27日＊国民議会がドイツ憲法を採択

1851　ドイツ連邦復活

1853　2月19日＊プロイセンとオーストリアが通商条約締結

1854　グリム兄弟「ドイツ語辞典」発刊

1858　10月7日＊プロイセンでヴィルヘルム1世が摂政位に就いて新時代が始まる

1859　北イタリア、ソルフェリーノの戦いでアンリ・デュナンが救援活動を行う

1862　9月22日＊オットー・フォン・ビスマルクがプロイセン王国宰相に就任

1863	「ソルフェリーノの思い出」の出版を契機にデュナンが国際赤十字社を構想、翌年、スイスのジュネーブ出発する 5月23日＊フェルディナント・ラッサールがライプツィヒで全ドイツ労働者協会を設立
1864	2月1日＊ビスマルク率いるプロイセン・オーストリアが対デンマーク宣戦、戦争が始まる 8月28日＊ラッサールがワラキアの貴族と決闘、3日後に死亡
1865	6月10日＊ミュンヘンでヴァーグナーの楽劇「トリスタンとイゾルデ」初演
1866	6月15日＊普墺戦争始まる／7月3日＊ケーニヒグレーツの戦いでプロイセンが勝利／8月3日＊プロイセンとオーストリアがプラハ平和条約締結／ヴィルヘルム・リープクネヒトとアウグスト・ベーベルがザクセン人民党結成
1867	4月16日＊北ドイツ連邦成立／6月8日＊オーストリア＝ハンガリー二重帝国成立 カール・マルクス『資本論』第一巻刊行
1868	オーストリアでジーメンス・マルタン炉の営業開始
1869	8月9日＊ベーベルとリープクネヒトがアイゼナハで社会民主労働者党（SDAP）を結成／ヘッセンとベルリンでジーメンス・マルタン炉の営業が始まる
1870	7月19日＊フランスがプロイセンに宣戦布告、普仏戦争始まる フェルディナント・フライヒラートが愛国詩「フッラ、ゲルマーニア」を書く
1871	1月1日＊ドイツ帝国成立／1月18日＊プロイセン国王ヴィルヘルム1世がドイツ皇帝に戴冠
1875	アイゼナハ派とラッサール派が合同して社会主義労働者党を結成
1878	社会主義取締法発令（1890年廃止）
1882	6月18日＊ドイツ、オーストリア、イタリアの三国同盟成立
1883	7月3日＊オーストリア＝ハンガリー帝国領プラハにて、ユダヤ人の両親のもと、フランツ・カフカ誕生
1890	社会民主労働者党（SDAP）が党名をドイツ社会民主党（SPD）に改称
1892	ベーベルがSPD議長の一人に就任／ポーランド独立を綱領に掲げるポーランド社会党発足
1893	ローザ・ルクセンブルクらがポーランド王国社民党結成
1894	1月4日＊ロシアとフランスが露仏協商締結
1897	11月14日＊宣教師殺害を口実にドイツが中国の膠州湾を占領

1898　3月6日＊ドイツが清と99年間の膠州湾租借条約を結ぶ
　3月18日＊ベーベルが三月革命顕彰演説

1899　5月21日＊第一回ハーグ国際平和会議開催
　7月＊ドレフュスが流刑地の悪魔島からレンヌに移送される

1900　8月15日＊西欧列強連合軍が北京を占領／11月29日＊反ユダヤ主義政党自由経済連合が結成される
　リトアニア社民党とポーランド王国社民党が合流してポーランド王国・リトアニア社民党になる
　非合法の新聞「社会民主主義者」編集人のエードゥアルト・ベルンシュタインが追放先のロンドンからドイツに帰還する

1901　7月＊カフカがギュムナジウムを卒業してプラハ大学に入学、法学を専攻

1902　1月30日＊ロンドンで日英同盟締結

1904　2月8日＊日露戦争が始まる（１９０５年9月終戦）／仏英協商成立

1905　1月＊ルール地方の炭坑労働者による20万人規模の大ストライキ／8月12日＊イギリスと日本が日英同盟締結

1906　カフカが大学を卒業、一年間の司法研修ののち保険会社に入社

1907　1月27日＊帝国議会選挙でＳＰＤ大幅後退

1908　オーストリアがボスニア・ヘルツェゴビナを併合。ブルガリアが独立を宣言
　3月＊文芸誌「ヒュペーリオン」創刊号にカフカの『観察』ほか小品8篇が掲載される／8月＊カフカが保険会社を辞め、プラハ市内の労働者損害保険会社に再就職する

1910　9月＊ＳＰＤマクデブルク党大会でベーベルが〈バーデンの予算案賛成について〉と題して演説

1911　10月17日＊ベーベルがドイツ帝国議会で〈ブルジョア世界の神々の黄昏〉と題して演説を行う／11月11日＊ベーベルがドイツ帝国議会で「マティアス・エルツベルガーの英国に対する姿勢、モロッコ問題、戦争における大衆ストライキについて〉と題して演説／フーゴ・ハーゼがＳＰＤの議長に就任
　11月＊カフカがイディッシュ語劇団の公演に足繁く通う

1912　1月12日＊総選挙でＳＰＤが第一党になる／10月8日＊モンテネグロがトルコに宣戦、第一次バルカン戦争始まる
　カフカの小品18編を収めた作品集『観察』刊行／『判決』『変身』『失踪者』成立

1913
4月11日＊スイスのベルンで独仏相互理解会議開催
6月30日＊帝国議会で陸軍増強法案が可決／フランスで2年の兵役期間を3年に延長する案が国会を通過

1914
6月＊カフカがフェリーツェ・バウアーと婚約するが翌月に解消
6月28日＊サライェボでオーストリア皇太子夫妻が暗殺される／7月28日＊オーストリアがセルビアに宣戦布告
7月29・30日＊ブリュッセルでフーゴ・ハーゼ、ローザ・ルクセンブルクら欧州諸国の社会主義者が緊急会議を開催／7月31日＊フランス社会主義指導者ジャン・ジョレス暗殺
8月1日＊ドイツ総動員令、ロシアに宣戦布告／8月2日＊ドイツがルクセンブルクを占領、トルコと同盟締結／8月3日＊ドイツがフランスに宣戦布告／8月4日＊ベルリンのドイツ帝国議会で戦争公債案通過／同日＊イギリスが参戦／11月7日＊日本軍がドイツの植民地、青島を占領
カフカ『訴訟』『流刑地にて』成立

1915
1月＊ローザ・ルクセンブルクが逮捕され、1918年11月9日に釈放されるまでの間、数カ所の刑務所を転々とする／9月3日＊フランクがフランス戦線で戦死
2月22日＊イギリスの経済封鎖に対してドイツが潜水艦による通商破壊戦開始／5月23日＊イタリアが三国同盟を破棄して連合国側に回ってオーストリアに宣戦布告
ジーメンス・マルタン鋼のドイツでのシェアが50％を超える（1940年代には世界シュア75％）

1916
1月27日＊カール・リープクネヒト、ルクセンブルクらがスパルタクス団結成／2月12日＊ヴェルダンの戦いが始まる（～7月21日）／4月＊フーゴ・ハーゼがSPDの党議長を解任される／6月＊ベルリン、ブレーメンなどの都市で金属労働者の大規模ストライキ／8月27日＊ルーマニアが連合国側で参戦／9月21～23日＊ベルリンでハーゼ、ルクセンブルクが出席してSPD全国会議開催
年末から翌年にかけて『或る地域医者』が完成

1917
2月1日＊アメリカがドイツと断交／3月11日＊ロシア三月革命始まる
3月＊フーゴ・ハーゼがSPDを離れて独立社会民主党（USPD）を結成
4月6日＊アメリカが参戦／6月2～19日＊ストックホルムで国際社会主義会議／11月8日＊ロシア十一月革命始まる
7月＊カフカとフェリーツェが二度目の婚約／8月＊カフカが喀血、肺結核と診断されたため

1918
12月に婚約を再び解消
11月3日＊キール軍港で水兵蜂起、ドイツ革命始まる／労働者・兵士評議会が結成され他都市に波及／ドイツ帝政が崩壊、SPDとUSPDが連立政権を樹立

1919
4月＊カフカが職場復帰を果たすがこれ以降、長期療養と職場復帰を繰り返す
1月5日＊のちにナチ党となるドイツ労働者党結成
1月15日＊ルクセンブルク、リープクネヒトが殺害される
3月3日＊スパルタクス団がベルリンで蜂起（三月蜂起）
6月28日＊ヴェルサイユ条約調印／7月31日＊ヴァイマル憲法制定、共和国発足

1920
10月＊暴漢に襲われた傷がもとでフーゴ・ハーゼ死去
10月12〜17日＊USPDハレ大会で党が分裂、左派は共産党に合流し、右派はのちにSPDに復帰

1921
カフカの短編14作品を収めた作品集『或る地域医者』刊行
3月21日〜4月2日＊共産党がザクセン、ハンブルクで三月蜂起／3月23日＊ヴェルサイユ条約の規定に従ってドイツ軍の常備兵力が10万人に削減される／4月27日＊パリ連合国賠償委員会がドイツに賠償金1320億マルクを要求の最後通牒

1922
4月16日＊独ソ間でラッパロ条約成立／6月24日＊独外相ヴァルター・ラーテナウ暗殺
11月27日＊ドイツが連合国側に賠償金支払いの一時停止を要請
7月＊カフカが労働者損害保険協会を退職して年金生活者になる／カフカ『城』成立

1923
9月1日（大正12年）＊関東大震災／9月＊カフカ、この月から翌年3月までベルリンに住む
10月23・24日＊ハンブルクで共産党が蜂起、警察により鎮圧される／11月8・9日＊ミュンヘンでヒトラー一揆

1924
4月1日＊裁判でヒトラーが5年の禁固刑を言い渡される／5月4日＊ドイツ総選挙でSPDが大敗を喫す
6月3日＊ヴィーン郊外のサナトリウムにてカフカ死去。享年40
カフカの短編4作品を収めた作品集『断食芸人』刊行

引用書目

荒井献『イエスとその時代』岩波新書、一九七四年
石井正己『文豪たちの関東大震災体験記』小学館101新書、二〇一三年
C・L・R・ジェームズ『ブラック・ジャコバン――トゥサン＝ルヴェルチュールとハイチ革命』青木芳夫訳　大村書店、二〇〇二年
手塚儀一郎他『旧約聖書略解』日本基督教団出版部、一九五八年
林健太郎『ドイツ革命史――一八四八・四九年』山川出版社、一九九〇年
シーセル・ロス『ユダヤ人の歴史』長谷川真、安積鋭二訳　みすず書房、一九六六年
Bebel, August: *Ausgewählte Reden und Schriften*, K.G.Gaur, 1997
ders.: *Aus Meinem Leben*, Dietz,1988
Bevan, Edwyn R.: *German Social Democracy During The War*, George Allen & Unwin,1918
Britschgi-Schimmer, Ina: *Lassalles Letzte Tage*, Axel Juncker, 1925
Brod, Max: *Streitbares Leben*, Kindler, 1960

Dunant, Henry: *Eine Erinnerung An Solferino*, H. Georg, 1863. Reprint

Glaeser, Ernst: *Jahrgang 1902*, Wallstein, 2013. Erstdruck 1928

Groh, Dieter: *Negative Integration und revolutionärer* Attentismus, Ullstein TB, 1973

Haase, Ernst: *Hugo Haase. Sein Leben und Wirken*, J.J. Ottens, 1929

Hamburger, Ernst: *Juden im öffentlichen Leben Deutschlands*, J.B.C. Mohr, 1968

Hirsch, Helmut: *Bebel*, rororo,1973

Krumeich, Gerd: *Juli 1914. Eine Bilanz*, Ferdinand Schnöingh, 2014

Nettl, Peter: *Rosa Luxemburg. vom Autor gekürzte Volksausgabe*, aus dem Englischen von Karl Römer, Büchergilde Gutenberg, 1970

Prager, Eugen: *Geschichte der USPD*, Detlef Anvermann, 1970

Schickel, Joachim (Hrsg): *Guerrilleros, Partisanen*, Hanser, 1970

Seils, Ernst-Albert: *Hugo Haase*, Peter Lang, 2016

von Uexküll, Gösta: *Ferdinand Lassalle*, rororo, 1974

Watzinger, Karl Otto: *Ludwig Frank*, Thorbecke, 1995

Wende, Peter (Hrsg): *Politische Reden 2. Band 1869-1914*, Deutscher Klassiker Vl., 1990

古典と古典作家からの引用については割愛する。

後記

『或る地域医者』は作者が珍しく満足感を抱いた作品である。優に一大長編を成す材料をぎゅうぎゅう詰めに圧縮出来たことが一因だろう。彼は聖書に記録された古代ユダ王国滅亡とバビロン捕囚、そしてイエスが一気に時間を畳んで緊張を作り出した、そうした規範例に勝るとも劣らぬ特別な時代に生まれ合わせたことを自覚し、書き記す立場にあったが、彼が期待を掛けたＳＰＤにはエレミア－エゼキエル－イエスのような人物は見当たらなかった。ハーゼとフランクのみが役者だというのでは鼓舞してくれる人間がいない。こうなれば短く切り上げ、しかも記すべきことは能う限り洩らさず盛り込む。カフカ固有の資性が存分に発揮された。本書をまとめ上げて私が抱く感想である。

本書の上梓までにお力添えを下さった方々に感謝します。

二〇一八年三月三一日

樋口大介

著者略歴

樋口大介
1943年新潟県生れ。
東京大学独文科修士課程修了、国学院大学名誉教授。
ドイツ近代文学専攻。
著書：『ニーチェを辿る』（泰流社）、『世界文学のいま』（共著、福武書店）、
『世界戦争の予告小説家カフカ』、
『『変身』ホロコースト予見小説』（河出書房新社）。

カフカの前にユダヤ預言者現れず

――『或る地域医者』翻訳・注解

二〇一八年七月二〇日　初版印刷
二〇一八年七月三〇日　初版発行

著　者　樋口大介
装　丁　澤俊雄
発行者　小野寺優
発行所　株式会社河出書房新社
〒151-0051
東京都渋谷区千駄ヶ谷二-三二-二
電話03-3404-1201（営業）
03-3404-8611（編集）
http://www.kawade.co.jp/
組　版　KAWADE DTP WORKS
印　刷　モリモト印刷株式会社
製　本　小泉製本株式会社
Printed in Japan
ISBN978-4-309-92143-3